ウイスキー・ボーイ

吉村喜彦

PHP
文芸文庫

○本表紙デザイン＋ロゴ＝川上成夫

ウイスキー・ボーイ＊目次

本文扉デザイン——印牧真和

ウイスキー・ボーイ

WHISKY BOY

1

水平線まで凍《こお》った海は、まるで白い大地のようだ。

氷原にはときおり雪煙が上がった。

ダウンの上下に分厚い手袋。耳当てをして防寒帽をかぶり、足元はスノーブーツでかためているが、わずかに露出した肌に、風がときおりナイフのように切りつけてくる。

澄みきった青空に、鳶《とんび》がゆっくりと大きな輪を描いていった。

ＣＭ撮影は早朝から続いている。

世界のトップブランドである「ステラ」ウイスキーのコマーシャル。北海道在住の脚本家・黒川剛《くろかわごう》をタレントに起用したシリーズの撮影は、今日で二日目に入っていた。

オホーツク海に面した駅の展望台からは、はるばると流氷原《りゅうひょうげん》を見渡すことができた。

黒川が美味《うま》そうな表情をつくって、ホットウイスキーをひとくち飲み終えた。

「カーット！　ようし、休憩っ！」

ディレクターの東郷《とうごう》さんがメガホンで叫ぶ。

周りのスタッフの緊張が一気にゆるみ、潮騒《しおさい》のようなざわめきが広がった。

黒川剛は取っ手付きグラスを、展望台の手すりに置くと、濃紺のダウンジャケットから、くしゃくしゃになったラッキーストライクを取りだした。

マネージャーが、雪に足を取られながら駆けよっていく。ひざまずいてジッポーで火を点《つ》ける。白銀の世界にオイルと煙草のにおいが漂った。

撮影は順調に進んでいた。あとは、黒川がらみのシーンを1《ワン》カット。そしてウイスキーのシズルを撮れば、今日の予定は終了だ。

「上杉《うえすぎ》くーん。ちょっと」

黒川が眉間《みけん》に皺《しわ》をよせて煙草をくゆらせながら、おれを手招きした。

「はいっ」

元気よく返事して、黒川の方に笑顔で向かう。

黒川は傾いた太陽が眩《まぶ》しいのだろう、右手を顔にかざしながら言った。

「やっぱり流氷ロックの方が、網走《あばしり》のキーンとした空気感が出るんじゃないかなあ」

　六十歳近いが、筋肉質の身体《からだ》からは強いオーラが放たれている。ボストン眼鏡の奥の眼光が鋭い。

　マネージャーが折りたたみチェアーをサッと開く。

「よっこらしょっ」と、股を広げて座る。後ろに反《そ》り返り、首の骨をポキポキ鳴らした。仰向《あおむ》いた瞬間、右の鼻の穴に白い毛が二本見えた。

　寄りのカットでこの鼻毛、映ってなければいいんだけど。東郷さんに今すぐ言うべきか……。

　思い巡《めぐ》らしていると、黒川がいきなり立ち上がった。展望台から身を乗り出し、喉《のど》にからんだ痰《たん》を耳障りな音をたてて吐いた。

「……」

　黒川は再び足を開いて座り込むと、

「上杉君よう。やっぱり、流氷ロックのカット撮ろうや」

　舌で下唇をなめ、切れない痰を飲み込んだ。

「はあ……」

　昨日の撮影の後、黒川の行きつけの店で夕食をとったときも、「流氷オン・ザ・

ロックの方が映像的にもきれいだし、ウイスキーの美味《うま》そうな感じ＝シズル感も出る。何といっても流氷はオホーツクの名物だ」とこだわった。

「ホットウイスキーなんてオヤジしか飲まんだろ？　いまどきそんな飲みかた宣伝するのって時代遅れだぜ」

からみついた痰のように黒川はしつこい。

すでに撮影に入っているのに、この期《ご》に及んでシズルカットを変えろと言われても困る。事前に絵コンテで何度も確認をとっている。これはコマーシャルだ。あんたの作品じゃない。適当に相づちを打ちながら、のらりくらりとかわした。

黒川は、眼鏡の奥から大きな目でぎょろりと睨《ね》めつけた。

「会社の方針だってのはわかる。むかし俺もテレビ局でサラリーマンやってたからな。社内でどれだけ議論を重ねてこのコンテになったか。そんなことは手に取るようにわかってる」

「今回は冬場《ふゆば》の焼酎《しょうちゅう》対策なんです。どうしてもホットじゃないといけないんです」

黒川の視線をしっかり受け止めながら、謙虚な声音《こわね》でおれは答えた。

「きみんとこは去年の秋から、関西の漫才コンビを使ってホットウイスキーのCM流してたろ」鼻で笑った。

「……」

黒川が言うようにホットウイスキー・キャンペーンを始めたが、じつは成功していなかった。

このところ焼酎の売上げが急増している。とくに冬場、焼酎はお湯割りで飲まれることが多い。ターゲットとしては、お湯割りをウイスキーに替えようと躍起《やっき》になっていた。スターライトに人気のあるタレントを使ったが、まるで売上げに結びつかなかった。むしろ前年よりも減ってしまい、社内の各部署から宣伝部への風当りは強くなっていた。

おれがしばらく黙っていたので、黒川は、猫撫で声をだした。

「いまから撮ろうとしてるカットを変えてくれと言ってんじゃないんだ。もう一つ流氷ロックの飲みカットもおさえてもらうなんて、どうかねえ？」

しかし……余分なシーンを撮ってる余裕なんかないんじゃないか……？

制作上の細かい時間配分は、プロダクションのプロデューサーに訊《き》かなければわからない。厳密なスケジュールで進行している撮影だ。新たなカットを撮るとなると、余分な手間もかかる。段取りだって制作費だって、微妙に変わってくる。

面倒くさいオヤジだ……。

でも、木で鼻を括《くく》ったようにダメ出しなんてできっこない。黒川はうちのトップ連中とも親しい。何かあるとすぐ電話が入る。やばいやつだ……。

だいたい今回のCM担当者も、最初はおれではなく、先輩の田中一生《たなかいっせい》さんだった。ところが黒川は一生さんが気に入らず、急遽《きゅうきょ》、担当を替えろと言いだし、おれがこの撮影に立ち会うことになったのだ。


黒川剛と話しているおれの顔いろを見てとったプロデューサーの前原《まえはら》さんが、こちらにやってきた。

「いいですよ。そのカット撮りましょうよ。大丈夫です。べつに、それほど面倒なことじゃないですから。早速、東郷さんにもお願いしてみます。東郷さんのことやから、全然オーケーやと思いますわ」

勘の良い前原さんはやわらかい関西イントネーションで言って、笑った。

「ほんとにいいんですか？」

かえって、おれの方があわてた。

「先生、あれだけ流氷ロックに拘《こだわ》ってらっしゃったから、きっとこんなこともあろうかと、昨夜、流氷ロックを置いてるバーに行きましてね。そこのマスターがまたいい人でね。『網走の宣伝になるんだったら、ぜひ』と言ってくださって、仕入れ先とか教えてくれたんですわ。で、午前中にちょっとアタリつけといて、じつは、ここの――」

と言って、前原さんは展望台の下の駅を指さした。

駅といっても駅員はいない。駅舎を改装した喫茶店の店主と奥さんの二人がいるきりだ。

「喫茶店の冷凍庫に、かち割りの流氷、置かせてもろとるんです」前原さんが続けた。

黒川剛が横でほくそ笑んだのがわかった。

おれは重ねて前原さんに訊いた。

「で、そのカット、どこで撮影します？」

「先生には喫茶店の席に座ってもろたら、ええんとちゃいますか？　ちょうど、窓越しに流氷の景色も見えるし。お店のほうも、今日一日貸し切りにさせてもろてますから、ぜんぜん問題ないですよ。屋内の飲みカットに、それほど時間はかかりませんから」

そう言って、ひとをとろけさせる笑顔になった。

黒川剛は満足げにうなずくと、

「おーい。コーヒーまだかあ？」マネージャーにむかって大声で言う。

小太りの男はジャーとカップを抱え、たるんだ頬肉を揺らしながら、再び黒川に駆けよった。

＊　＊　＊

黒川剛は一九七〇年代から数々のテレビドラマをヒットさせてきた有名な脚本家だ。生まれ育ちは東京だが、あるドラマのロケで北海道に長期滞在し、自然のうつくしさに魅せられて、数年前に網走に移り住んだ。

自らログハウスを建て、畑を耕し、ジャガイモや蕎麦《そば》を育て、ときには漁師とともに船に乗り、オホーツクの魚を獲《と》る。そんな暮らしをしながら、黒川は自然とともに生きる人々をドラマの中で描き出した。

人間は自然の一部であり、ひとの身体《からだ》と心に自然は映しこまれる。ときとして優しく、ときとして厳しい自然に直接触れることで、リアルな生き方を取り戻したい

——黒川の切実な願いが、その作品には深く込められていた。

翻《ひるがえ》って、おれの勤めるスターライトという会社は創業以来「ひと・水・自然のハーモニー」という企業理念をもっていた。

それは黒川剛の考えとぴったり重なった。

テレビCM「黒川剛」シリーズは、「自然とウイスキー」というコンセプトで作られることになり、そこには企業広告的な意味あいも込められていた。

シリーズ第一作は、夏の網走の爽やかな森と湖。第二作は、秋の黄金色のパノラマ——まさに自然とともに歩むスターライト・ウイスキーのイメージ広告になった。

担当は先輩の田中一生さんだったが、一生さんは女性的で繊細な人だ。アウトドア派でマッチョな黒川とはそりが合わず、疎《うと》んじられてしまった。

結局、この三作目からはおれが担当になり、ホットウイスキー・キャンペーンもシリーズの中に組み込まれることになったのだ。

今回のCMの内容は——。

網走の流氷の海辺に、ひとりたたずむ黒川剛。

かつて海を渡って、シベリアからやってきた海の民＝オホーツク人を思い描いている。

浜にはオホーツク人が住みつき、大陸やサハリンと交易《こうえき》をして栄えた。網走は決して日本の端《はし》っこではない。北の海に向かって開かれた土地だった。

しかしある日、オホーツク人はこの土地から、まるで春になると流氷が離れていくように忽然《こつぜん》と姿を消したのだ。

古《いにしえ》の海の旅人を思いつつ、凍った海を見つめ、冷えた身体にホットウイスキーを一杯――。

ウイスキーが、ぽっと、黒川のこころと身体をあたためる。

「こころの景色を重ねると、自然はもっと深くなる」ナレーションがかぶさる。

＊　＊　＊

おれ自身について語るのが遅くなってしまった。

おれは、スターライトというビールやウイスキーを製造販売する会社の宣伝部員・上杉朗《うえすぎあきら》。

入社早々、会社の中で最も人気の高い宣伝部に配属されたが、酒と女にめっぽう弱く、素行《そこう》不良がたたって広島支店に異動。しかし営業でトップセールスに輝き、再び宣伝部に戻ってきた。それが三年前のこと。いまは宣伝の第一線で働いている。

営業経験を積んで、少しは酒の業界のこともわかってきた。二度目の宣伝暮らしで、入社以来念願だった広告クリエイティブの制作担当になることもできた。

ただ、この数年間で、酒の世界にはさまざまな変化がおとずれていた。

おれが広島時代に必死になって作り上げたイルカビールは、その後、採算面で大きな壁にぶち当たった。麦芽《ばくが》１００％で天然水仕込《てんねんすいじこ》みの原価の高いビールなので、採算をとっていくには、途方もない量が売れねばならない。

うちの会社によくあることだが、例によって最初の掛け声は大きかったが、イルカビールはだんだん尻すぼみになり、結局、コーンスターチを混ぜた普通のビールに逆戻り。単なるイルカのイラストをあしらっただけのデザイン缶になってしまい、ビール戦争からは脱落。スターライトは再びビールメーカー最下位に戻ってしまった……。

イルカビールを陣頭指揮した星光太郎《ほしこうたろう》副社長は、その後、社内の支持を失い、営業宣伝部門をはずされ、研究部門を管掌《かんしょう》することになった。

おれも宣伝部に帰ってきて、なぜかビール担当にはならず、輸入洋酒の仕事を続け、一年前に国産洋酒のクリエイティブ担当になった。

その国産洋酒の世界にも大きなうねりがある。

焼酎の売上げが日増しにぐんぐん伸びているのだ。そして、それと反比例するように、うちの生命線であるウイスキーの売上げは急速に落ちていった。

スターライトは、夏はソーダ割り、冬はホットウイスキーと「飲み方キャンペーン」を張って、焼酎との戦いに挑《いど》んでいるのだが、なかなか突破口を見つけられずにいた。

＊　＊　＊

かつての客車が再現された店内は、向き合った木製の座席や網棚もそのままだ。列車の愛称を書いたヘッドマークや行き先表示幕、単線で行き違うときに使ったタブレット、当時の鉄道員の服なども飾ってある。窓際にテーブルが三つ、逆サイドにカウンター席が五つ。窓際の席のすぐ横はプラットホームだ。

線路の向こうはなだらかな浜なのだそうだ。流氷が去ってしまうと、窓に波しぶきがかかることもあるという。いま、窓の外には眩しいほどの流氷原が広がり、あちこちに氷の小山を屹立《きつりつ》させている。
　窓際の席に、流氷ロックを前にして、黒川剛が座った。
三脚を立てたカメラの後ろには、おれを含めて十人以上のスタッフが立ってい
る。狭い店内は人いきれで暖房もいらないほどだ。オープンキッチンの中からは、
店主夫婦も興味深そうに撮影の様子をのぞいている。
ディレクターの東郷さんが苦み走った声で、
「用意……スタート！」
カメラが静かに回り始めた。
黒川剛が流氷ロックに口をつける。
外では、折からの風がプラットホームに積もった雪を空中に舞わせていった。
風もいい芝居をしている。黒川も美味《うま》そうな顔だ。きっと、ほんとに好きだから
だろう。さっき極寒《ごっかん》の展望台で撮ったホットウイスキーのときより、ずっといい。
傍《はた》で見ていて、こっちの方が圧倒的に飲みたくなる
　宣伝で大切なのはオンリーワンであることだ、と先輩から教えられてきた。この
製品があることによってしか見ることのできないドリーム。その土地でしか味わえ
ないテイスト――。

流氷ロックは、網走でしか飲めないオンリーワンの飲みものだ。この映像を見た人は、きっとウイスキーの流氷ロックを飲みたくなるだろう。

だが、これは網走に来ないと飲めない。東京や大阪でそう簡単には飲めない。

それって、はたしてウイスキーの宣伝になるのだろうか……。

日本のほとんどの土地で飲めないものをテレビで流して、そんなマイナーなものが広告といえるのか？

でも……流氷そのものを全国的に発売すれば……？

いや、流氷の全国販売なんて無理だ……。

ごくんと喉がなりそうな飲みカットを見ながら、おれの心は千々《ちぢ》に乱れた。

2

夜、網走市内の居酒屋で、撮影の打ち上げが行われた。

もちろん座の中心は黒川剛だ。なじみの店ということもあって、辺りはばからず大声を出している。この土地では、映画「網走番外地《ばんがいち》」で主演した高倉健《たかくらけん》と並ぶほどの有名人なのだ。

自分のドラマにはシャイで職人気質《かたぎ》の男を登場させるのに、当人はそういうタイプとはまるで違う……。

黒川のテーブルにはおれと東郷ディレクターが座った。みんな煙《けむ》たがって、ふたりが相手をつとめざるを得ないのだ。

愛想笑いを浮かべつつ、頃合《ころあ》いを見はからって、おれは黒川のグラスにウイスキーを注いだ。

東郷さんは彫りの深い顔にやさしい笑みを浮かべながら、黒川の話に相づちを打つ。歳は黒川より三つ上。ときどきトレードマークの口髭《くちひげ》を触りながら、合間にエゾ鹿のステーキを美味そうに頬張る。酒は一滴も飲まないが、緩急自在《かんきゅうじざい》で絶妙のコミュニケーションをとる。

東郷さんは、おれにとって、他《ほか》のディレクターとは別格の存在だ。

おれがスターライトに入ったのは、たぶん、東郷さんのコマーシャルを見て感動したからだった。東郷さんがいなければ、この仕事をしていなかった。

高校生の頃に見たそのＣＭは、ギターとスキャットだけのブルーズをバックに、さまざまな人が、笑い、泣き、怒り、叫び、歌う映像が映しだされていた。

《男、女、若者、老人。喜びのとき、悲しみのとき。愛、そして、憎しみ。歌うひ

と。叫ぶひと。語るひと。黙るひと。そこに、スターライトがいる》

と、ナレーションがかぶさってきた。

人の生きる傍《かたわ》らには、いつもスターライトが寄り添っている——そのことを押し付けがましくなく視聴者に伝えていた。

おれは、その60秒で完全にノックアウトされた。

こんな広告をつくる会社に入りたいと思った。そして就職の面接でこの感動体験を語り、社長の前でスキャットを歌って合格した。

やがて時を経て、その東郷ディレクターと仕事ができるようになったときは感激した。憧れのエリック・クラプトンと一緒にプレイするようなものだ。人生、何事も一所懸命に望めば実現できるもんだと思った。

東郷さんはギョーカイ風《かぜ》などまったく吹かせない。むしろ、そういうのがいちばん苦手なようだ。

服装も決してファッショナブルじゃない。アウトドアの撮影が多く、ヒマラヤやアンデスにも出かけている。服はパタゴニアやノースフェイスが多い。嫌味な押しの強さなんてまったくない。他人の話にしっかり耳を傾け、誰に対してもフェアーだった。なにより、瞳が少年のように澄んでいた。

制作担当になって以来、たくさんのディレクターと仕事をしてきたが、東郷さんは唯一無二の存在だ。むしろ自然派のドキュメンタリー監督やアーティストに近かった。釣りも玄人《くろうと》はだしで、北海道では幻の魚イトウを釣り、ベーリング海では巨大なオヒョウも釣ったそうだ。

本人から、生まれ育ちが北海道と聞いたとき、その風貌からしてきっとアイヌの血が混じっているんだろうと思った。色黒で太い眉、大きな目、しっかりした顎《あご》——まさに、いまを生きる縄文人《じょうもんじん》だった。

その東郷さんを前に、黒川剛は煙草をふかしながら言った。

「人間なんて自然に比べるとちっぽけなもんだよ。そもそも人間が自然をコントロールできるなんて思うのが間違いだ。大自然の怖さを知らない人間の思い上がりなんだ」

戦前生まれの黒川は、東京大空襲や疎開など厳しく悲惨な体験をしてきたが、もともと山の手育ちのお坊ちゃんだ。たかだか数年、北海道の自然の中で暮らしているにすぎない。

そのとき、黒川と目が合ってしまった。

ポロシャツの襟をたてセーターを肩に羽織った脚本家はにやにやして、酒臭い息を吐いた。

「言った通りだろ?　流氷ロックの方がウイスキーを飲みたくなるだろ?」

鼻の穴をふくらませて、まくしたてた。

もともとメジャー嫌いの偏屈な脚本家として知られ、いろんなメディアで歯に衣《きぬ》着せぬ発言をし、「喧嘩・黒川」と呼ばれている。たくさんのトラブルや舌禍《ぜっか》事件がマスコミの恰好の餌食《えじき》になり、面白おかしく取りあげられる。それがテレビドラマの視聴率をさらに引き上げてもいた。

暴走族上がりや覚醒剤に手を出したワル男優を使うのがうまく、彼らから敬意をこめて「黒川先生」と呼ばれているので周囲にどことなくアウトローの空気が漂っている。

数年前、その黒川が突然、北海道に移り住むことになった。

そして、そのことを最も喜んだのは、スターライトと永らくライバル関係にある北雪《ほくせつ》ウイスキー、通称「北雪」だった。

北雪は札幌に本社をもつ、れっきとした道産ウイスキー会社だ。創業者の北山雪《きたやまゆき》晴《はる》はもともとウイスキー製造技師で、かつてスターライトが最初のウイスキー工場を伊吹山麓《いぶきさんろく》につくったときの工場長をつとめていた。

その後、北山は独立。彼が修業したスコットランドとよく似た風土の北海道でウイスキー造りをはじめた。

北山雪晴は職人気質の人で、スターライトの創業者・星光一《ほしこういち》の商売人気質とは相容《あいい》れなかったともいわれる。北雪は派手ではないが誠実なウイスキー造りをするというイメージが強く、文化人やインテリ、ジャーナリストから支持されている。

逆に、スターライトは大量の宣伝で大衆的なヒットを飛ばすが、酒の玄人筋《くろうとすじ》からは「結局、金の力じゃないか」「口先だけ」と陰口を叩かれ、「品質の北雪」「広告のスターライト」と呼ばれている。

北雪の社員数はスターライトの10分の1以下。しかし焼酎ブームにもかかわらず、地道に売上げを伸ばし、国産ウイスキー業界のなかでひとり気を吐いている。

いろんな意味で、スターライトと北雪は対照的な会社である。

北雪の創業者がスターライトから独立した人間ということもあって、いくらシェアが小さくても、うちは北雪の動きに対してことごとく神経を尖らせる。

業界の横綱に蹴手繰《けたぐ》りやうっちゃりをかける小兵《こひょう》力士——それが北雪ウイスキーだ。

東京を足蹴《あしげ》にして網走にやってきた黒川剛は、北雪の「反骨」イメージにぴったり重なる。しかも黒川は判官贔屓《ほうがんびいき》のウイスキー党として知られていた。北雪は、黒川を広告に使わぬ手はないと考え、フラッグシップ商品「スーパー・スノー」の広告に引っ張り出そうと動きはじめた。スーパー・スノーはうちのステラの対抗商品で、このところ徐々にステラを追い上げていた。

この北雪の動きを、うちは広告代理店の情報網を駆使していちはやくキャッチ。「黒川を敵に回すと大変なことになる。逆にスターライトにつけると、北雪の打撃はかぎりなく大きい」と判断し、早速コマーシャル出演を打診した。

黒川は最初は四の五《しご》の言っていたが、スターライト上層部が酒席やゴルフ接待の波状攻撃をかけると、「知らぬ仲ではないからなあ」とつぶやいた。

結局、出演料のアップを狙ってぐずっていたようで、北雪の三倍の金額を提示することで、あっさりCM出演は決まった——。

つまり黒川剛という人物はおれたちスターライトの人間にとって、かなりデリケートな存在であり、ちょっとした政治銘柄だった。

＊　　＊　　＊

黒川のしつこさに辟易《へきえき》し、おれは少し熱くなりかけた。

が、その気持ちを抑え、

「……たしかに流氷ロック、おいしそうに飲まれてましたね」

同意するふりをした。

「だろ？」にやっと笑って、黒川が続けた。「きみの顔にも『こっちがいい』って書いてあったぞ。きみも正直な男だな」

は、は、は。喉をそらせ上機嫌に笑った。

「……」

さすが視聴率男といわれるだけのことはある。鋭い洞察力《どうさつりょく》だ。

「俺の感覚、信用した方がいいぜ」

「……」一瞬どう対応していいかわからず、曖昧《あいまい》な笑みを浮かべた。

しかし……へつらっていると思われるのは癪《しゃく》にさわる。

落ち着け。もう一人のおれがささやいた。この人はうちの超ビッグな得意先みたいなものだ。社会的影響力も大きい……。

黒川は流氷ロックをグッと呷《あお》り、音たててグラスを置いた。

「俺が何年テレビの仕事やってきたと思う？　どれだけヒット作をつくってきた

か、知ってるか?」

「はあ……」言葉に詰まった。

「きみぃ、そりゃ勉強不足だ。広告に出てもらう人のことは、事前にちゃんと調べろよ。俺はドラマの出演者が以前に出た映像はきっちりチェックするぞ。んなこと、仕事のイロハだろが」

「すみません」素直に頭を下げた。たしかに黒川の言葉は正しい。

「だったら俺の言う通り、CMの飲みカット、流氷ロックにしろよ」

「?」

それとこれとは違うだろ。まだ、こだわってるのか……。

おれはうつむきながら、黙ってホットウイスキーをすすった。

黒川が再び口を開いた。

「何だったら本多《ほんだ》クンに電話してやってもいい。あいつのことだ。おれが一言いえば、きっと考え直す」

本多とは、うちの取締役《とりしまりやく》宣伝部長の本多宗孝《むねたか》のことだ。部長と黒川は同じ大学のマスコミ研究会の出身で、互いに業界も長くツーカーの仲だと聞いている。

クリエイティブな人間として当然のことだが、黒川はつねに自分の世界を作ろうと思っている。演出家と意見が合わないときは、仕事を降りることもたびたびだ。おのれの脚本が絶対的な位置にあるのだ。

表現者が自分のイメージにこだわるのは、職人として当然だ。

でも、今、おれたちがやっているのは、広告なんだ。

広告はクライアント(広告主)あってのものだ。一CMタレントにすぎない黒川が、現場でクリエイティブを変えようなんて言語道断《ごんごどうだん》だ。

喧嘩・黒川といわれる百戦錬磨《ひゃくせんれんま》の彼のことだ。ルール違反だとわかりながら、絡んできているんだ。

しかし……どうして事前に絵コンテを見せたときに言わない? 思いついたように流氷ロックのことを言いだし、別テイクも撮らせる。そのために時間と労力と金が費やされる。まったくスジが通らないじゃないか。

おれが不服そうな顔で黙っていると、黒川が言葉を継いできた。

「いや。撮影前から、きみの会社のウイスキーのことをずっと考えてきたんだ。で、何度も言うが、俺の結論は『ホットウイスキーなんて、誰も飲まん』ということだ。いいか。『食べものは温かく、飲みものは冷たく、男は硬く』っちゅうのが世の定理だ。

俺は、若い頃からウイスキーには世話になってきた。どうしてこれほどウイスキーが好きか、真剣に考えてきた。せっかくお宅と深いご縁ができたんだ。単なるCMタレントではなく、少しはきみんとこのウイスキー戦略のために役立ちたい」

「……」でも、ありがた迷惑なんだよ。

「ウイスキーは嗜好品《しこうひん》だろ？　好き嫌いの商品だ。だからリアルなシズル感を出すのが大事なんだ」

「……」

「隙間風《すきまかぜ》が当たり前の頃の日本なら、ホットウイスキーもあるだろう。だが、今はどこの家だって暖房でポカポカしてる。北海道の部屋ん中なんか内地よりずっとあったかい。ホットウイスキーなんてメジャーになるわけがない」

「……でも、焼酎はお湯割りで飲まれています」

「もともと焼酎はお湯割り。それがオリジナルな飲み方だ。ウイスキーは元来ストレートかロックだろ？　原点に戻ることが大事なんだ。だからこそ、ロックの美味《うま》そうなカットが必要なんだ」

言い終えた黒川は流氷ロックをジュースのようにごくごく飲み、ジッポーでラッキーストライクに火を点《つ》けた。

酒の広告はシズルなくしてあり得ない。

黒川は正しいことを言っている。でも、仕事のやり方がどうも納得できない。撮影の真《ま》っ只中《ただなか》でこんなことを言い出すのはおかしい。自分の意見を通すために上の方に話をもっていこうとする、その発想もむかつく。現場のおれをないがしろにしている。

「きみは組織の一員だ。部長から命じられれば、シズルカットは流氷ロックにせざるを得まい」

「嫌です」思わず、口をついて出てしまった。

おれの理性は「やめとけ」と言ったのに……ダメだ、悪い癖だ。心のなかで舌打ちした。

が、もう遅い。巻き戻しできない……。

目の前が真っ白になった。ちょっとクラッとした。横にいる東郷さんが少し息をのむのがわかった。

「よく聞こえんな……」

黒川は半眼《はんがん》になって煙草を吹かし、さりげなさそうに呟《つぶや》いた。

「嫌だ、と言ったんです」

間《ま》を置かず、我知《われし》らずさっきより大きな声になった。

おれのたましいと理性が別々に動き出している……。

「なにぃ?」

どんぐり眼《まなこ》をさらに大きく見開き、黒川は脂ぎった顔をグッと寄せてきた。口もとの大きなホクロがいやらしい。息がくさい。老人臭だ。

「言っとくが、俺は、お前んとこの英二《えいじ》さんとマブだちだぜ」

英二とは、スターライト創業社長の弟・星《ほし》英二のことだ。

病気の社長が第一線に出られない今、星英二は筆頭副社長として、甥《おい》の星光太郎を窓際に追い込み、スターライトの実権を手中にしている。

ゴルフ好きの黒川は、同じ趣味の英二副社長と気が合うのだろう。スターライト・オープンというゴルフトーナメントのプロアマ・チャリティーにも出場していた。

業界に染まったこういう輩《やから》が、つまらないコネで甘い汁を吸いやがる。

今まで抑えていた怒りがふつふつと湧き上がってきた。

こんなやつに、おれたちのCMについてとやかく言われる筋合いはない。

どれだけ有名な脚本家だろうと、広告はクライアントのものだ。コマーシャルに出れば単なるタレントだ。タレント風情《ふぜい》が広告に意見をさしはさむ余地などない。

「あんまり勝手なことを言わないでください」言い放ってしまった。

「なんだと？」

「これは広告です」

「そんなことは、わかっとる」

「スターライトが金を出してるんです。うちのセールスが血の汗ながして稼いできた大事な金を使っている。会社の命運を握るウイスキーを売るのが目的なんです。あなたが脚本を書いたテレビドラマじゃない」

黒川の脂ぎってむくんだ丸顔がみるみる紅潮した。

「俺を誰だと思ってるんだ？」

右手が震え、グラスがかたかた鳴った。

「だれ？」鼻で笑ってやった。「東京から北海道に逃げてきた脚本家、でしょ？」

「逃げてきた？」額に青筋が立っている。

「逃げてきたんじゃないんですか」

「もう一度訊く。お前、誰に向かってモノを言っとるか、わかってるのか？」

胴間声《どうまごえ》になって気色《けしき》ばんだ。

おれは思わず噴き出した。ヤクザ映画の役者の方がずっとリアルだ。アホんだら。

「なにが面白いっ！」黒川が思いきりテーブルを叩いた。

グラスからウイスキーがこぼれ、湯がいたアブラガニの脚が数本、皿から落ちた。

一座が、しんと静まり、みんなの視線がこっちに集まった。

黒川は、すっかり映画の主人公になりきって、

「なにが面白いと言っとるんだ！　聞こえんのかっ！」

怒鳴りながら、おれの胸《むな》ぐらをつかんで、グイッと引っ張った。拳骨《げんこつ》が顎《あご》に入り、ネルシャツのボタンが弾け飛んだ。

おれのなかの何かが切れた——。

気がつくと、黒川の首を締め上げていた。

横で傍観していた東郷さんが、すかさず間《あいだ》に割って入る。

「やるなら外でやれ。今夜は無礼講《ぶれいこう》だ。タレントもクライアントもない」

黒川とおれは、互いの目をにらみつけながら、荒い息を吐いた。

ぜいぜい言いながら、黒川は東郷さんの言葉を聞きのがさなかった。

「タレントだと？」

こんどは東郷さんに向かって顎を突き出し、かすれた声で訊いた。

東郷さんが口の端《はし》で笑った。

「ま、先生。今回はコマーシャルですから。そこんとこ、よろしく」

3

ウォークマンのイヤホーンからは、U2の硬く冷たいサウンドが響いてくる。レコード会社からカセットでもらい、撮影のあいだ暇さえあれば聴いていた。網走の凍った景色にぴったりだった。このアルバムはきっと大ヒットするだろう。アドマンとして直感した。

この音があれば東京の冬景色も悪くない。

イヤホーンをはずして、宣伝部のドアを開けた。

直接の上司である水野《みずの》制作課長も、宣伝部のトップである本多宣伝部長も、二人ともデスクに向かっていた。

夕方のこの時間、一般部員は打ち合わせに忙しく、結構出払っている。課長以上の管理職やアルバイトの女の子がちらほらいるくらいだ。

おれの姿に気づいた本多部長が読みかけの書類から目をあげた。

「上杉クン、ちょっと」

眼鏡をとって咳払いし、手招きする。

お帰りやお疲れさまの挨拶もなく、これか……。

かつて広島支店への異動を冷たく言い放ったのが、この本多部長だ。

雑誌広告の校正をしていた水野さんは、赤字を入れた校正紙をデスクに置き、ため息をついて立ち上がった。

黒川から電話が入ったな……。

本多部長が大きな肘《ひじ》かけ椅子にふんぞり返っている。下ぶくれの顔は肩幅の半分くらいある。細い目が突き刺さるような視線をおれに向けてきた。

きれいに撫でつけられた髪からは整髪料のにおいがし、仕立てのいいグレイのスーツには臙脂色《えんじいろ》のポケットチーフがのぞいている。

「黒川剛に何を言われたんか知らんが、きみ、スターライト宣伝部員としてちゃんと品位ある行動とってるんやろな?」

関西イントネーションで部長がねちっこく訊いてきた。

「はい……」

あのあと、東郷さんが取りなして、いちおう黒川には無礼を謝った。が、熱くなった黒川は浴びるように酒を飲み、最後は足腰が立たなくなって、マネージャーに抱きかかえられるようにして帰っていった。

部長のデスクにやってきた水野さんは四十前だが、若ハゲの童顔だ。キューピーにも似た広い額に縦皺を刻み、困った犬のような顔で立っている。その姿が、おれにはいたたまれなかった。ほんとは水野課長と呼ぶべきだが、おれたちとそれほど年の差がない。みんな親しみを込めて水野さんとか水ちゃんと呼んでいた。

本多部長に叱責《しっせき》されるのはどうってことはない。いつも誰かを呼びつけてはくどくど文句を言っている。上役には尻尾を振り、部下が少しでもミスすると、嫌味を言って、そっと人事考課を下げる。典型的なヒラメ野郎だ。

おれが叱られるのはいいが、水野さんをつらい立場に追い込みたくはなかった。

水野さんは、イルカビールを世に送り出すために邁進《まいしん》した沢木《さわき》さんと一緒になって、広島からおれを呼び戻してくれた恩人だ。この二人は宣伝部を担《にな》うエースとして、媒体や代理店、クリエイターから「沢《さわ》・水《みず》」と並び称されている。

水野さんは眉間に皺を寄せたまま、おもむろに口を開いた。

「上杉。お前のことを信じてるよ。黒川さんに殴りかかったのは、何かわけがあったんだろ？」

殴った……？

たしかに黒川の胸ぐらをつかんだとき、拳《こぶし》が少々ぶつかりはしたが……。あれを、殴ると言うのか？

すかさず本多部長が、

「殴っていようがいまいが、黒川さんが気分を害されて、広告から降りられたら、元も子もないやろうが」

うすい笑みを浮かべて言った。が、目は笑っていない。

水野さんが山登りで鍛えた太い首を前に突き出し、ちょっと猫背になって、

「部長。黒川剛の一方的な話かもしれませんから、上杉の言い分も聞いた方がフェアーじゃないですかね」

世慣れた口調で取りなすように言う。

「ふむ……」渋い顔をして、部長がうなずいた。

事のなりゆきを説明したが、部長は腕を組んだまま貧乏揺すりをしている。

水野さんは腰に手を当て、ふーっと吐息を漏らし、やっと口を開いた。

「お前がキレたのは、わかる。……だがなあ、先生、結構しつこいんだ」

「……」

喉にからんだ痰を吐いていた黒川の姿が浮かんだ。

「英二副社長にも電話が入ると、やっかいなことになる……」

水野さんが言いたいのは——宣伝部長と制作課長の首が飛ぶかもしれない——ということだ。

ゴルフ好きの副社長の肝《きも》いりで十五年以上も続くスターライト・オープンというイベントがある。担当の多くは、ほかの部署に飛ばされたり、神経を病《や》んだりした。ちょっとしたミスで副社長の怒りをかい、同僚や部下の面前で罵倒され、ひどいときはグラスや灰皿を投げつけられるそうだ。

宣伝部員や代理店の間で、英二副社長は人望のある星光一社長と対極のところに位置づけられていた。顔つきもまったく違う。光一が目鼻立ちのくっきりした縄文系ソース顔なのに、英二は弥生系ののっぺりとした醬油顔。二人の母親は違うんじゃないかという噂もあった。

うちで出世するには、社長から評価されるのはもちろん重要だが、それ以前の関門として、英二副社長からの理不尽な要求をかわす反射神経が大事だった。

本多部長は社長からも難物《なんぶつ》の副社長からも高く評価されていた。

「アメリカのマーケティングを日本に紹介したのはワシやでえ」と豪語する英二副社長は、宣伝部のことが常に気がかりで、副社長室とは別に、本多部長席の横に自分の特別席をつくり、気が向いたときにふらりと顔を出しては、部員たちに難問奇問を発しては、「お前らはいつまで経ってもマーケティングの肝がわからへんのや」と説教する。

横で本多部長が茶坊主よろしく「そうや。勉強不足や、きみら」と部員を叱り、副社長にくるりと向き直り、「ねぇ、副社長〜」と甘え声を出す。「最近の若いもんは、この程度しか勉強しとりまへんのですわ。ハングリーを知らんから知恵が出てけえへんのです。厳しい時代をよくご存知の副社長のお話、もっと聞かせてくださ い」

副社長は顔を紅潮させ「本多の言うとおりや。欠乏こそ発想の源や」と機嫌がなおる。

人の顔いろをうかがい、相手が何を欲しているかを洞察する天才的能力をもつ本多宗孝は、だからこそ三十五歳という若さで宣伝部長に就任し、その後の長期政権を作り上げた。笑顔の奥にあるしたたかさは、常人の及ぶところではない。

「いまさら言うても始まらんが……お前は酒のむと制御がきかん……」

舌打ちしながらも、口元だけは笑い、一瞬の後、顔をしかめた。

「部長。いまは黒川剛がどう出るか、様子見《ようすみ》するしかないでしょう。むずかしい問題も、時間が解決してくれることもありますから」

水野さんが冷静な口調で言う。

「しゃあないなあ。なるようにしかならんわなあ……。そやけど、オンエアーはちゃんと間に合うんやろな？」

部長がおれに視線をからめた。

「ええ」そんなこと当たり前だろが。

「三月中旬には上がるよな？」

なだめるような口調で、水野さんがあらためておれに向き直った。

「はい。必ず」

水野さんの目を見て、きっぱりと言った。

「オンエアー遅れたら、マーケティング部の景山《かげやま》がうるさいことぬかしよるからな」

本多部長が引き攣《つ》るような笑いを浮かべた。

撮影は三月あたまだった。まだ流氷があったから何とか撮影はできたものの、当然、オンエアー期間は短くなる。

中旬にあがってもオンエアーはたかだか二週間あまり。四月にホットウイスキーを飲んでる映像なんてアホだ。季節はずれもはなはだしい。ＣＭは先取りが原則だ。四月になると、ビールの宣伝をスタートしなければならない。

落ち込みの激しいウイスキー市場を活性化するためのホットウイスキー・キャンペーンだったが、残念ながらまったく成果を上げていなかった。

洋酒部門の責任者である取締役マーケティング部長・景山繁之《しげゆき》は、永年の仇敵《きゅうてき》である宣伝部に対して、お笑いタレント起用の失敗をしつこく追及していた。

宣伝部の意地にかけても、何とか売上げを挽回しなければならない。

しかし、ポップなタレントでもない「知性派」の黒川シリーズで、ホットウイスキーに世間の注目が集まるとは、おれにはとうてい思えなかった……。

＊　＊　＊

15秒や30秒にフィルムを編集後、まだ音のついていない状態でＣＭの上がりをチエックする「編集ラッシュ」の日がやってきた。

市《いち》ケ谷《がや》にある制作プロダクションの試写室には、東郷ディレクター、プロダクションのプロデューサー、代理店担当者、おれ、上司の水野さんが集まった。

今回、商品がらみのカットは、黒川の要望でホットウイスキーと流氷ロックの二種類できあがっていた。

試写室に入るなり、振り返った東郷さんと目があった。

口髭を触りながら、顔をほころばせ、「よっ」と言って、片手をあげた。ネルシャツにダウンベストを着た東郷さんは、首に赤いバンダナを巻いている。陽焼けした彫りの深い顔はサム・ペキンパーの映画に出てくる男のようだ。

おれはなんだか気恥ずかしくて、ぺこりと頭を下げた。

制作課長の水野さんの姿をみとめたプロデューサーと代理店担当者は、折りたたみ椅子からさっと立ち上がった。

少々猫背でずんぐりした水野さんはもの慣れた様子で挨拶し、席についた。

クライアントという仕事は厄介だ。ちょっとした麻薬だ。他人に千回頭を下げられると、誰だって、自分が偉くなったんだと勘違いしてしまうだろう。水野さんでさえクライアント稼業が長いせいか、代理店担当者を「坂本《さかもと》」と呼び捨てにしたりする。

ぴりぴりした沈黙のなか、照明が落とされ、カタカタと映写機が回りはじめた。フィルムが光にあたって焦げたような匂いが立ち、映写機から投げかけられる光に、埃《ほこり》の粒子が浮かんでいる。

「5、4、3、2、1」と番号の入った、カエルの可愛らしいイラストの入ったリード映像が流れ、コマーシャルになった。

音はまだ入っていない。

澄みきった網走の青空。水平線まで凍りついた海をカメラはゆっくりとパン。強い風に雪煙をあげる北の大地。畳みかけるように、それらの映像が流れ、やがて、脚本家・黒川剛が氷を削って、黙々と彫刻を作り上げているシーンに。黒川の顔がアップになる。海のはるか遠くを見つめるような表情。ぐっとカメラが引くと、黒川が満足げに自分の作った氷の彫像を眺めている。その横のテーブルには、スターライト「ステラ」。黒く引き締まったボトル。朱色のキャップ。そのキャップを黒川がピシッと開ける――。

それから後の編集違いで、2タイプができあがっていた。

トクトクトクと、注がれる琥珀色《こはくいろ》のウイスキー。

その横にあるのが、一方は、ホットウイスキー用の取っ手のついたトール・グラス。もう一方は、流氷の入ったロック・グラス。

Aタイプ（ホット）60秒、30秒。

Bタイプ（流氷）60秒、30秒。

あっという間にフィルムは終わった——。

吐息の漏れる音が聞こえた。

隣に座った水野さんはずっと腕組みして考え込んでいる。

「……すみません。もう一度、最初から見せてもらえますか？」

闇の中で、おれは言い、また最初からフィルムを回してもらい、結局、試写は五回繰り返された。

試写室の照明が再びついた。

が、誰も視線を合わそうとしない。

部屋の中は水をうったように静まりかえっている。

まいった……。

何度見ても、流氷ロックの方が美味《うま》そうだ。

水野さんの方をちらっと見る。

と、眉間に皺を寄せ、後退しきった額に手をあて、押し黙っている。

代理店の担当者もプロデューサーも、静寂の中で凍りついたようになっている。

東郷さんと、また、目が合った。

「どう？　上杉さん」

白い歯を見せて、単刀直入に訊《き》いてきた。

やっぱり、きた……。

CM試写に行くと、必ず、こういう状況に出くわす。

担当になった頃は、まだ営業時代の癖が抜けず、周りの顔いろをうかがい、自分の意見を言うべきかどうか迷ったりした。

スターライトの広告に関わるクリエイターは超一流なので、彼らに「こいつはセンスのない奴だ」と思われるのが怖くて、発言しにくいということもあった。

だが、答えをためらっているのも、「この男は表現に対して、自分の意見を持っていない。クライアントとして頼りにならない奴だ」と思われる。

担当を数年続ける間に、意見を求められたときに人の顔いろを見てはダメだ、とおれは思い至った。発注側がクリエイティブについて確かな考えを持っていないのは、実際に制作にあたるクリエイターに対して失礼だ。

おれは大きく息をついた。

「やっぱり……流氷ロック、いい、ですね……」

「えっ？」

水野さんが目を丸くして、おれを見つめた。

東郷さんは、黙って、うなずいた。

プロデューサーも代理店の担当者も、呆気《あっけ》にとられている。

だが……自分の感覚に嘘をつくことはできない。

いくら黒川の提案したアイディアとはいえ、美味そうなものは美味そうなのだ。

表現にたずさわる者として、身体感覚をごまかしてはいけない。

ただ、方針としてホットウイスキーでいこうと決めている……。それを引っ繰り返すなんてできるのか……。

「本気でそう思ってんのか？」

水野さんがおれに訊いた。いつもの優しい目が、憂いを含みつつ三角になっている。

周りの人たちは息をのんだ。

「え、ええ……。個人的には……」

水野さんの気迫に、思わずたじろいだ。

「じゃ、水野さんは、どうですか?」

東郷さんがよく通るバリトンで、しれっと尋ねた。

「えっ?」

こんどは水野さんが、一瞬、口ごもった。

「流氷ロックとホット。はっきり言って、どっちがいいですか?」

畳みかけるように、東郷さんが切り込む。

「それは、やはり、流氷ロックです」

少しくぐもった声だった。が、水野さんは毅然と答え、一呼吸おいて、

「単純に、映像としておいしそうなのは……という意味で、です」

「なるほど……」

東郷さんが口髭を撫でながら、胸ポケットからマールボロを取り出し、目顔《めがお》で吸って良いかと訊き、百円ライターで火を点けた。

「CMとしては、どちらが?」

ゆったり紫煙をくゆらせながら問いかける。

「もちろん、ホットウイスキーです」

間髪《かんはつ》を容《い》れず、水野さんが答えた。

広告は会社の方針に則《のっと》ってつくられる。当然ホットウイスキーのカットを使うべきだろう。おれだって撮影のときはそう思っていた……。

「……でも、圧倒的に流氷ロックはシズル感がありますよ。ピシッピシッと氷が割れていく音まで聞こえてきそうじゃないですか」おれの口から思わず言葉がついて出た。

水野さんの顔が、また曇った。

「上杉。それで社内を説得できると思っているのか？」

「……」問題はその一点だ。

「長いこと宣伝の仕事やってるんだ。お前だって、絵面《えづら》だけの問題じゃないことぐらい、わかってるだろう？」

わかりきったことを言わせるな、という口ぶりだ。

仕事のやり方や能力で、おれは水野さんをリスペクトしている。が、社外の人の前でこんな言い方はないだろう……。

おれは意を決して、口を開いた。

「でも方針といったって、お笑いコンビを黒川剛に替えただけじゃないですか。黒川シリーズは『水や自然を大切にする』企業姿勢を打ち出すことがコンセプトでしょ。おいしそうなシズルと企業メッセージで、『ウイスキーには何か夢がありそう』と消費者に思わせた方が、長期的に見てファンが増えると思うんですが……」

東郷ディレクターが煙草を灰皿で揉み消し、

「絵コンテのプレゼンのときに、流氷ロックのことを知らなかった私の責任です。網走に行って初めて黒川さんに教えてもらった……。事前の準備不足です」

両膝に手をついて、深々と謝った。

「いやいや。東郷さん。そんなこと、しないでください」

水野さんが顔の前で手を振って、

「ホットウイスキーでコマーシャルを、と私どもが最初にオリエンしたんですから」

東郷さんは、もう一度、ぺこりと頭を下げ、

「……この仕事を二十年以上やってますが、コンテ通りに上がってこないものに、じつは良いものがありました。今回は商品にからむ大切なシーンだった……でも、

直感なんですが、黒川さんに流氷ロックを教えてもらったとき、ひらめくものがありました。

水野さんが仰《おつしや》ることはようくわかります……しかし……上杉さんの感覚はとても大事です。普通の消費者に近いニュートラルな感じ方だと思います」

そして、流氷ロックがスターライトにとってベターではないか、と東郷さんはきっぱりと言った。

傍《かたわ》らにいるプロデューサーは大きくうなずき、黒川を広告に引っ張り出した代理店の担当者は、クライアントと制作サイドの板挟みになって、ひたすら額の汗を拭《ぬぐ》っていた。

やはり広告界ナンバーワンのＣＭディレクターの意見は重かった。

水野さんの眉間の皺はより一層深くなったが、「ちょっと考えさせてください」と言い、会社の方針をごり押ししなかった。バランスを考え、なるべくなら関わった人が気分よく仕事ができるようにする——それが水野さんのやり方だった。

「私の一存《いちぞん》ではちょっと決めかねますんで、持ち帰って部長の本多と相談させてください」

当然、やっかいなマーケティング部の景山部長とも調整しなければならない。

おれたちは立ち上がって、軽く会釈すると、試写室を後にした。

オンエアーの時間は、刻一刻と迫っていた。

4

帰りのタクシーには気まずい空気が漂っていた。

水野さんもおれも互いに顔を背《そむ》け、窓外に虚ろな視線を投げながら、ひとことも口をきかなかった。

それはホテルニューオータニを過ぎ、弁慶橋《べんけいばし》を渡り、まさに会社に着く直前のことだった。ふっと、あるアイディアが降りてきたのだ——。

おれは水野さんに向き直り、

「北海道だけはシズルカットを流氷ロックで……」ぼそっと言った。

「えっ？」怪訝《けげん》な表情をした。

「他《ほか》のエリアはホットウイスキーに差し替え……って、どうですか？」

「……！」水野さんの目がいたずらっ子のように輝き、

「いいじゃないかっ」食いつかんばかりの勢いで言った。

「いけますか？　これなら」

「おお。あの景山さんも何とか説得できるかもしれんぞ」

タクシーは赤坂見附《あかさかみつけ》の会社の前を通り過ぎ、246《にーよんろく》の坂を青山一丁目の方にどんどんのぼっていく。

しかし、そんなことに構ってはいられない。ひらめいた瞬間にとことん話し合わねば。

「流氷は北海道のご当地もの。ほかの土地にはない、北海道のオンリーワンですよね？」おれは勢い込んで言った。

「だから——？」

水野さんも身を乗り出してきた。

「北海道で流氷ロックの映像が流れると、きっとみんなが応援してくれるはずです」

「だろうな」

「『流氷ロックをどうしても飲みたい』ということになれば、網走の関係者と連携して、流氷を特別パックにして売り出せばいい。でも、内地まで流氷を送るのは無理です。内地は既定方針通り、ホットウイスキーでやればいい」

言い終わると、どっと身体の力が脱けた。

水野さんは上唇を舌でなめ、目を宙に泳がせた。

「北海道だけ差し替えというのはいい。これなら、マーケティング部もちょっとゴネるくらいだ。何とか説得できる。それに……黒川剛にもこっちから連絡を取ろう。彼の提案が受け入れられて北海道でオンエアーされるんだから、きっと喜ぶ。お前の狼藉《ろうぜき》だって帳消しになる。スターライトと黒川の関係もノー・プロブレムだ」

水野さんがおれの肩をバンッと叩いた。

＊　＊　＊

本多部長は内心にんまりしているくせに、ねちっこい嫌味をたっぷり言った。が、おれと水野さんがマーケティング部の景山部長と直談判《じかだんぱん》して了承をとるなら、という条件でゴー・サインを出した。

おれたちは、早速、マーケティング部、通称「マーケ」に向かった。

景山部長は入社は水野さんより二つ上。こちらも社内で有名な若手エリートだ。

顔いろが悪く、いつも青ざめているように見える。会議での舌鋒《ぜっぽう》すさまじく、完《かん》膚《ぷ》なきまでに対立者を叩きのめすので、青ザメというあだ名がつけられている。大学時代は演劇部にいたらしい。物言いがどこか芝居じみている。あまりにわざとらしいので、おれは会議中噴き出してしまったことがある。関西の営業でそれなりの成績を上げた後、マーケティング部に引き抜かれて東京にやって来た。

マーケは商品の企画からはじまり販売計画まで作る――実戦部隊の営業に対し、その背後で戦略を練る参謀本部。プロモーション費用もマーケが決めるのだ。おかしな話だが、現場で汗水たらして戦う支店長もマーケの部長には頭が上がらない。マーケの人間は社のトップ連中と毎日顔を合わせている強みがあるのだ。販売計画をたてる部署だから、世の中を感じるアンテナが必要なのに、不思議なことにマーケのやつらは完璧に顔が内側を向いている。社内でどれだけ権力をふるえるかに汲々《きゅうきゅう》としている。日本の官僚組織そのものだ。

宣伝の仕事は営業とよく似ている。おれたちの発するメッセージに共感してもらうことで、商品が動く。結果もはっきりしている。売れない広告はまったく意味がない。

しかし、マーケの仕事は違う。

日々、机上の空論を作ることに余念がない。そして作戦が失敗すると、実行部隊である営業や宣伝がアホだからと言う。太平洋戦争で人を戦場にかりだしておいて、まったく責任をとらなかった人間たちとそっくりだ。青ザメは、そんなマーケの象徴のような人物だ。

宣伝とマーケの間には、昔からたびたび確執があった。

かつて一世を風靡《ふうび》したウイスキーやブランデーの水割りキャンペーンは、宣伝部が発想したものだ。寿司好きの宣伝部員が、行きつけの店でウイスキーのボトルをキープし、水割りにして飲んでみたら、それが刺身や寿司によく合った。

そのことを宣伝会議でしゃべると、当時の部長が、

「ほな、『和風店でウイスキーの水割り飲んだら、意外とうまい』というクリエイティブ作ったらええやないか」

ということになり、星光一社長に提案すると、

「おもろい。やってみなはれ」

さっそく、寿司屋のカウンターでウイスキー、という広告を打つと大好評を博した。その後、すみやかに和風店攻略作戦を開始。「和食にウイスキー」キャンペー

ンはステラの売上げを驚異的に伸ばし、世界のメジャー・ブランドに押し上げた。

青ザメは、このサクセスストーリーを、マーケの調査をもとに周到な準備によって生まれた作戦だと社内外に喧伝《けんでん》した。舌先三寸で人を丸めこむのは景山繁之の最も得意とするところだ。

宣伝部としてはとうぜん面白くない。広告界をリードしてきた自負があった。クリエイティブの質のみならず、実際に宣伝でモノを売ってきたからだ。戦後日本の洋酒ブームを牽引《けんいん》し、この国の飲食文化に大いに影響を与えてきた。

おれは宣伝部の先輩から「表現こそが戦略だ」とたびたび言われてきた。

「マーケは小賢《こざか》しいことを言うばかりで、実際、何も作ってこなかったじゃねえか」

「あいつら、いつも結果論なんだ」

「コンセプトをたてても、具体的なクリエイティブが作れなくちゃ、意味ないね」

口々にマーケをこき下ろした。

水野さんはグラス片手にこんなことを言った。

「広告はデータからは絶対に生まれない。ひょいっと何かが飛躍したときに、おもしろいアイディアが湧くんだ。神経から神経に情報が伝わるときに、シナップスとシナップスは離れているけど、この隙間を情報がぴょんと飛び越えて伝わる。あれと同じだよ」

論理を積み上げて、人を感動させる広告が生まれるわけではない。ある瞬間、天啓みたいにそれは降ってくるのだ。

水野さんはこうも言った。

「でも、勘違いするな。四六時《しろくじ》、歩いているときも、風呂に入っているときも、寝ているときも、その商品の広告をどうするか考えているからこそ、啓示はやってくる。ただデスクにしがみついて考えてればいいって問題じゃない。そこが難しいところなんだ。遊びを遊んじゃダメだ。俺たち宣伝《アド》マンは、遊びを真剣に遊ばなくちゃいけないんだ」

わかったような、わからぬような話だったが、そのとき、おれはアメリカに留学した友だちから聞いた話を思い出した。

彼は、アメリカに行って数カ月たったある日、突然、相手のしゃべっている英語がわかるようになった、と言っていた。

飛躍ってそれと似てるんだ。表面を見てるだけだと不連続だけど、無意識のなかではずっと連続してる。四六時考えるって、そういうことなんだ、きっと。

＊　＊　＊

青ザメは、マーケティング部が陣取る大部屋の、いちばん奥のデスクに座っていた。眼鏡をかけたりはずしたりしながら、眉間に皺を寄せ、猫背になって厚さ五センチの資料を一心不乱に読んでいる。

青ザメのデスクに近づくにつれ、辺りがひんやりと静まりかえってきた。近くの島にいる部員たちも何やら文献にあたっているようで、咳《しわぶき》一つ聞こえない。

青ザメが部長になって以来、引きこもりになって、会社に出てこられなくなった部員は三人いるし、自殺した部下もいるということだ。この深閑《しんかん》とした空気は、宣伝部と同じ会社とはとても思えない。

でも、おれは、みんなから恐れられる青ザメが、それほど嫌いじゃない。

つまんない演劇でも何でもいいが、何か表現したいものがあるやつなんだろう。満たされない表現欲求がきっと宣伝部に対する嫉妬となり、攻撃になるんだ。

宣伝部は派手な職場だと思われている。仕事の内容をよく知らない人は、タレントに囲まれ、マスコミの連中とちゃらちゃらしてると思っている。

青ザメの宣伝部に対する反発は、おそらくそんなところから来ているのだ。

おれたちがデスクの前に立っても、青ザメは資料から目を離そうとしなかった。

「お忙しいところ、すみません……」

水野さんの声が耳に入っているのかいないのか、ピンク色の蛍光マーカーで資料にアンダーラインを引いている。

「すみません……」

水野さんは小柄な身体をさらに屈《かが》め、今度はもうすこし大きな声で呼びかけた。

青ザメの丸めた肩の辺りがぴくっと動き、やっと顔を上げた。うつむいて仕事をしていたからか、珍しく血の気《け》の通った顔いろをしている。

「何べんも声かけんでも、わかっとるがな」

舌打ちし、口を半ば開けて、首の骨をぽきぽきいわせた。大きな吐息をつき、やっとおれたちに向き直る。二重まぶたの意外と可愛い目をしている。

「用件は？」

「じつは……」

水野さんが、青ザメの横で、いきなりしゃがみ込んだ。

視線を相手よりも低くして、これまでの経緯と事情を手短に説明した。

青ザメは目を閉じ、ハゲ頭をこころもち右に傾け、話を聞く。右手にもったマーカーをくるくる回し、やがて、そのマーカーでデスクを小刻みに叩きはじめた。

青ザメも、黒川剛が一筋縄ではいかぬ人物だというのをよく知っていた。同類だから、よけいにわかるんだろう。

「流氷は北海道の、いわば特産品なんで……」

と水野さんが言いかけたとき、いきなり、その話の腰を折って、

「黒川・流氷・ウイスキー……か」

口をへの字にして、つぶやいた。

「………」

「………」

ふむ、と青ザメが小馬鹿にしたように笑い、

「……けっこう、当たるかもしれへんな」目をつむったまま言った。

「?」

「……?」

「きみらが、北海道エリアだけ流氷ロックで行きたい、いうのはわかった。それ

は、それでええやろ。けどな、マーケとして宣伝部に条件を出す。これ、約束してもらわんと、こっちは動かんぞ」

大きく息を吸って、ちょっと間を置いた。

「北海道の販売予定が達成せえへんかったら……水野！」

そう言って、睨《ね》めつけ、一拍おいた。

水野さんはしゃがみ込んだまま、顎に力を入れた。

「お前、制作課長の席、ないと思えよ」

「……もちろん、わかっています」

水野さんがしゃがみ込み姿勢から、立ち上がった。

「北雪ウイスキーの雪より、スターライトの流氷の方が硬くて強い。『ウイスキーには雪より氷』っちゅうコピー、どうや？」

うす笑いを浮かべながら、青ザメは宣伝のプロに向かって怖《お》めず臆《おく》せず言った。

「景山部長。それ、ぜんぜんコピーになってませんよ」

ニコッと笑って、おれは言ってやった。

5

さっそく黒川剛から本多部長に電話が入った。流氷ロックのオンエアーをひじょうに喜んでいたそうだ。

おれも水野さんもほっと胸を撫で下ろしたが、春は思いのほか早くやってきて、東京の桜も三月下旬には満開を迎えた。

気温はゆっくりと、しかし確実に上昇し、零下十度の土地で苦労して作ったホットウイスキーのCMは無情にも早々に打ち切られてしまった。

ただし、冬将軍の居座り続けた北海道では流氷ロックが好評で、ステラの売上げは支店ではひさびさにスーパー・スノーを凌駕《りようが》。ウイスキーの売上げ予算も達成できた。青ザメは軽く舌打ちし、不健康な顔いろで執務を続けた。

窓の外では、葉桜が気持ちよさそうに風にゆれる季節になった。

デスクに領収書を広げ、電卓を叩きながら出張費の精算をしていると、本多部長に「上杉。ちょっと」と手招きされた。

「英二副社長に、黒川さんから電話が入ったらしいでぇ」

肘掛け椅子にふんぞり返ったまま、ぷっと頰を膨らませ、どこか不満そうな顔で言った。

「えっ?」

思わず鼓動が激しくなった。

ついに、来たか……。

「黒川さん。お前のこと、何や言うてたらしいぞ」

暑くもないのに部長は扇子を広げ、二流の落語家のように気ぜわしくぱたぱた扇《あお》いだ。

「……………」

「お前は、日本のサラリーマンには珍しいタイプやて」

曇り空から微かな光が射すように、膨れっ面を一転させて、にやりと笑った。部長の表情は春の天気のようだ。

「は?」

おれは目を瞬《またた》いた。

はっきり言ってくれ。まわりくどいのは苦手だ。「日本のサラリーマンには珍しい」とは、組織の人間として失格、ということか？

「何が左右するかわからんなあ」

「……」

「黒川さん、お前のこと、いまどき珍しく裏表《うらおもて》のない男やて、えらい褒《ほ》めてくれてはったみたいやぞ」

「？」

「ほんま、危なっかしいわ、お前の人生。左右が断崖絶壁の細道、歩いとるなあ」

「はあ……」

思わず頭を掻きながら、部長の言葉を反芻《はんすう》した。

そういえば……広島支店時代、グループリーダーの柴《しば》さんから同じようなことを言われた……。

「増長《ぞうちょう》するな」

ぴしゃりと言って、部長はデスクの電話に手を伸ばした。「話は終わった、早く行け」というサインだ。

おれは一礼して、自席に戻ろうとした。

視界の隅に、遠くから心配そうにこちらを見ている水野さんの姿が、うつった。

＊　＊　＊

狭く入り組んだ新宿二丁目の路地には、湿気《しっけ》て饐《す》えたような匂いが漂っている。沖縄や韓国料理の店があり、最新のブラジルやアフリカ音楽をかけるバー、ゲイやレズビアンの店……放送や出版業界の人が好きそうな店が軒《のき》を連ね、ところどころアスファルトの剝《は》げた裏通りには赤や青、ピンクや紫のネオンの灯《あか》りが流れていた。

水野さんがライオンの装飾を施《ほどこ》されたノブを三回鳴らす。

と、重そうな木製ドアが開いて、ちょっとマーロン・ブランド似の、頑丈な顎をもつ、癖のありそうなバーテンダーが立っていた。

年の頃は五十代半ば。少し白いものの交じった髪をオールバックにし、陽焼けした浅黒い肌に真っ白なシャツ。黒のベストをきりっと着こなしている。

「いらっしゃいませ」

落ち着いた声でこたえ、口の端《はし》で少し笑った。

分厚い、一枚板のカウンターに向かって、水野さんと一緒に座る。

店は広くはない。スツールが八つ。使い込まれた渋い赤茶色のカウンター。その端にはたくさんのカスミソウの花。心なしかひんやりとした空気に、うっすらとチェット・ベイカーが流れている。

水野さんがマスターを紹介してくれた。

木村正敏《きむらまさとし》。あらためて視線を合わせて挨拶する。底知れぬ目力《めぢから》がある。きっと一筋縄ではいかない男だ。

一息ついてから、水野さんはシングルモルト・ウイスキー「伊吹《いぶき》」を氷なしの水割りで、おれはレッド・ブレストというアイリッシュ・ウイスキーをロックで頼む。

とりあえず「お疲れさま」の乾杯をし、水野さんは水割りを舐《な》めるように飲んだ。

「あのあと、本多部長と話したけど、めずらしくご機嫌だったよ」

グラスを手に持ったまま、こっちを向いて、にっこりする。

「……ほんとですか？」

「ま、今日のところはな」

「部長はなに考えてんだか、よくわかんない……」

「あの辰《たつ》ちゃんでさえ、本多さんにはさんざん苦汁《くじゅう》を飲まされてきたからなあ」

水野さんが辰ちゃんと呼んだのは、部内ナンバー2・宣伝部次長の辰村次郎《たつむらじろう》のことだ。ちなみに本多部長とは同期入社である。

辰ちゃんは、おれが入社したときに直属の課長だった。

ちょっとシャイだが、お茶目なところもある辰村は、彼自身好き嫌いが激しいこともあって、毀誉褒貶相半《きよほうへんあいなか》ばする人物だが、社内外を問わずファンも多く、親しみを込めて「辰ちゃん」と呼ばれている。

おれの入社前から、宣伝部はテレビコマーシャル制作に本格的に力を入れだしたが、その原動力は辰ちゃんだった。広告賞を総なめするクリエイティブを作った辰村次郎の名前を知らぬ者は業界にはいない。

若かりし頃、その破天荒《はてんこう》な性格が英二副社長に気に入られ、副社長自らが仲人《なこうど》となって、星家と縁戚関係にある女性と結婚。が、二年後に離婚。副社長のメンツをつぶし、以後、宣伝から営業。また宣伝。また営業……と嫌がらせの人事異動を命じられ、やっと課長となって宣伝部に戻ってきたが、同期の本多はすでに部長。辰ちゃんの上司となった——。

一方、本多はコピーライターとして入社するも、早々に能力を見限られた。抜け目無く計算高い性格は事務職向きと諭《さと》され、以後ケツをまくって仕事に没頭。英二副社長に仲人を懇願して結婚。婿《むこ》養子となり、以前の横溝《よこみぞ》宗孝という名前はあっさり捨て去った。

課長として宣伝部に復帰した辰ちゃんは、自らの存在を示さねばならなかった。社内の優秀な人材を自分の下に集め、広告制作とイベントに力を注いだ。そのとき集められたのが田中一生《いっせい》さんであり、水野さんだ。

一生さんはテレビコマーシャルをプロデュース。水野さんは北京でのマラソンやスコットランドでのゴルフ選手権などを企画。辰ちゃん自らは中国で世界初のＣＭ撮影……と辰村組は八面六臂《はちめんろっぴ》の活躍を始めたのだった。

ところが……こうした成功は、社の上層部には、すべて本多部長のお手柄として報告された。

世渡り下手な辰ちゃんは鳶《とんび》に油揚げをさらわれ、本多部長は部下に忌《い》み嫌われながらも、出世の階段を着々と上った。社内外で「実力の辰村、政治の本多」といわれる由縁《ゆえん》だ。

水野さんもおれも、すでに一杯目のグラスが空《あ》いていた。

マスターの木村さんは目を伏せて黙々とグラスを拭いていたが、こちらの気配を察して、ふっと面《おもて》を上げた。

静かに手の動きを止め、おだやかな眼差《まなざ》しを向ける。

「じゃ、マスター。こんどはステラ。円《まる》い氷のオン・ザ・ロックで」

水野さんは、バックバーに並んだお馴染みの真っ黒なボトルを指さした。

「えっ？　円い氷、あるんですか？」

思わず、水野さんに訊《き》いた。

「あるさ。マスターが毎日ナイフで削って十個だけ作ってるんだよ」

驚いた。話には聞いていたが、球形の氷を見るのは初めてだ。

「こちらのお客さんで、ちょっとうるさ方《がた》がいてね。角《かど》のある氷だと、時間が経つうちに溶けて水っぽくなるって言うんだって」

水野さんの解説に、マスターがちょっとくすぐったそうな笑みを浮かべた。

「そういうもんなんですか？」

木村さんに訊いた。

「はい。球体が一番表面積が小さくなって、水と接する部分が最小になるんですね」

声優にしたくなるほど、心地よい声だ。

「じゃ、ぼくも円い氷で、同じもの、もう一杯」

「承知いたしました」

木村さんが、早速、冷凍庫から白く凍りついた氷を取り出す。

暗い照明のなか、氷の周りに、冷気が霧のように漂った。

＊　＊　＊

「うちの社員は誰も来ない。安心してしゃべれる」

オン・ザ・ロックを美味《うま》そうに啜《すす》りながら、水野さんが言った。

大きな円い氷が、カウンターの上から射し込むピンライトに宝石のように輝いている。琥珀色《こはくいろ》の液体がとろんと油のようにゆらめいた。

「いいお店ですね」おれは静かにグラスを置いた。

「マスター、口も堅いしね」

水野さんが笑いかけると、木村さんは、

「それだけが私の取り柄《え》でして……」と言って、軽く会釈《えしゃく》した。

カウンターの上に飾られたカスミソウが、空調《エアコン》の風にゆれている。

「今夜はほかに客もいないから、ちょうどいい……」

水野さんは再びロックを啜《すす》ると、一呼吸おいた。

マスターが、

「煙草がちょっと切れましたから」

言いおいて、カウンターの中から出ていった。

チェット・ベイカーのささやき声がバー木村の空間を満たしている。

水野さんがちょっと向き直った。真剣な面差《おもざ》しだ。

「光太郎さんが、いよいよ副社長を退くらしい」

おれは、黙ってうなずいた。

噂はかねがね聞いていたし、光太郎さんの居場所がなくなっているのは、うすうす感じていた。

「やっぱり経営には向いてなかったのかな……」

広島で営業をやっていたころ、大手酒販店《おおてしゅはんてん》の黒岩《くろいわ》社長が、光太郎さんはスターライトを背負っていく器ではない、とはっきり言ったのを覚えている。

「光太郎さんはエジンバラにあるスコッチウイスキー研究所に行くことになったよ

うだ。本来は学者の道を歩んできたわけだから、本音のところは、ほっとしてるんじゃないか。当初はイルカビールもうまくいったけど、その後がなあ……」

たしかに光太郎さんのやり方は性急だった。

イルカビールは麦芽１００％で天然水を使い、しかも価格が普通のビールよりも安い、業界の常識を打ち破った新製品だった。

しかし、味の決定プロセスで消費者や酒屋など社外の人間がかかわった――そのことが、後々まで尾を引いた。

酒にはどこか神秘がある。素人を含めた多数で味を決めてしまったことは、そのベールを剝ぎ、酒造会社の最も大切な部分を世の中にさらしたことになる。

星光一社長の時代から会社を支えてきた古株連中《ふるかぶ》は「市民に対して開かれた酒造り」には当初から首をひねっていた。イルカビールが売れているうちは、まだ、そうした反発が表面化することはなかった。

だが、イルカビールが爆発的人気を呼んだことが、皮肉な結果を招いた。品不足をおこし、酒販店や卸店、スーパーやコンビニなどから、生産・物流計画へのクレームが澎湃《ほうはい》として起こったのだ。注文のキャンセルが続き、やがて、売上げは急速に落ち込んだ。古株連中からのブーイングは高まり、レシピの見直し要求が強まった。

光太郎は煩悶《はんもん》した。このままではコストもかかりすぎる。今まで以上の赤字になる。

思案をめぐらした結果、コストをおさえるべく、レシピをコーンスターチ（トウモロコシからできた澱粉《でんぷん》）の混ざった従来のビールに変え、価格を引き下げた。ただしボトルデザインだけは継続した。

イルカビールはたましいを抜かれ、イルカのイラストをあしらっただけの普通のビールになってしまったのだ……。

案の定、売れゆきは芳《かんば》しくなかった。

焦った光太郎は、北海道はエゾシカ、兵庫県はイノシシ……とご当地動物キャラクター缶を作り、どんどん泥沼に落ちていった。

やがて星光太郎は、副社長とは名ばかりの、研究部門を管掌《かんしょう》する立場に追いやられた。

水野さんが口を開いた。

「お前もわかっているように、いま社内の権力は英二副社長が握っている。が、悲しいかな、あの人にはまるで人望がない。

京都大学の経済学部を出て、日本のマーケティング協会の会長もしている。とはいえ、実際に営業をやったこともないし、自らマーケティング計画をたて、その実施結果との齟齬《そご》に苦しんだこともない。だから、言っていることにおよそ説得力というものがない。

たぶん、そのことを自分自身が一番よくわかってるだろうが……いや、だからこそ、『わしの言うことをわからん奴はアホだ』と権柄《けんぺい》ずくな態度で、会社の人間を叱りとばす。切れ味鋭いが人間味のある光一社長とはまったく逆だ」

「ほんとに兄弟なのかな？」

「よくわからん……」少々口ごもった。

うちの今後を考えると、水野さんのみならず、おれだって暗澹《あんたん》とした気持ちになる。

「スターライトは、どうなっていくんですかね？」

「いままでは戦後の経済成長に乗っかって、うまくやってきたけどな」

「この先、右肩上がりの世の中が続くなんて保証、どこにもないでしょ」

「高級車が売れ、海外旅行者も増え、グルメ・ブームになっているけど、うちはいまや失速している。このままいくと早晩《そうばん》ダメになるだろう」

「肝心のウイスキーが……」

「いままではウイスキーで儲けた金をビールに注ぎ込めた。潤沢《じゅんたく》な金があったからこそ、腰を据えて、ビール事業に取り組むこともできた」

「ドミノですね」

「ウイスキーこけたら、みなこけた、になる」

「ご一統《いっとう》はんはどうするんでしょう?」

ご一統はん、というのは社内用語で「星一族」のことだ。

同族企業であるスターライトは、取締役会とは名ばかりで、すべては星一族の意向で決まる。社内に派閥なんてものはない。あるとすれば、星家の誰の寵愛《ちょうあい》を受けているかで色分けされるくらいだ。

「いま、スターライトにはリーダーがいないんだ」

水野さんの広い額に深い縦皺が寄った。

「星光一や一時の光太郎さんをのぞいて、ろくな奴がいなかったじゃないですか」

「ま、そういうことだが……あんまり、あからさまに言わんほうがいいぞ。社内政治はもっとやんわりとな」

水野さんの忠告を受け流し、おれはレッド・ブレストのロックを呷《あお》った。円い氷が少し溶け、グラスの中でゆっくり回転した。

「何とか俺たちがやってこられたのは、光一社長が宣伝部を可愛がってくれたからだ。宣伝主導でモノを売る。それがスターライトの伝統だった」

そう言って、のどを潤し、

「ただ……宣伝プロパーの人間は、これからはそうやすやすと生きていけなくなる……」

ちょっとくぐもった声で言った。

「？」

「この秋から、マッケンジーが入る」

「マッケンジー……？　何ですか、それ？」

まったく聞いたことのない単語だ。

水野さんは一瞬あきれた顔でおれを見つめたが、微笑《ほほえ》みながら口を開いた。

「外資系の企業コンサルティング会社だよ。言うてみれば、企業の医者みたいなもんだ。いろんな企業の中に入り込んで、組織の体制や管理の方法など、微に入り細にわたって、抜本的な改善提案をしてくれるんだ」

「へぇー。いいじゃないですか。いろいろチェックしてくれて」

そのマッケンジーとやらが会社に来てくれることのどこが不都合なのか。おれにはよく理解できなかった。

「医者と同じで、患者との相性がいいかどうかにかかっている。俺の見るところ、うちとマッケンジーとは合わんだろうな……」

「なら、どうして、そんな会社に診察してもらうんですか？」

「英二副社長の思いつきだ。アメリカ流のマーケティングが好きだからな。現場の直感より机上の空論が癖なのさ。ま、今度のマッケンジーは、息子の英介《えいすけ》さんに後継ぎになってもらうための露払《つゆはら》いだろう」

「英介さん……ロスアンジェルスにある子会社の星英介社長ですか？」

水野さんはうなずいて、少し水っぽくなったロックを呷った。

星英介は、社内でそれほど名は通っていない。

慶應を卒業後、スタンフォード大学に留学してＭＢＡを取得。アメリカとの輸出入の窓口＝スターライト・インターナショナルで働いてきた。水野さんの話によると――英介は、宣伝マーケティング、マーチャンダイジングをはじめ、企業トップとしての帝王学を学ぶべく奮闘努力しているそうだ。

一度、会社の創立記念式典で星英介がスピーチをしたことがあった。口髭を生やした、すらりと背の高い、よく声の通るひとだった。立ち姿は、凛々《りり》しく堂々としていた。遠目なので、細かい表情はよくわからなかったが、腹の底まで届く声だったのを覚えている。大らかそうに振る舞っているが、どこか神経質そうに見えた。

しかし、けっこう色気のあるひとだな、とも思った。

「ああ見えて、英二副社長は自らを客観的に見ている」

ほかに誰もいないのに、水野さんがふっと声をひそめた。

「永遠のナンバー2《ツー》だし、大将の器じゃないことを、じつは副社長自身がようくわかってるんだ」

ゴルフイベントの担当として、副社長と一緒にスコットランドにたびたび滞在したことのある水野さんは、幾度も罵倒されながら、その人となりを理解していったそうだ。

「英介さんにスターライトを継がせるのに、どうしてマッケンジーが必要なんですか?」

「今の社員はすべて星光一の息がかかっている。お前にしても俺にしても、どこか星光一の匂いがする。英二副社長としてはそれが気に入らない。組織構造も社員の個性も、光一社長の色を拭《ぬぐ》わないと息子がやりにくくなると思っている。ま、親心だな」

「新しい酒は新しい革袋《かわぶくろ》に盛れ、ということですか」

新しい思想を表現するには、それに見合った新しい形式が必要だ。

「ま、そうだ。英介体制はアメリカ的でシステマティックな組織に、ということ
さ」

円い氷は二回りほど小さくなって淡い琥珀色の海に浮かび上がっている。ちょう
どいい具合の水割り状態だ。おれはウイスキーを飲みほした。

水野さんはマイルドセブンに火を点《つ》けた。

「英介体制を盤石《ばんじゃく》のものにするには、社内組織を改革しなくちゃならん」

「で、マッケンジーの登場、ですか」

「すでにプロジェクト・チームのメンバーの内定が出たそうだ」

「えっ？」

「各部署の逸材《いつざい》に声が掛かってる」

「水野さんは？」

「…沢ちゃん……沢木が選ばれた」ちょっと寂しそうな目をして、答えた。

二人は同期入社のライバルだ。

ひょっとして……。

水野さんは自分がメンバーになりたかったんじゃないのか？　それは、きっと来《きた》るべき星英介体制のお側衆《そばしゅう》へのパスポートなのだ。

「宣伝部はどうなるんですか……？」

「ま、沢ちゃん次第だな」

「青ザメはプロジェクト・チームのメンバーなんですか？」

おれが訊くと、水野さんは顔をしかめて小さくうなずいた。

「青ザメは、英二副社長からも英介さんからも評価されているらしいんだ……」

そう言って、小さな欠片《かけら》になった氷を、水割りと一緒にのどに流し込んだ。

6

夏がようやく翳《かげ》りを見せはじめた九月下旬。その人事は発表された。

星英介を専務として実質的なトップに置き、後見人《こうけんにん》として英二副社長が院政を敷く、事業部制がとられることになったのだ。

宣伝部にも大きな異動があった。

本多宣伝部長は常務取締役となり総務部管掌となった。副社長の覚えめでたい本多部長にとっては順当な出世コース。常務に上がったのだから文句はないだろう。本多が宣伝からいなくなるのは喜ばしい限りだが、世の中そうそう良いことばかりではない。

水野さんが北海道支社長となって、宣伝部を追い出されてしまったのだ。

次代の宣伝部を担《にな》うのは沢木・水野の二人と目《もく》されるその片方の雄《ゆう》であり、目端《めはし》のきくスピーディーな仕事ぶりや現場を大切にする人間味から「宣伝の藤吉郎《とうきちろう》」と呼ばれていた水野さんが、まさかの営業転出となった。流氷ロックで北海道の売上げがあがったのが、幸か不幸か人事異動の決め手になったようだ。宣伝部のエリートが、はたして北海道の営業トップとして切り盛りできるのか？　本人も次の宣伝部長を目指していただけに、ショックは隠しきれないものがあった。

宣伝部は、洋酒やビール事業部などから予算をもらって、広告宣伝をうつ――つまり事業部はおれたちの社内クライアントになった。

また、扱う製品ごとに洋酒宣伝課、ビール宣伝課、食品宣伝課、そのほかメディア・バイングをする媒体課、そして広告クリエイティブをつくる制作課に分けられた。

おれ自身は従来どおり、制作課プロデューサーとして働くことになった。洋酒やビール宣伝課からもらう制作費の中でクリエイティブをつくっていくのだ。

おれはウイスキーやワインなどの洋酒担当。

洋酒事業部が宣伝予算を決め、その金が洋酒宣伝課におりてきて、そのお金の中から、制作費が生まれる——制作課にとってはクライアントがダブルになったようなもので、あきらかに以前よりやりにくくなる。

いままでは、良い意味でも悪い意味でも、同族企業のなあなあ精神で仕事を進めることができたが、事業部制になると、「ま、そこんとこ、ええやないですか」という仕事のやり方は許されなくなるのじゃないか。そのあたりが、気がかりだった。

生《は》え抜きの宣伝職人《アド・マン》もたくさん異動させられた。人事部の方針として、オールラウンド・プレイヤーの養成が掲げられたからだ。

宣伝部の黄金時代を築いた辰ちゃんは、ニュートレンド部という、何をやるのかまるでわからない、ほとんど予算もない組織の部長となり、第一線をはずされた。体《てい》のいい座敷牢状態である。

制作課には、一般職と別枠で採用されたコピーライターやデザイナーが働いていたが、人事部は容赦なく彼らにも異動を命じた。とうぜん「どうして今になって一般職につかねばならないんだ」という不満の声が上がった。しかしサラリーマンとして、会社の方針に逆らえるものではない。専門職を続けたければ、会社を辞めてフリーになるしか道はなく、しぶしぶ工場のPR誌編集の仕事についたり、酒屋の店頭装飾の部署に移ったりした。

宣伝部の要《かなめ》ともいえる洋酒宣伝課長には、マッケンジー・プロジェクトの筆頭メンバーだった沢木さん自身がついた。こんどの宣伝部の組織改革も彼が遂行《すいこう》した。宣伝部長は、英介専務の腹心である湯川豊通《ゆかわとよみち》が就任。水野さんのあとの制作課長も兼任するという。

湯川……？

聞いたことのない名前だった。

さっそく、人事部の同期からできるだけ精確な情報を集めたが、彼の話によると、湯川は大阪本社で人事や総務畑《ばたけ》が長い人物だそうだ。慶應大学文学部を出ている。学部は違うが、英介専務の先輩だ。若い頃はスコットランドの提携メーカーにも派遣され、スコッチの輸入に携《たずさ》わった。アメリカのスターライト・インターナショナルにも数年間勤め、うちのウオーター・ビジネスの先鞭《せんべん》をつけたそうだ。ロスアンジェルスのオフィスで英介専務とデスクを並べていたので、信頼はことのほか厚いという。

＊　＊　＊

秋の朝、湯川部長はやや猫背気味に、足音をたてずにあらわれた。

中肉中背、髪はロマンスグレー。銀縁メガネをかけた顔は、逆三角形でカマキリみたい。尖《とが》った顎をもち、青白い顔には染《し》みが目立っている。一重まぶたの目は隙《すき》がなく、世の中すべてを懐疑的に見ているようだ。特徴的なのは眉の形だった。驚いたバッタの触角みたいに上がっていて、相対《あいたい》するひとを「ところでお前は何者なんだ」と訝《いぶか》っているように見える。身体のどこを切っても赤い血など出そうにない。生き霊《りょう》のような男だった。

軽く咳払いをして、湯川部長は就任後はじめての訓示をおこなった。

しかし、その目は決して部員を見ていない。宙の一点を見つめ、ぼそぼそと聞き取りにくい声でしゃべった。

どうでもいいような内容だ。クリエイティブやメディア戦略について言及《げんきゅう》することは皆無。他部署から妬《ねた》まれるから普通の会社員として目立たぬように働け、ということろだけ、心なしか声高《こわだか》になった。

学生時代は文芸部に属しながら短編小説を書いていたという情報もあったが、ほんとだろうか？

こんなひとが宣伝のトップに立って、スターライトは、これから大丈夫なのか？ほとんどの部員が、おなじ気持ちを抱いたと思う。

部長の訓示を引き取って、沢木さんがみんなの前に立った。上背《うわぜい》のある颯爽《さっそう》とした姿は、イメージ通りのザ・宣伝マンだ。

スペイン人のような彫りの深い顔をこころもち上げるようにして、沢木さんは落ち着いた声を響かせた。

「洋酒の販売は苦しい剣《けん》が峰《みね》に立たされています。この一、二年の間がスターライトの運命の分かれみち、勝負のときです。

ウイスキーの新製品、新しい飲み方提案など、事業部とより緊密に連携して、日本の洋酒市場に再び活気を取り戻そうではありませんか。

このマーケットをつくりあげてきた、われわれスターライト宣伝部員は、つねに価値のフロンティアに挑戦していかねばなりません。今回の組織改革はそのためのものです。みんな一丸となって、より効果的かつ効率的な広告を目指しましょう。最高品質のクリエイティブをつくり、最良の目でメディアを選択していきましょう」

盛大な拍手を送られて、沢木さんは照れくさそうに頭を掻きながらも爽やかに笑った。その少年っぽい仕草に、若い女の子たちからは熱い視線が注がれた。

部長があんなひとでも、沢木さんがいる限り、スターライト宣伝部の伝統は守られる。誰もがそう思った。

沢木さんは、莫大な宣伝費をもつ洋酒部門を率いることになる。

これまでの流れを知ったうえで、新しい宣伝部のビジョンを描いたのだ。

おれたちの実質的リーダーとして、沢木さんが宣伝部を導いていく——そのことが、たぶん湯川部長をのぞく全員にあざやかに印象づけられた。

7

人事の大異動があってから数日後、久しぶりに沢木さんに誘われて、夜の街に繰り出した。

沢木さんもマッケンジーのプロジェクト・チームでずっと忙しく、気を許した仲間と酒を飲みに行く暇もなかったのだ。

赤坂の寿司屋で適当につまんだあと、沢木さん行きつけの銀座のクラブ「加奈《かな》」に向かった。沢木さんや水野さんに何度か連れていってもらったことがある。銀座では珍しく、おれにも馴染みのある店だ。広島にとばされる前夜、沢木さんはこの店の床に胡坐《あぐら》をかいて、「戦友」をがなるように歌ってくれた。涙を流したあの夜が、つい昨日のことのようだ。

ママの加奈さんはさっぱりした性格で、頭の回転もよく、ちょっと姐御肌《あねごはだ》。もともと銀座の超一流クラブ「さくら」でナンバーワンのホステスだった。「さくら」には、かつて名宣伝部長といわれた上野《うえの》専務がよく通い、その専務を慕う辰ちゃんや水野さん、沢木さんなど後輩部員が通いつめた。加奈さんは売上げをぐんぐん伸ばし、「さくら」のママの承諾を得て、独立。ポルシェビルの近くにクラブ「加奈」をオープンした。

気さくな加奈さんは、おれの広島時代も、たまたま広島に来たと言って、ホテルから電話をくれたこともあった。クラブのママというより、一本背骨の通ったサムライのにおいがした。

客筋が、また、すごい。大手企業の重役や政治家はもちろん、テレビ局や新聞社、出版社、広告代理店などマスコミ関係者も多い。ここに来れば、業界の新しい動きをいちはやく見てとれるのも魅力だった。

おれと沢木さんが席に座ったときには、若いホステスが横についたが、店の奥から、「もうすぐ、そちらに行きますから」という加奈さんの視線が送られてきた。

沢木さんとおれとの間に座ったホステスが、タイミングよく、レミーマルタンの薄い水割りを作ってくれる。押し付けがましくなく自然な流れはさすがだ。広島・福浦のクラブとはレベルが違う。

沢木さんと軽くグラスを合わせる。

背筋が伸びてスマートな沢木さんは、男のおれから見ても色っぽい。銀座に来ると、そのフェロモンが全開状態だ。

——あら、沢ちゃんじゃない。

——久しぶりねえ、沢ちゃーん。

声にこそ出さないが、店の女の子の目は潤み、そのいろがあきらかに変わる。苦笑いしながら、銀座の老舗《しにせ》の若旦那《わかだんな》のように、沢木さんはちょっと股を開き、ふかふかのソファにゆったり身体を預ける。そしてコニャックの水割りをする。四十そこそこでこんな貫禄を出すのって、いったいどんな肝をしてるんだ？　おれはつねづね不思議だった。

金の使いっぷりだって半端じゃない。

宣伝部には「媒体啓発費《ばいたいけいはつひ》」という金が各部署に割りふられている。沢木さんはその金をフルに活用していた。

バイタイケイハツヒ……何かすごそうな名前だけど——。

入社してすぐの頃、ちょっとオカマっぽい先輩・田中一生《いっせい》さんと青山のバーに行き、彼がCMを手がけたブランデーを飲ませてもらった。「ブランデー、水で割ったら、アメリカン」というコピーはダサくて好きじゃなかったが、「ああ、このひとがアメリカン・キャンペーンを手がけたひとなんだ」と感動しながら酒を飲んだ。

翌日、「昨夜はごちそうさまでした」と礼を言うと、一生さんはちょっと顔をひきつらせた。

どうしてそんな顔するんだろう？　おれは首をひねった。

数日後、一生さんとランチをしたときにどうにも気になって、そのことをたずねた。

「やだ、やだ。媒体啓発費で領収証をもらって飲んでるのに、上杉クンにあんなふうに言われちゃうと、社内で飲んでるのバレバレになっちゃうでしょ。みんな聞いてたから、ぼく、とっても困っちゃった」

「すみません……バイタイケイハツヒって何なんですか？」初めて聞くヘンな言葉だ。

「あれ？……上杉クン、知らなかったの？」

と言って、一生さんは続けた。

「媒体というのはマスコミのこと。啓発というのは教育。だから媒体啓発費って、マスコミにお酒の教育するための、お、か、ね」

「教育って、なんかエラソーですね」

「ま、わかりやすくいえば、マスコミ接待費。いろんな人から情報をもらうためにかかる飲み代のことよ」

「へぇーっ。そんなお金、あるんですか……」

まだ学生気分の抜けなかったおれはあんぐりと口を開けた。

会社というところには、いろんな名目の金があるもんだ。

「ふつうはモノや情報を買う方が接待するんだけど、うちの場合は逆なのよ――もちろん接待される場合もいっぱいあるんだけど――マスコミの人と飲んだとき、わざとこっちが払うようにしてるの」

「へえ。わざわざ、こっちが?」

「そこがポイントなのよ。マスコミ対策としてとっても有効。うちはお酒を扱ってるわよね。お酒って性能ないでしょ?」

「性能?」

「うちのブランデーを飲んだから五キロ走れたけど、北雪《ほくせつ》を飲んだら三キロしか走れなかったとか……そういうのってないでしょ?」

思わず笑ってしまったが、一生《いっせい》さんの言うとおりだ。

「お酒って嗜好品だから、要は、好き嫌い。なら、好きになってもらえば勝ちよ。ぼくらは広告つくって一般の人にファンになってもらうのが仕事だけど、その仕事に関わる業界の人にまずはファンになってもらうのが一番大事なの。マスコミの人は発信力あるじゃない？」

なるほど。そのための媒体啓発費だったのか。

一生さんはちょっとシビアな目になって言った。

「それにね。ぼくはよくわかんないんだけど……うちってちょっとヤバイこともやってるらしいのよ。マスコミを味方に付けてると、多少のことはうやむやになるでしょ。まず宣伝費プラス日常の飲み食いで籠絡《ろうらく》すると、それが媒体啓発費なのよ」

最初は驚いていたおれも、入社二年目くらいから、その媒体啓発費を使うことをちゃっかりおぼえた。

代理店担当者との飲み食いはもちろん、友人との飲み会やデートにもうまく利用した。

おいしいフレンチやイタリアンを食べて、女の子はうっとりしてくれるし、送って帰るタクシー代だって会社持ち——会社って天国じゃん、と思ったもんだ。ま、そんなことをやっていたから、その後、広島に飛ばされることになったんだけど……。

それはさておき——。

媒体啓発費を使う両横綱は沢木さんと辰ちゃんだ。二人とも派手好き・女好きなのが共通している。

「会社の金を使ってうちのファンを作ってるんだから、多少使ったっていいんだよ。マスコミのファン一人で一般人の何万倍もの力になる」

と、沢木さんは常々うそぶいている。そこがまたニヒルでカッコイイ。

ちびちびレミーマルタンのアメリカンをすすっていると、加奈さんがひまわりのような笑顔でおれたちの席についた。両手で箱をふたつ抱えている。

思わず沢木さんもおれも箱に目がいった。クラフト紙でできたシンプルなデザインだ。

「これ、わかる?」

加奈さんがウインクして、笑った。

「何だろ?　僕への昇進祝い?」

沢木さんがおどけてこたえる。

「置き時計とか…?」

おれも、当てずっぽうに言った。

加奈さんは可愛く首を振り、低いテーブルに二つの箱を置き、手際よく開いてみせた。

「ほら」

「！」

「……！」

実験室で見かける試薬瓶のような透明なボトルが入っていた。

美しい琥珀色の液体が揺らめき、簡素なラベルが貼られている。

「北雪《ほくせつ》、シングル、モルト」

われ知らず声に出してラベルを読んだ。

沢木さんはボトルをさっと取りあげ、しげしげ見つめ、

「……これかあ」

感に堪《た》えぬように言った。

「夕方、北雪の営業マンが置いてったの。発売前のテイスティング用にって。銀座のほんとにコアな店だけ配ってるそうよ」

加奈さんが耳もとでささやいた。

「新製品の情報はあったけど……これだったのか……」沢木さんがぼそっとつぶや

き、

「……なんだか化学実験に使うボトルみたいだな」

おれももう片方のパッケージを開け、ボトルを手にして、じっくり見た。

こんなウイスキー、見たことない。うちでは到底考えられないデザインだ。

「今までになかったですね、こんなの……」

沢木さんはうなずき、

「お、何か、入ってるぞ」

パッケージの中に折りたたまれていたリーフレットを広げ、ひと言ひと言区切るように文章を読み上げた。

「北雪ウイスキーには北海道・霧多布《きりたっぷ》と函館に蒸留所があります。

それぞれの蒸留所から生まれるモルト・ウイスキーは、まったく違う性格です。

北の霧多布モルトは力強いピートの香りとしっかりしたコク、豊かな味わいが特徴です。南の函館モルトは軽やかで甘いバニラとフルーティな香りから生まれるソフトでやさしい味わいが特徴です。

北と南の蒸留所から生まれた二種類の性格の違うモルト・ウイスキーを、それぞれ500ミリリットルのボトルに詰めました。

できれば、両方を飲み比べて、その香りと味わいの違いを感じてみてください。ウイスキーの世界の深さを知っていただくことが、北雪ウイスキーの喜びと誇りです」

霧多布モルトのラベルは黒い文字で、函館モルトは赤い文字で印刷されていた。

「ちょっと飲んでみましょうよ」

おれは霧多布モルトのキャップに手をかけた。軽く回す。と、キリッと音がして、開いた。

加奈さんが女の子に目顔《めがお》でグラスを持ってくるように言い、人差し指と中指をたてて「2」を示す。

沢木さんが函館モルトのキャップを開け、ボトルを鼻先に持っていき、香りをきく。

まんざらでもなさそうな、ちょっと複雑な顔をした。

黒の霧多布モルト。赤の函館モルト。それぞれをグラスに注ぎ、まずはストレートで香りをチェックし、少量を口に含んだ。

次に、ミネラルウオーターで舌を洗い、こんどはウイスキーと水が1：1の水割りをつくった。

ワインならアルコール度数は14度ほどなので、そのままテイスティングできるが、ウイスキーは40度はある。こんなに高い度数では、生《き》のままでは味も香りもわからない。ところが水で1：1に割ると、ちょうどワイン程度になり、香りと味が識別《しきべつ》しやすくなる。マスター・ブレンダー星光一《ほしこういち》がつねづねおこなっているこのテイスティング方法は、プリズムを通した光のように、味と香りが微細に分析できるのだ。

沢木さんとおれは水割りテイスティングを始めた。

二つ並べたグラスをくるくる回し、それを交互に鼻先に持ってきて、まず、香りをききながら、次に味を確かめた。

「香り的にも味的にも、従来の北雪テイストだな」

ちょっとほっとした顔で、沢木さんが言う。

「そうですね。ゴムみたいな匂いがしますよね。このゴム臭《しゅう》が北雪らしい」

アフターテイストを確認しながらおれは言った。

「味覚的には負ける気はしないが……ただ、消費者は味だけでは買わんからな」

沢木さんが腕組みしながら、ちょっと眉間に皺を寄せた。

たしかに、この北雪シングルモルトはいい顔をしている。目の醒《さ》めるような顔だ。

ネーミングの発想も新しい。ウイスキーのジャンルをそのまま名前にしている。

沢木さんが、パッケージに同封されていた価格表を取り出し、

「500ミリリットル、2500円か」とつぶやいた。

「ということは……720ミリの普通のボトルに換算すると、3600円くらい」

うちの伊吹《いぶき》は720ミリで8000円。北雪シングルモルトは伊吹よりはるかに安い。

「伊吹に対して真っ向勝負しつつ、いままでウイスキーに親しみを持てなかった若い世代を取り込もうとしてますね」とおれは続けた。

「手ごろな値段とパッケージでシングルモルトというジャンル自体の認知度を上げようとしてる。ジャンルをいちはやく作ってシェアをかっさらおうという魂胆《こんたん》だ。うちが缶ビールでやった戦略をパクられてるな」

「でも……うちにはもっと品質のいいシングルモルトの伊吹があるじゃないですか?」

「あれは高い。普通のサラリーマンや学生は手が出せない。でも北雪はリーズナブ

ルな値段だ。それに……ブレンドだけがウイスキーじゃないというメッセージも発している。ブレンドという単語をスターライトを象徴する言葉にしたいんだな。ブレンド＝混ぜものウイスキー＝スターライトという方程式さ」

「……スターライトはブレンドの混ぜものだけど、北雪はモルト原酒だけでつくるホンモノ？」

「その通りだ。生一本《きいっぽん》なのに、この値段で飲める——そういう『得《とく》した感』と、『品質感』『ホンモノ感』を訴えるコンセプトだな」

横から、加奈さんが「ちょっと、いい？」と言って、北雪シングルモルトの黒ラベルの方が入ったグラスを持ち、舐めるようにして飲んだ。

「あたしには、なんか薬くさい」

グラスをテーブルに置きながら顔をしかめた。が、ふと思い直して、

「でも、この赤と黒。混ぜたら、どうなるかしら？」

言うが早いか、一方のウイスキーをもう片方のグラスに入れて、クイッと飲んだ。

呆気《あっけ》にとられて見ていると、加奈さんの表情はみるみる変わり、小さくのどを鳴らした。

「おいしい！」

円《つぶ》らな瞳を大きく開けて言った。

「……」

「……」

沢木さんとおれは思わず顔を見合わせた。

そうか……。両方買えば、こういう楽しみ方もできるのか。

「二本のウイスキーで三種類の……いや、ブレンド比率を変えると、もっといろんなテイストが味わえるんだ」

と沢木さんが悔しそうな顔でつぶやいた。

「消費者がブレンダーになれるってことですよ」

とおれは言い、新しいグラスをもらって黒と赤を2：1で注ぎ入れた。

つくったウイスキーをひとくち飲んで、驚いた。

さっきとはまったく別の酒ができあがっている。

沢木さんが「いいか？」と目で言い、グラスを奪うようにしてテイスティングした。

「うーむ……」

薄目を開け、少し顎をあげ、何か言葉を探しているようだ。

「商品としてなら、こっちの方がずっと売れそうだ」眉間に深い縦皺を寄せ、「北雪のシングルモルトが出るのは、知ってはいたんだ」とつぶやいた。

「代理店からの情報？」おれが訊く。

沢木さんはうなずいた。

「この春に出したうちのシングルモルト『伊吹』にかなり刺激を受けているって」

伊吹工場の貯蔵庫に眠るモルト原酒だけで造られたウイスキー「伊吹」は、うちのこれからを背負っていくフラッグシップになる商品だった。

*　*　*

ややこしい言葉がたくさん出てきたので、このへんで、ウイスキーがどうやって生まれるのか簡単に振り返っておこう——。

まず基本は、酒は甘いもの（糖分）があると、できる。

酵母菌《こうぼきん》という微生物が甘いものに働きかけて、その糖分をアルコールに変える。

これが発酵《はっこう》といわれるもので、できたものは発酵酒だ。

発酵酒には、日本酒やワイン、ビール、マッコリなどがある。

この発酵酒を蒸留して生まれるのが、蒸留酒《じょうりゅうしゅ》。たとえば、ビールを蒸留するとウイスキーに、ワインを蒸留するとブランデーになる。

ビールやウイスキーは、大麦《おおむぎ》の麦芽《ばくが》（英語でモルトという）から生まれる酒だ。ビールを白鳥の首みたいな形をした単式《たんしき》蒸留器で蒸留すると、アルコール度数65%くらいの透明な酒ができる。

麦の香りのするこの酒をホワイトオークの樽に入れて、何年か寝かせておくと、樽の色がついて琥珀色のウイスキーになっていく。このウイスキーがモルト原酒だ。

ややこしいのは、もう一つ違うタイプの蒸留器があって、こちらは連続式《れんぞくしき》蒸留器と呼ばれる。

単式蒸留器は古い時代からのものだが、連続式の方は産業革命の後に生まれたもので、アルコール度数がものすごく高くなるまで蒸留できる。トウモロコシなどの穀物《こくもつ》（グレイン）を原料として生まれるので、グレイン・ウイスキーと呼ばれ、やさしい性格の酒になる。

つまり、ウイスキーには二種類ある。

古い蒸留器で造られる、雑味《ざつみ》があるけど個性もあるモルト・ウイスキー。そして、個性のおとなしいグレイン・ウイスキー。

ブレンディッド・ウイスキーというのは、このモルト・ウイスキーとグレイン・ウイスキーをブレンド（混ぜて）してつくられる。

ビートルズの曲は、ジョン・レノンという強烈なモルト・ウイスキーと、ポール・マッカートニーという優しくメロディアスなグレイン・ウイスキーのブレンディッドと喩《たと》えられるかもしれない。

ブレンディッドの代表格はジョニ黒《くろ》やホワイトホース、シーバスリーガルなど。うちのステラもここに入る。

ブレンドはまさに「混ぜる」ことで、先に書いたモルトやグレイン・ウイスキー以外に、糖蜜《とうみつ》などからできるアルコールを混ぜても日本の酒税法ではウイスキーと名乗れる——そういう裏技《うらわざ》もあった。

＊　＊　＊

シングルモルトの伊吹《いぶき》は、今年の春に発売された。

ウイスキーには仕込《しこ》みの水がたいせつだ。各メーカーは良質な水を求めて工場をつくる。伊吹工場は関ヶ原の近く、昔から名水の地として有名な伊吹山麓《さんろく》にある。

中軟水《ちゅうなんすい》を使ってできるモルトは腰がしっかりしてボディが厚い。

シングルモルト伊吹の誕生は業界で大きなニュースとなった。ブレンドものしか存在しなかった国産ウイスキーの世界に、新時代の訪れを宣言したのだ。

伊吹工場の初代工場長は、のちに北雪《ほくせつ》ウイスキーをおこした北山雪晴《きたやまゆきはる》だった。工場建設にあたって、じつは北山と星光一の間にさまざまな確執《かくしつ》があったそうだ。

本場スコットランドに留学し、蒸留技術を身につけた北山は、なるべくスコットランドと風土の似た所に工場を作ろうとした。彼にとって最適地は北海道・霧多布《きりたっぷ》だった。しかし、商売人である星光一は大消費地とあまりに遠い霧多布での工場建設に反対し、大阪に近い土地を探せと命じた。

結局、京阪神に近く、ウイスキー蒸留に適した水と、貯蔵に適した霧の湧き出る伊吹山麓に工場をつくることになった。

やがて伊吹の地は日本のウイスキーの故郷《ふるさと》といわれ、星光一はウイスキーの父といわれることになるのだが、実際に工場の建設を指揮し、蒸留装置を選んで輸入し、ウイスキーの味と香りを設計したのは北山雪晴だった。

その後、北山はスターライトを去り、北雪ウイスキーを設立。自らの夢の酒をつくるべく、霧多布に小さなウイスキー工場をつくった。「商売のスターライト。技術の北雪」と世に並び称される両社の対立は、すでに伊吹工場建設のときから始まっていたのだ。

8

北雪《ほくせつ》シングルモルトの売れゆきは着実に伸びていった。

新聞や雑誌には、

「創業者・北山雪晴以来の優れた技術に裏打ちされた、まさにスコッチを思わせるスモーキーな香り。ついに北雪はシングルモルトで宿敵スターライトを凌駕《りようが》した」

と大きな活字がおどった。

味も素《そ》っ気《け》もない試薬瓶のようなボトル。小さなラベルも無愛想だし、キャップはアルミ製。段ボールのような箱には開栓後に使うコルクが同封されていた。

高級ウイスキーのデザインは、香水瓶を思わせる華やかなものがほとんどだった。が、北雪シングルモルトは従来のパラダイムをみごとに打ち破り、単刀直入、実質本位の機能美で勝負してきた。

それは「足し算」ではなく「引き算」の発想だった。

西武百貨店が出した「無印良品」や日産の自動車「Be-1《ビーワン》」と通底するコンセプト——日本人のワビ・サビの感覚に一脈通じている。

シンプルなデザインは、モルト原酒だけで造られる単純さと相俟《あいま》って、北雪の企業スタンスも象徴していた。

・宣伝で大風呂敷を広げない。

・モノ自体で勝負する。技術力があるからこそ、声高《こわだか》に叫ばない。

・生一本のモルトウイスキーをリーズナブルな値段で売る。

・利益に走るよりも、クオリティの高い商品を消費者に提供する。

今までどこか野暮《やぼ》ったく、北海道のヒグマのようなイメージだった北雪は、シングルモルトが牽引車《けんいんしゃ》となって、田舎臭さを180度転回した。

「さりげなくてカッコイイじゃん」

とクリエイティブな人たちや若者から支持されるようになったのだ。

やられた……。

まさか北雪シングルモルトがこれほど話題になるとは思いもしなかった。せいぜいオタクか業界人を感心させるくらいだろうと高《たか》をくくっていた。

数々の新奇な企画で宣伝にこの人ありと謳《うた》われる沢木さんも、大いにプライドを傷つけられているはずだ。新ジャンルを開くのは、うちが得意としてきたところなのに、そのお株を奪われてしまったわけだ。

スターライトの人間にとって北雪は目の上のたんこぶのような存在だ。あんな小さな会社にやられてたまるかと思っている。邪魔でしかたがない。

こっちは横綱、あっちは前頭三枚目。小兵《こひょう》だし無視しておけば、と普通は思う。しかし、うちは北雪からしばしば蹴手繰《けたぐ》りやうっちゃりを食らってきた。こんどのシングルモルトだってそうだ。

だから今回、誰もが舌打ちし、歯がみした。

みんなは、「かつて社員だった北山雪晴《きたやまゆきはる》は定年まで勤め上げず、途中でうちを見限って退職した」と思っている。あるいは人事研修の洗脳でそう思い込まされている。

本場でスコッチの製造を学んだ北山は、本格的なウイスキーを造りたくて仕方がなかった。商売の天才・星光一は、今後ウイスキーが多くの日本人に飲まれていくと直感し、いちはやくその事業に進出したかった。

両者の利害はみごとに一致し、星光一は三顧《さんこ》の礼《れい》をもって北山を招き入れ、日本初のウイスキーを世に問うたのだった。職人タイプの北山は神経症といっていいほど、自らのウイスキー造りにこだわった。しかし彼の理想のウイスキーは、現実のまえで妥協せざるを得なくなり、不満を抱いた北山は納得できるウイスキーを造るべく新しい会社をおこした。

日本人の多くが終身雇用は当たり前と思っていた時代のことだ。

北山はヨーロッパの空気に触れ、モダンでリベラルな男だったという。どこか封建的な情緒を色濃くもったスターライトとは相容《あいい》れなかったのだろう。

北山はきっとスターライトに居場所がなかったのだ、とおれは思った。

9

宣伝部は赤坂見附《あかさかみつけ》にあるスターライト・ビルの九階にある。

専用受付があり、そこには女子社員が交代で座る。

広告代理店はもちろん、テレビ局、新聞社、出版社、印刷会社、制作プロダクションのプロデューサーやフリーのコピーライター、CMディレクター、デザイナー、カメラマン、スタイリストなどなど、毎日、数えきれないほどの客がやってくる。

最も多いのは代理店の営業マンだ。

業界ナンバー1《ワン》の銀座通信（略して銀通《ぎんつう》と呼ばれていた）をはじめ、ナンバー2《ツー》の大黒堂《だいこくどう》、以下、朝読《あさよみ》広告、第三企画、ビデオ・エージェンシー……小さな代理店は営業だけがやってくるが、銀通はクリエイティブ局、マーケティング局、媒体局、と持ち場ごとに直接宣伝部に出向いてきた。

ナンバー2の大黒堂は濃紺の背広をきっちり着こなしたサラリーマンが多かった。白い歯を見せることはあまりない。笑うのはクライアントに対して失礼だと勘違いしているみたいだった。

しかし、銀通はカラーが違った。

世界一の広告扱い量を誇る会社にはナンバー1のゆとりがあった。社員はバラエティに富んでいた。東大《とうだい》出の営業マンのくせに、派手なイタリアン・スーツにピエロのようなネクタイをした者もいたし、ヒッピーくずれで、毎日アルコールのにおいをさせ、一着3000円のぼろスーツを着ている者もいた。コピーライターなんてアロハと短パンでやってくる。

戦争であれ何であれ、政治なら右から左まで、それが金になることなら犯罪すれすれまで関わる貪欲《どんよく》な姿勢——それが銀通のモットーだった。クライアントからの無理難題には、泥水の中を這いまわっても絶対にこたえる。食らいついたら死ぬまで離さない。最後の血までとことん吸う——銀通は広告界の魔物だった。

アルバイトの女の子だって「真面目なふりをする大黒堂」とは比べものにならなかった。

数も多いし、愛想もいい。何より派手でキャピキャピしていた。

お嬢さん女子大を出た「いいとこ」の女の子から、キャバ嬢まがいの、何か奢《おご》ってあげればすぐやれそうなのまで多種多様。貯蔵庫に眠るウイスキー原酒のようにバラエティに富んでいた。

なかでも、ちょっと気になる子がいた。最近九階のロビーでよく見かけるのだ。

クライアントのフロアーなのに、いつも腰を折って笑い転げている。トイレから帰るときにロビーを通ると、その子の声（これがまた特徴のあるハスキー・ボイスなんだけど）が聞こえてきて、思わずちらっと見たりする。

と、横にいる、例のイタリアン・スーツの、少しビリー・ジョエル似の坂本さんが、おれの視線を勘違いしてドングリ眼《まなこ》を見開き、「あ、どうも」と立ち上がる。

坂本さんを見たんじゃないんだけど……。

おれも軽く会釈《えしゃく》しながら通り過ぎる。

目の隅には、前髪を短くし、腰までありそうなソバージュの彼女が映る。太い黒のヘアバンドが都会的。ユーミンに似たヘアスタイルだ。黄色と赤、緑、黒のタータンチェックのツーピース。ジャケットはショート。ウエストがきゅっと絞られている。どこかクラシカルなスカートはマーメイド・スタイル。タイツは黒。ファッション・センスもユーミンばりにいい。

でも、誤解のないように言っとくけど、顔はユーミンには似ていない。あんなに平《ひら》べったい顔じゃない。ちょっぴり色黒で細面《ほそおもて》。スマートな仏像みたい。興福寺《こうふくじ》の阿修羅《あしゅら》像の眉間の皺を取り、もっと明るくしたような顔。そして一番の特徴は、きりっと切れ長の目。すごい目力《めぢから》。見るからに勝ち気だった。

坂本さんの横でしゃべっている姿は、スピーディーでしゃきしゃきしていて、周囲にきらきら光があふれていた。

＊　　＊　　＊

「銀通さんのお使いの方がお見えです」

九階の受付からの内線電話でロビーに向かった。

扉を開ける。

いた！

あの女の子だ。

今日は、膝丈《ひざたけ》の真っ白なワンピース。頭には純白のヘアバンド。パンプスも白。決して流行《はや》りの浅はかなボディコンじゃない。きりっと清潔。真っ赤なルージュが効いている。

銀通の大きな茶封筒に入った資料を、大事そうに胸に抱えていた。

「どうも。上杉です」

ぺこりと頭を下げると、彼女は深々とお辞儀をした。

「これ、坂本から預かってきました」

Ｂ４の封筒を差し出し、おれに渡そうとした。と、その直後、ガシャンと大きな音がたった。

「あ！」

ふたり同時に声が出た。

床にカセットテープが数本転がっている。

広告コピーの書かれた銀通の原稿用紙も散らばっている。

透明なパッケージが壊れ、カセットそのものが外にからんと出ていた。

「す、すみません」

栗色がかった長い髪の毛を床につかんばかりにして、彼女が大慌てで腰を屈《かが》め、カセットテープを拾いはじめる。

「い、いえ…」

おれも瞬間的に、彼女と同じ姿勢をとった。

ロビーにいる人たちの視線が一斉におれたちに注がれた。

「これ、割れちゃって……」

ちょっとハスキーな独特の声で彼女が言う。

「いえ、大丈夫。パッケージなんか全然……中身さえ聴ければ」

裸のカセットを持ったまま、おれは顔の前で手を振った。

「ほんと、ごめんなさい。あたし、おっちょこちょいなんで……」

語尾のアクセントが関西風だった。

あれ？　ひょっとして……

「関西の出身なんですか？」唐突だけど、訊いてみた。

「…は、はい。神戸なんです」

「あ、ぼく、大阪なんです」おれも関西イントネーションにした。

「えっ？　ホンマですかぁ？」

一瞬、彼女の目が輝いた。なんだか、ちょっとホッとしたようにも見えた。

＊　　＊　　＊

それから、一週間後。

アーリー・エイジというバーボンのCM打ち合わせで、銀座にある銀通営業局のスターライト・チームに行った。担当は坂本さんだ。

クリエイティブ局のプランナーである立原《たちはら》さんの発案で、バーボンを飲みながら、おれと坂本さんと三人で会議室のテーブルに寝転がって、ブレインストーミングをやることになった。

酒の力は偉大だった。

ものの一時間ほどのアイディア・フラッシュだったけれど、いままでバーボンといえばカントリー＆ウエスタンだったイメージを変えようということで、まずは一致。

「初めてのCMなんで、音楽がとても重要だと思うんです。ブランド・イメージをぐいぐい引っ張る強いものにしたいです」

とおれが言うと、

プランナーの立原さんが、

「そうだよね。到達スピードがいちばん速いのは音楽だもんね」

諸手《もろて》をあげて賛成し、

「で、上杉クンは、誰がいいと思う?」

単刀直入に訊いてきた。

代理店の営業やフッーの社会人は、年下でも「上杉さん」と呼ぶのだけれど、立原さんは「上杉クン」とクン付けで呼ぶ。でも、それはクライアントという色眼鏡で見られていないということだ。そういうフェアーな関係が何だかうれしかった。

年上が年下を「さん」で呼ぶのってヘンだ。会社に入ったときに、「スターライトさん」とか「銀通さん」とか、企業の名前を「さん」付けで呼んでるのを聞いたときも、すごい違和感があったけど。

「ライ・クーダー」

すかさず、おれはこたえた。

「いいじゃん」立原さんが白い歯を見せた。

「アメリカ音楽の良心だよね」

と坂本さんが大きな目を見開いて、うなずいた。「ザ・バンドは人数多いからたいへんだけど、ライ・クーダーなら一人だし。知的な人だから、ウイスキーがカッコよく見える。『パリ、テキサス』の音楽も渋かったしね」

少し前に公開された映画そこで流れたスライド・ギターのサウンドもあらためて注目されていた。

しかし、ライ・クーダーは以前、音響機器の広告に出演し、印象が圧倒的に強かった。

「……言いだしっぺの自分がいうのも何ですけど、ロンサム・カーボーイのイメージ引きずってませんか？」

ちょっと心配になって訊いた。あのＣＭを凌駕《りょうが》するものがはたして作れるのか、ちょっと自信がなかった。

すかさず、立原さんが口を開いた。

「業界ちがうし、大丈夫だよ。僕はできるだけシンプルなＣＭにしようと思ってるんだ。たとえば、ナレーションは商品名だけに絞ったり」

「……？」

予想外のアイディアに言葉がすぐには出てこなかった。

「スライド・ギターのサウンド自体でアーリー・エイジを表現したい。絵は、ライ・クーダーがボトルネックをスライドさせる手元とウイスキーのシズルだけ」

組んだ両手の上に頭を載せたまま、会議室の机の上に寝転んで言う。まるで菜の花の咲く小川のほとりで昼寝しているような風情《ふぜい》だ。

「それって、いいかも」

肘枕《ひじまくら》をしていた坂本さんがむくっと起き上がり、指を鳴らして、ボトルからグラスにウイスキーを注《つ》ぎ足し、クイッと引っ掛けた。

「ちょっと聴いてみようよ」

立原さんが横向きになって、持ってきたカセット・ボックスの中からテープを取りだした。

「えっ？」

おれは驚いて立原さんを見つめた。

「ま、音楽候補の中にはぜったい入れとこうと思ってたんだ」

言いながら、テープデッキのプレイボタンを押した。

「パリ、テキサス」のボトルネックギターの音が部屋のなかに流れる。目をつむって、さっき立原さんの言ったコンテを想像してみる——。テレビにはいろんなＣＭが洪水のように流れている。気の利《き》いたナレーションをつけるより、音楽だけの簡潔なコマーシャルの方がインパクトがありそうだ。まずはボトルネックの不思議な音に「おやっ？」と振り向き、映像をみる。そして、その静謐《せいひつ》な画面に惹きつけられる。かえって少ない言葉の方が深いコミュニケーションをとれることがある。

ヒットするかもしれない……。

「これって引き算の広告なんだよ」

まるでおれの頭の中をのぞいたように、立原さんがにんまりして言った。

＊　＊　＊

打ち合わせの後、営業局のフロアに立ち寄った。

坂本さんのデスクのすぐ横にある簡単な応接セットに案内されると、あの女の子がお盆にお茶を載せて持ってきてくれた。

「お、秋川《あきかわ》。けっこう気ぃ利《き》くじゃん」

坂本さんが女の子に向かって、からかい半分に言うと、

「坂本さん。お酒くさいですよ」

バンッと彼の肩を手のひらで叩き、お茶をテーブルに置いた。鼻をつまんで、お盆を団扇《うちわ》がわりにして左右に勢いよく扇いだ。

秋川って苗字なんだ……。

「るっせえなあ。だいたいお前さあ、うどん屋連れてったら、ネギとか揚《あ》げ玉《だま》とか入れまくるんだもん」

「何いってんですか。天かす、たくさん入れるから、おいしいんですよっ」

「天かすじゃない。揚げ玉」

「関西では天かす。それに、うどんにネギと天かす入れ放題って、そんなのあったり前じゃないですか」

笑いながらも、ちょっとむっとした様子で、坂本さんの肩をもう一度バシッと叩いた。言葉遣いは標準語だが、イントネーションは関西風だ。

関西の立ち食いうどんチェーンではネギや天かすは入れ放題。それに、揚げ玉なんて言わない。天かすだ。

「上杉さんも関西でしょ？　こいつの言ってること、ほんとかなあ？」

首をかしげながら苦笑いして、坂本さんがおれの顔をのぞきこんだ。

「ほんとですよ。大阪だったら、当然のことだよね」

彼女の方を向く。

にっこりうなずいた。

「だいたい東京のうどん屋がけちくさい。つゆの色も濃いし、しょっぱすぎる。食文化のレベル、低すぎ」おれは続けた。

東京でふらりと入った飲食店で美味《うま》いと思ったことがない。角《かど》のたった味つけが多いし、店員の態度だってつんつんしてる。そのくせマスコミに取りあげられるだけで、接客態度が悪いくせに、すぐ行列ができる。

いつも感じる鬱憤《うっぷん》をついぶちまけた。

「でもさあ、大阪のうどんってネギ白くないじゃん」

坂本さんが負けじと言い返してきた。

「えっ？」

思わず、おれと秋川さんが目を見合わせた。

酒が多少入っていたので、おれもちょっとムキになって、

「何いうてんですかっ。うどんのネギは青やないと美味《うま》ないねん」

つい関西弁になってしまった。

秋川さんが「ほんま！　ほんま！」と加勢してくれた。

栗色がかったソバージュの髪が明るい午後のひかりに揺れて、きれいだった。

＊　＊　＊

それぞれの友だちを誘ってダブルデートをすることになったのは、それからまもなくのことだった。

が、幸か不幸か、当日になってどちらの友人からもドタキャンを食わされ、結局、ふたりだけのデートということになり、おれは下北沢《しもきたざわ》の気さくなイタリアンを予約した。こんなときのために、媒体啓発費《ばいたいけいはつひ》とタクシー・チケットがあるのだ。

待ち合わせはベルビー赤坂の二階にある喫茶店の前――。

いつもは遅刻しがちなおれだが、今日は五分前にはエスカレーターを上って、約束の場所に立った。

人間はほんと自分勝手だ。待たせる一〇分は短いが、待つ一〇分はとっても長い。スコッチのシーバスリーガルの宣伝コピーにも「主《あるじ》にすれば、もう半分。客にすれば、まだ半分」というのがあった。ボトルの中身が半分に減ってしまったウイスキーは、主と客の視点によってまるで見え方が違う。

待つ身は、待たせる身より、いらいらする。

ちょうど一〇分遅れで、秋川さんがエスカレーターを駆け上がるようにしてやって来た。

黒と白のチェッカー・フラッグのような模様のAラインのミニ・ワンピースがよく似合っている。

「ご、ごめんなさい。出がけに坂本さんからどうでもいいお使いを頼まれて、ちょっとマーケまで行ってたんで……」

息苦しそうにあえぎながら言って、ぺこりと頭を下げた。

短く切りそろえた前髪《まえがみ》の下には、細かい霧のような汗が見えた。目が子どものように澄んでいる。眉をわざわざ太くしている。子どもの頃に読んだ少年漫画の主人公みたいだ。

「どうしたの？　その眉毛」

「え？」短い前髪を引っ張るようにした。

そんなことをしても、太い眉毛は隠れないのに。

「一〇〇年待ったよ」

笑いながら冗談めかして言うと、秋川さんは一瞬、黙ったが、「寒《さぶ》ーっ！　一瞬、凍《こお》るか思いましたよ」カラッと笑いながらつぶやいた。

おれは、彼女のワンピを指さした。

「でも、この服、いいね。バリ島の神様って、みんなこれと同じ白黒の市松模様《いちまつもよう》の布を巻いてるんだ」

彼女の姿を見たとき、この数年通いつめているバリの熱くねっとりした、自然のエネルギーに満ちた空気がよみがえってきた。

「バリの神様？」

怪訝《けげん》な顔で訊いてきた。

「うん。島のあちこちに石の神像があって、みんな腰のあたりに市松模様の布を巻いてる。白黒のチェックには意味があるんだ」

「？」

柴の子犬のように、ちょっと小首を傾《かし》げた。

「バリには善の神様も悪霊《あくりょう》も両方いて、善と悪とは永遠に終わらない闘いを続けるそうなんだ。世界は、光と闇、善と悪、生と死……対《つい》になって運動してるんだって。白と黒はその象徴らしいよ。格子模様は魔除《まよ》けのシンボル。だから魔物をよせつけない。このミニ・ワンピ、バリ的にはすごくいい柄《がら》なんだよ」

「へーっ、そうなんですか。正直いって、よくわかんないです。けど、いろんなこと知ってるんですねえ。この服で会えたということは、少なくとも上杉さんは魔物じゃないってことですよね」

派手なハンカチで額の汗をおさえながら、秋川さんがにこっとした。

＊　＊　＊

チケットが使えるタクシーを選んで乗り込んだ。

赤坂見附から下北沢《しもきたざわ》まで高速でも一般道でも時間的にはあまり変わらないだろう。ドライバーには２４６《にーよんろく》から渋谷を抜けるルートをお願いしたが、青学《あおがく》あたりから渋滞が始まり、ようやく神泉《しんせん》から松見坂《まつみざか》に入ったと思ったら、淡島通り《あわしまどお》りでまったく動かなくなってしまった。

「ほんと。東京って渋滞ばっかり」

脚を組み替えながら、おれはため息をついた。

「今日は、花金《はなきん》だし……」

「ところで、こっち来て、何年くらい？」

「今年の夏、来たばっかりなんです」

大学を卒業してから数カ月間はプータローか……。

どうして就職しなかったんだろう？　家が金持ちで働く必要もなかったのかな？

「なんで東京に出てきたん？」

大阪アクセントで訊いてみた。

秋川さんは照れたように笑って、

「あたし、『なるほど！　ザ・ワールド』の『ひょうきん由美ちゃん』みたいな旅番組のレポーターになりたかったんです。おもしろいことしゃべりながら、世界じゅう旅行できていいなあって」

「じゃあ、どこかプロダクションに入ればよかったのに」

「……こう見えて、身体《からだ》あんまり強くないんで、銀通で働けば何とかなると思ったんです。父のコネもあったし」

そうか。やっぱり父親はどこかの会社の偉いさんなんだ。

「でも、営業のスターライト・チームで働いていても、レポーターにはなれないんじゃない？」

「最初はラテ（ラジオ・テレビ局）のアルバイトの面接受けたんですけど、担当者がめっちゃ感じ悪かったんです。でも営業の人はなんかフランクで気安いノリやったんで、自分と合うなあって」

語尾が関西弁になった。ちょっとホッとする。

「でも、これから、どうなるかわかんないよ。人生なんて出会いだし」

偉そうに言ってしまった。でも、おれの方が、たぶん十歳くらい年上だ。これくらいの言い方は大丈夫だろう。

「そうですよね」

特徴あるハスキー・ボイスでこたえた。この声はいちど聞いたら忘れない。低めの音がなんだか妙に心を落ち着かせてくれる。

窓の外では、黄金色に染まった銀杏《いちょう》の葉がはらはらと散っていた。

＊　＊　＊

ガーリックを炒《いた》める美味《うま》そうな香りが、鼻腔《びこう》をくすぐった。

週末の夜ということもあって、店はいつも以上に活気にあふれている。場所柄《がら》、おれたちくらいの年格好のカップルや音楽や演劇関係者が多い。気取らず、たっぷり食べられるのがいい。

昼はミーティングで、野菜サンドイッチを二切れだけ。まともな食事をしていない。お腹が小さく鳴った。咳払いしてごまかす。

「カッコつけてなくて、いいお店ですね」

秋川さんが満面の笑みをたたえて言う。背筋がしゃんと伸びている。きっと躾《しつけ》がしっかりしていたんだろう。

「ワイン、好き？」

ナプキンを広げながら、訊いた。

「お酒なら何でも好き」

「じゃ、ちょっと腰のある赤ワインにしよう」

「腰？　ワインに腰があるんですか？」

「うん。飲んだときに、ぐっと押し返してくれるようなバネがあって、そういうのを『腰が強い』っていうんだ。太陽をたっぷり浴びた葡萄は濃い味になって、腰も強くなる」

ちょうどいいタイミングでソムリエがやってきた。

「とりあえず、バローロ。お願いします」

そう言って、まずワインだけオーダーした。

「アペリティフはいかがいたしましょう?」

「プロセッコを」

「カバも入ってます。かなり良いですよ」

ソムリエが言う。

「え? あたし、カバよりゾウの方が優しそうで、好きかな」

「いやいや。カバっていうスペインのカタルーニャ地方の発泡ワインなんだ。ま、リーズナブルな値段のシャンパンってとこ。でも、辛口でおいしいんだ」

「ふーん。でも、やっぱり、カバより、ゾウが好き」

しつこいのは関西人のせいか、子どもだからか……。

トリッパ、オッソブーコ、スパゲッティ・ジェノベーゼ、ビステッカ・ア・ラ・フィオレンティーナをオーダーし、おれたちはものすごい勢いで食べ、飲み、笑い、好きな音楽や映画について夢中になって話した。

とにかく相手に気を遣《つか》って、よくしゃべる子だった。

だからだろうか、ワインを飲むピッチも速かった。酔いが回るにつれ、ますます饒舌《じょうぜつ》になり、自分の気持ちを正直に漏らしはじめた。

「『社会人』て言葉、あんまり好きじゃないんです。なんか子どもや学生は社会の中に入ってないみたいでしょ？

それに……銀通で働いて思ったのは……会社で働いている人は、ぜんぜん社会人じゃないかも、って。あのひとたち、みんな『会社人《かいしゃじん》』やなあって。

会社の中や得意先まわりの小さなことばっかり考えてるんやもん。

世の中がどうなっていくのかって、たまに言うことがあっても、ぜんぶ銀通の、しかもスターライト・チームの売上げがらみのことばっかり……。ほんとの意味で世の中のこと、ぜんぜん考えてない。どうやって自分がクライアントや上司から気に入られるかってことだけ。ほんま男のくせに小《ち》っこいわ」

「それ、うちの会社もまったく同じ。『広告は社会のためにある』なんてカッコつけて言ってるけど、大嘘。リベラルそうな顔してるのも、そうやれば人気が出て売れるから。それだけ。嘘ついたらダメだよ、何だって」

「会社に入ると、会社語みたいなのあるでしょ？　電話の応対からしてヘンやわ」

「え？　どんなとこ？」

「こっちのこと全然知らないのに、『いつもお世話になります』なんて平然と言ってる。お世話するもしないも、会ったことも喋《しゃべ》ったこともない相手に、『お世話になります』なんて言うの、おかしいわ。何の心もこもってない、うわべだけの言葉やわ」

たしかにそうだ。高笑いしてしまった。

働きはじめた頃、デスクの電話が鳴るのが怖くてこわくて仕方がなかった。

いったい何て言えばいいんだ？　もしもし？　こんにちは？

怯《おび》えるおれを横目に見ながら、隣の席の先輩がさっと電話をとり、表情ひとつ変えずに、「はい。スターライト宣伝部です」と言い、「いつもお世話になります」と続けたのだ。

それを聞いて、なるほどと思った。

呪文《じゅもん》のように、あるいはコンピューターの音声のように機械的にやればいいんだ。要するに「決まり文句」なんだ。気持ちなんてどーでもいいんだ。

わかってからは、先輩の口真似《くちまね》をすることにした。それが何より手っ取り早い。

でも、気持ちのこもらない受け答えをする自分への違和感は、心の底にヘドロのように溜まっていった。

秋川さんの言葉はその澱《おり》を思い出させてくれた。

ヘンなオトナ語を、いけしゃあしゃあと使うのは、ほんと恥ずかしい。

マニュアル言葉に敏感に反応する人になかなか出会えなかった。

かつては感度が高く、恥じらいを知っていた人も、会社員生活が長くなると、だんだん世慣《よな》れた言葉を使うようになる。オトナ語を使ってさえいれば、気持ちをぴったりいいあらわす言葉を探す努力なんかしなくていいのだ。楽チンなんだ。「渡りに船」や「御《おん》の字」だの——口にするだけで反吐《へど》が出そう……。

秋川さんのような素直な意見は、宣伝部では一笑《いっしょう》に付《ふ》される。いい加減におとなになれよ、なんて言われるかもしれない。

「天下のスターライト宣伝部」と持ち上げられているが、じつは、まるでセンスがないのだ。媒体も代理店も、金がらみで気を遣ってくれているだけなのに、感覚が麻痺してしまって、クライアント病になっている。

ピュアな物言いをするこの子になら、きっと、自分の気持ちを包み隠さずあらわせる。誤解されるかもしれないなんて気遣うことなく、思いを真《ま》っ直《す》ぐ伝えられる……。

秋川さんはバローロをクイッと飲み干し、さっきの話の続きをはじめた。

「電話で『お疲れさまです』って言われるのも何かヘン。会社のことを呼ぶのに

『スターライトさん』て言うのもおかしいし、相手の会社を『御社《おんしゃ》』なんて呼ぶのも、ぞっとする。御をつけて、丁寧にしてるつもりなんかな？」

頬をかすかに紅潮させ、呂律《ろれつ》も少々あやしくなっていた。

ちょっと、焦った。

今夜は初デートなのに、彼女が気を遣いすぎて、酔っぱらいかけている……。

これでは紳士として、おれは失格だ。

だいいち卑怯じゃないか。女の子を酔っ払わせて、その姿を冷静に観察しているみたいだ。あとで一発やる魂胆と思われているかもしれない……。

女の子が酔っ払って、こっちが素面《しらふ》なんてフェアーじゃない。下心《したごころ》があると思われるのは本意じゃない。おれもちゃんと酔わなくちゃいけない。秋川さんの酔いに追いつかないといけない――。

二軒目は、新宿に戻った。

彼女の行きたがっていた二丁目のレゲエ・クラブ「69《シックス・ナイン》」に行き、三軒目は水野さんに連れていってもらった「バー木村」、四軒目は三光町《さんこうちょう》交差点近くの地下にあるソウル・バー「ボビーズ」……おれの記憶は「ボビーズ」に入って、I・

W・ハーパーをダブルのロックで頼んだところで完璧に途切れている。

その後、彼女が、独身寮のある初台《はつだい》でおれを落とし、自宅のある駒沢《こまざわ》まで帰っていったのは切れぎれに覚えている。代々木《よよぎ》警察を過ぎた横断歩道でおれは下りた、と思う。

走り出したタクシーの窓を叩いて、彼女に何か叫んだ覚えもある。けど、何と言ったか、ぜんぜん記憶がないのだ。

「今まで会ったことのないおんなだ」だったか？

「もういちど会えるか」と言ったのか？

「お前が好きだ！」か？

はっきりしているのは、おれが秋川さんの酔いをある時点で完璧に追い越した、ということだった……。

＊　＊　＊

翌週の月曜日、宣伝部の受付を通りかかると、銀通の藤井《ふじい》部長に呼び止められた。

挨拶を交わすと、彼の横に座った坂本さんやほかの営業マンがにやにやしている。なんだかいつもと気配がちがう。ちょっと用心しつつ、何かあったんですか、と訊いた。

藤井部長は少なくとも十五は年上だ。おれはそれなりの敬意を払っている。

「上杉さん。うちの秋川、会社休んどるんですわ」

脂《あぶら》ぎった顔をてからせ、いわくありげな笑みを浮かべた。

「……？」

「金曜の夜、一緒だったですよね？」目が笑っていない。

おっさん、どうして金曜のことを知ってる？

「は、はい……」

「なにか……やったんですか？」切り込むように訊いてきた。

「滅相《めっそう》もない。そんなこと、やるわけないです」

いったい、あの夜、おれは何をやらかしたんだ？

「足首、捻挫《ねんざ》して、全治一カ月らしいですわ」

「えっ……？」

「今週末に会社に出られるかどうか……朝イチで電話ありましたよ」

藤井の目がおれの頭から足の先までねちっこく睨《ね》めまわした。

やってしまった………。

酒プラス女……おれにとって最悪の条件……。また、悪い癖が出た……。

こころの中で舌打ちした。

会社に来られないくらい歩行困難なんだ……それほどひどく足首を捻挫したのか……？

広島での営業時代、足首を折って入院したとき、朝、ベッドから立ち上がれずに、不覚にもしゃがみ込まざるを得なかった。足がふにゃりとして、いうことをきかない。そのときの情けない気持ちがまざまざとよみがえった。

どうする？　どうすればいい………。

坂本さんがウインクしながら言った。

「ま、男ってやつは、いろいろありますから」

完全に誤解している……。

違う。違うんだ。そんな下心、おれにはこれっぽっちもなかったんだ！

そう言いたかったが、言葉にすればするほど言《い》い訳《わけ》がましくなって、藤井部長の疑念が大きくなる。

「すみません。ご迷惑おかけして」

四十度の角度で深々と一礼し、受付から逃げるように、おれは宣伝部のフロアーへ入っていった。

10

銀通の第四営業局に行くと、いつもはがらがらのフロアーなのに、こんなにいたのかと思うほど人がいる。

スターライト・チームの営業マンほぼ全員が、自分の席についているのだ。

金曜日の午後一時過ぎ。普段なら代理店営業マンはクライアントや媒体社《ばいたいしゃ》、あるいはプロダクションでそろそろ打ち合わせを始めようかという時刻だ。

おかしい……。

おれは、看板商品のシングルモルト・ウイスキー伊吹《いぶき》を一本、そして高級チョコレート一セットをとびきり美しく包装してもらい、手みやげに持ってきていた。

今朝、藤井部長から、秋川さんが出社したと電話をもらった。捻挫させたことに対して直接謝罪したかった。何を措《お》いても彼女にきちんと謝りたかった。おれは電話をおくと、すぐさま席を立ったのだ。

アルバイトの女の子が四日も休むことで、営業のみんなにどれだけ差し障《さわ》りが生じるか——おれも外回りをしていただけに、内務の仕事の大切さはわかっているつもりだった。

広いフロアーの入り口でちょっと息をのんで躊躇《ためら》っていると、その姿を目ざとく見つけた坂本さんが立ち上がり、こちらにすっと寄ってきて顔をほころばせた。

藤井部長は読んでいた新聞をゆっくり畳んでデスクに置き、含み笑いをしながらおれに会釈した。そして島の横にある打ち合わせスペースを指さした。

坂本さんに導かれ、何人かの親しい営業マンに挨拶しながらソファに向かう。背中にたくさんの視線が突き刺さってくる。

ようやく打ち合わせスペースにたどり着き、藤井部長にあらためて深々と腰を折って陳謝し、「よろしかったら、みなさんの慰労会のときにでも一杯やってください」と伊吹を差し出した。

きっとチーム全員の耳がダンボになっているだろう。

「いやいや、気ぃつかわんでくださいよ」

顔の前で右手を振りながらも、藤井の左手はゆっくり伸びて、ウイスキーの入った紙袋をしっかり抱えた。

「ほんとうに申し訳ありませんでした。みなさんの大切な方に大変なことをしてしまって……」

あらためて言いかけたとき、目の覚めるようなケンゾーのニットと花柄のスカート姿の秋川さんが、片足を引きずりながら、はにかんだ笑みを浮かべてコーヒーを持ってきてくれた。

「あ……」

その健気《けなげ》な姿に圧倒され、とっさに何を言っていいのかわからなくなった。あわてふためき言葉を探しあぐねていると、

「このまえは、ごちそうさまでした！」

お盆を持ったまま、ぺこりと頭をさげ、白い歯を見せて清々《すがすが》しく挨拶した。たった六日会ってなかっただけなのに、そのハスキー・ボイスがとても懐かしかった。

「す、すみません。ほんとうに……」

「いいんです。でも、けっこう重かったですよ」

言いながら、コーヒーカップをそれぞれの前に置いていく。

「え？」

重かった……？

「酔っ払った人を背負って階段のぼるのって……」

「………？」

おれはこの娘《こ》に背負われた？

藤井部長の目が見開き、視線が秋川さんとおれの間を何度か往《い》ったり来たりした。

深い森の中にいるように、フロアー全体が静まりかえっている。

返す言葉がない。

唾《つば》を飲みこむ――。

その音もみんなに聞こえているようだ。

「あの、えーと……つまり、ぼくが……その……背負われた、んですか……？」

知らずしらず、声が尻すぼみになった。

たしか最後に行ったのはソウル・バー「ボビーズ」。ドアは一階にあるが、カウンターは地下にあり、急な階段を上《のぼ》り下《お》りしなければならない。

「前後も、上下も、左右も、不覚だったみたいで……」

ちょっと伏し目になって、顔を赤らめた。

藤井部長と坂本さんもはっと息をのみ、顔を見合わせた。

どうすればいい……？

あらためて立ち上がり、身を低くして頭を下げるしかない。今はそれしかできない。そして、チョコレートを渡そう。彼女、好きだったら、いいんだけど……。

パッケージを両手にもって、おれはにわかに腰を上げた。

と、膝頭《ひざがしら》が応接テーブルにぶつかった。

「い、痛っ……」

同時に、

「あちっ！」

藤井部長が高く叫んだ。

グレイのフラノパンツにコーヒーがこぼれ、見る見るうちに染《し》みが広がっていった。

＊　＊　＊

ワンダーシビックＳｉ《エス・アイ》は東名《とうめい》高速を滑るように走っていく。

ルイ・アームストロングの音楽のかかるテレビコマーシャルとF1のスポーティーなイメージに惹かれて、ホンダを買ったのだ。車だって嗜好品だ。ウイスキーや香水と同じ。メカニックというハードウエアに基づいてはいるが、「ハイ・クオリティー＝ハイ・センス」というイメージ商品なのだ。

窓外を左右に流れ去る風景を眺めながら、秋川サッサが突然ぷっと噴き出した。

「あのとき、正直いって、ちょっと胸がスカッとしたんだ」

ハンドルを握りながら、おれは、ちらっと彼女のほうを見た。

「藤井部長？」

「うん」

「どうして？」

「だって……あのひと、じつは、ねちっこいセクハラおやじ……」

言われてみると、あの脂ぎってたるんだ額、そしてベルトの上に載ったたぷたぷの腹から容易に想像がつく。あいつならセクハラをやっていそうだ。

「すれ違うとき、必ずお尻さわって、『おまえ、銀座のチーママみたいだな。何だったら、いいクラブ紹介してやるぞ』ってしょっちゅう言ってるわ。あのさわり方が、また、いやらしい。坂本さんならもっとサラッとやるのにね」

坂本さんも褒められているのか貶《けな》されているのか、よくわからない。

「でも……銀通なら日常茶飯事じゃないの？」

「あれ、ギョーカイ病よ」前を向いたまま、吐き捨てるように言った。

「……？」語気の強さにちょっとたじろいだ。

「わからない？」かすかにいらだちの色が見えた。

「代理店やテレビ局、新聞社、出版社……みーんな自分たちが時代の気分つくってるんだって錯覚してるんじゃないのかな？　自分たちが世界の中心だって勘違いしてる。『だから、おれたち、何やってもいいんだ』って顔に書いてあるわ。

あたし、神戸にいたとき、友だちは料理人とか大工とか職人がめっちゃ多かったけど、自分が中心やなんて、だーれも思ってなかった。『ね、俺ってイケテル？ほら、見て、見て』みたいなナルシストはいなかった。銀通でバイトして、ほんまにびっくりしたわ」

「……ちょっと働いただけなのに、よくわかるね？」

「だってフツーの世界から見たら、思いっきりヘンだよ。ギョーカイっていったい何なの？　大きな会社の看板あるから仕事できてるくせに、まるで自分が何か作ってるみたいに妄想してるんじゃないの？」

「……」

「じつは上杉さんの電話の応対だって、最初、めっちゃおかしいと思ったよ」

「えっ？」ぎくっとした。いきなり矛先《ほこさき》がおれに向いた……。

「坂本さんが午前休《ごぜんきゅう》した日。朝、初めて上杉さんからの電話とったら、なんか急に不機嫌になって……」

思い出した――。

あの日はタレント契約の件で、坂本さんに早急に連絡を取らねばならなかった。ところが、二日酔いか風邪引きか、当の坂本さんが出社していなかったのだ。契約の最終の詰めをするデッドラインの日だった。おれは焦った。大切な日を忘れる坂本さんではないはずなのに……。

ついついバイトの秋川さんに「どうして坂本さんが出社してないんだ？」となじってしまったのだ。たしか、そのとき秋川さんは「そんなこと、あたしに言われても、知りませんよ」と答えたのだが、そのこたえ方にカチンときたおれは、「ワインのタレントの件でわかる人、誰かいないの？」とさらにきつく問い詰めた。

痛いところを突かれた……。

しばらく言葉が出てこなかった。

広島支店から宣伝部に戻って、広告――しかもクライアント――の仕事をするうち、おれはいつからか勘違いして、面《つら》の皮が厚くなっていたのかもしれない……。ギョーカイの、しかも金を出す側《サイド》。自分の電話一つで誰かがすぐ動いてくれる。営業で頭を下げて缶ビールを一本ずつ売っていた頃とは真逆の立ち場だ。

「業界の人が変なのは、自分たちが世の中を動かしてると思いこんでるから？」

と秋川さんが小首を傾《かし》げて訊いた。

「そうかもしれない……」

「実際に作ってるのはコピーライターやデザイナーなのに、自分の手を動かさず、口先だけで指図《さしず》してる人がやたら多いわ」

おれはうなずきながらハンドルを握っていた。

咄嗟《とっさ》に何人かの宣伝部員の顔が浮かぶ。代理店よりクライアントの方がもっとひどい。自ら何の企画も考えず、代理店やクリエイターからあがってきたプランに、ああでもないこうでもないとエラソーに顎《あご》をあげて言う。

いや……待てよ……きっと秋川さんはおれもその一味だと思っているのか……。

落ち着かなくなって、あわてて口を開いた。

「広告って遊びの部分が多いよね。でも、遊びを遊んじゃダメだと思う。真剣に遊ばなくちゃ。だからマジに仕事してる人は信頼できる。そういう人は業界人面《づら》なんてしない。ギョーカイ風《かぜ》を吹かすやつは二流だよ」

「業界の人が変なのは、その雰囲気に酔ってるだけだから？　マジに仕事してないから？」

　と秋川さんが重ねて訊いた。

「銀通もスターライトも、いい大学出た人や有名人の子弟をコネ採用している。だから、『おれたち、もともと一般人とは違うもんね』と思ってる。マジにやらなくても結構なお金がちゃんと入ってくるしね。自分の手で広告作ったこともないのに『あのＣＭ、おれ、ちょっとからんでるんだぜ』って六本木のイケイケ姉《ねえ》ちゃんに自慢してる。結局、世の中おちょくってるんだよ」

　とおれは答えたが、「おちょくってるのは、あんたや」と突っこまれるんじゃないかとひやひやしていた。

　空は徐々に透きとおり、紫がかった青から群青《ぐんじょう》へと色がうつっていく。

　眼鏡をかけていても前が見えにくくなってきた。少し首を前に出すようにしてハンドルを握りなおす。

と、秋川サッサが、「ロング・ドライブで目ぇ疲れたでしょ？」

いきなりおれの首すじを揉みはじめた。

正直いって、初台《はつだい》から中央高速に乗り、富士山の五合目まで行き、ぐるりと南下し、東名《とうめい》をぶっ飛ばしての日帰りはきつい。

「あ、ありがとう」

礼を言ったが、秋川さんの手は小さいので、首すじに細い指が食い込んでくる。

「効いてる？　気持ちいい？」

「あ…あ……」

正直いって、痛い。が、顔をしかめそうになるのを必死で我慢していると、ツボに入って気持ちがいいものと錯覚し、華奢《きゃしゃ》な指先にからだ全体の力を込めて、より一層ぐいぐい押してくる。

川崎インターを越え、ゆるく右にカーブを描くと、藍色《あいいろ》の空をバックに東京の街あかりが、無数の宝石を散らしたようにきらめいていた。

「わあっ！　宇宙に入ってくみたい」秋川さんが声をあげた。

「東京も、夕暮れどきは、きれいだね」おれは猫背になって目を細めながら運転を続ける。

「……でも、ぜんぶ、人が作ったひかり。広告のつくる世界もきっとあれと同じかもね」

と秋川さんが言う。

「遠くから見れば、はなやかなんだ」

「うん」

「近くに寄っていくと、嘘がばれる」

「どうせなら、うつくしい嘘がいいな」

「広告なんて、結局、売るためにあるからね。『環境にやさしい』とか言ったって、しょせん商売だもん。でも、だからって、おもしろい広告がないと、商売自体がつまんなくなっちゃう」

「海老フライのしっぽ、みたい」秋川さんがぼそっとつぶやいた。

「え？」

「海老フライのしっぽって、ふつう誰も食べないよね。でも、あれがないと、海老のフライなのか何なのか、わかんないでしょ？　要《い》らないように見えて、じつは『ぼくが海老フライだよ』って、しっぽが教えてくれてる」

たしかに……。広告の本質をみごとに突いている。うなずきながら感心した。

「広告って無駄に見えて、じつは無駄じゃないんだよね。きっと」と秋川さんが続けた。

その通りだ。おれはしばらく考えて、口を開いた。

「それって、市場《いちば》でおしゃべりしながら買い物するのと同じだよね」

「市場？」秋川さんがおれの方をのぞき込んだ。

「うん。市場でのおしゃべり。スーパーやコンビニだったら、店の人と会話もせずに、さっさと買って帰るよね。人に気を遣うこともないし、効率よくスピーディーに買い物してるように見える。でも、じつは全然そうじゃない。目的決めて一直線に買うだけだと、新しい発見がない」

「……？」

「市場なら、おばちゃんとしゃべってるうちに、話があちこち飛んでいって、思わず余計なものまで買ったりする。で、結果的に、新しいシャツや調味料に出会えたり。おばちゃんの方も一品で終わるところが二品買ってもらうから得になる。だから、買う方も売る方も楽しいし、どっちも幸せになる」

「そう言われてみると、市場に行くのって、ちょっと旅と似てるかもしれないね」

と秋川さんが大きくうなずいた。

「でも、団体旅行で大型バスに乗って、効率よくいろんなところ回っても意味ないよね」

とおれ。

「そうそう。旅って迷子になったりするのが楽しいんだよね。で、地図をひろげて街の人に道を教えてもらったり。そこに暮らしてる人とダイレクトにしゃべるのってワクワクする。添乗員にお決まりのコースをバスで連れ回される旅なんて、まるでカプセルに押し込まれてるみたい」

「ちょっとしたトラブルが、あとになってみると、けっこう面白かったりするもんね。カラフルな洗濯物が風になびく路地《ろじ》を見つけたり、土地のひとの意外な暮らしぶりを発見したり。便利で安全な道だけ歩いていると、結局つまんない人生になる」

「いっけん無駄そうに見えて、じつはそうじゃない。きっと無駄なことなんてないんじゃないかな？　午前四時まで酔っ払いの相手やって、その挙《あ》げ句《く》、そのひと背負って階段を上ったからこそ、こうしてドライブしてるし。ね？」

「……富士山の日帰りにも、意味がある？」

おれはちょっと首をまわし、左手で右の肩を揉みながら訊いた。

と、すかさず秋川さんが、おれの左肩を揉みだした。

「あとで飲むビールとワインがよけいおいしくなる」

二時間後、おれたちは、あの下北沢のトラットリアにいた。

そうしてワインがほどよく回ったころ、はじめておれは彼女のことをサッサと呼んだ。

11

北雪《ほくせつ》シングルモルトの売れゆきは、おれたちの予想をはるかに超えていた。

営業からあがってきた数字を見ているかぎりでは、悔しいけれど大ヒットと言わざるを得ない。最初にシングルモルトを発売したのはスターライトなのに、北雪こそがパイオニアだと思われている……。

組織改編によってマーケティング部長から洋酒事業部長になった景山繁之の顔いろは、さらに青ざめ、事業部のフロアーにはいつも以上にぴりぴりした空気が流れていた。

沢木さんはつとめて平静さを装っているが、内心は忸怩《じくじ》たる思いがあるはずだ。

沢木さんの部下で洋酒の宣伝を担当する新井田実《にいだまこと》の貧乏揺すりは、日ごとに激しさを増していた。新井田はおれより一年あとの入社で、横浜支店のトップ・セールスとして名を馳《は》せた。持ち前の押しの強さを見込まれ、おれが広島から戻ったのと同じタイミングで宣伝部にやってきた。

初めて挨拶したときは驚いた。眼鏡の奥にある新井田の目があまりにも濁っていたからだ。あんな禍々《まがまが》しい目を、おれはいまだ見たことはない。

しかし、服装はいっぱしにブルックス・ブラザーズでキメていた。京都の片田舎出身だが、さすが慶應卒だ。営業で鍛えられたこともあって、人の気を惹く話術にも長《た》けていた。ジョークを言ったときの笑顔は、意外と人懐《ひとなつ》っこかった。

おれは直感で人を判断するが、新井田にはどこか引っ掛かりを覚えつつも、日が経つにつれ不思議と警戒感がうすれ、腐った魚のような目もあまり気にならなくなってきた。

話してみると、けっこう面白いとまで思うようになった。

互いにブルーズやソウルが好きなので、貸しスタジオでクラプトンやBBキングをコピーして遊んだりもした。

仕事のことでわからないことがあると「先輩、教えてくださいよう」と素直に甘えて来るし、一緒に飲みにいくと、「上杉さんに宣伝のツボを教えてもろて、ほんま助かりますわあ」とちゃんと礼を言った。気がつくと、新しい宣伝部をつくりあげていく同志とまで思うようになっていた。

ところがある日、おれのデスクの横に、猫背で怒り肩の新井田が腕を組んで傲然《ごうぜん》と立った。

「例のワインの絵コンテ。まだ銀通から上がってけえへんのですけど、上杉さん、あれ、どないなっとんですか？　ぼんやりしとらんと、しっかり動いてもらわんと。ひょっとして、代理店の言うまま口開《あ》けて待っとんのとちゃいまっか？」

「？」一瞬、耳を疑った。

「聞こえてまんの？　ワインの絵コンテ、どないなってまんねん？」

「なにぃ？」

仕事のイロハを教え、広告の世界に早く慣れるよう、代理店やクリエイターのキーパーソンも紹介し、いろいろ面倒をみてやってきたのに、何という言いぐさだ。

甘く見られている……。

迂闊《うかつ》だった。おれは、そのときかぎり、やさしい先輩面《づら》をするのを止《や》めることにした。

新井田が代理店を顎で使っているのも、親しい営業マンからは聞いていた。かつて得意先に飴《あめ》と鞭《むち》でいたぶられた手口を、弱い立場の人にそのままやり返しているのだ。そういう裏表のある態度も気にくわない。

しかし、あろうことか、沢木さんはそんな新井田を高く評価しているようなのだ。

大胆なアイディアを現実のものにする、いわば実行部隊長として、強引な性格の新井田を重宝しているようなのだ。

沢木さんは、もっと感性豊かな人が好きだったはずなのに……。

クリエイティブ制作が得意な沢木さんだが、彼の真骨頂《しんこっちょう》はロジックを重視して仕事を進めるところだ。代表的な成功例は缶ビール作戦。スターライトの缶ビール・シェアの高さに目をつけ、瓶から缶へと向かう時代の流れに乗じて、ビール全体のシェアを奪取した。

しかし時として、その論理性がどこかひんやりした印象を人に与えもした。

イルカビールのキャンペーンでおれは沢木さんの片腕として働いたが、部下の煽《あお》り方がじつにうまかった。この人といると絶対に戦いに勝てる――そんな確信がどこからか湧いてきたものだ。

あるとき、沢木さんが飲み屋でこんなことを言ったのを覚えている。

「僕は、大学時代、催眠術の研究をしていたんだよ。けっこう人って簡単にかかるんだ。世の中の力関係なんて催眠術の掛け合いみたいなもんさ」

何気なく発した言葉だからこそ、よけいにひやっとした。

部下を上手に扱ったり、女にもてたりするのは、風貌以外に理由があったのだ。おだてたり、すかしたり、脅したり、じらしたり、甘えたり……いろんな手練手管《てれんてくだ》を使ってマインドコントロールをしているのだ。

イルカビールのときはおれを、そして英介体制での改革では新井田を「使える」と判断したのだ。冷静に考えれば、それは管理職《マネージャー》としてとうぜんのことだ。誰だって自分の言うことを忠実に聞く、パワフルな人間を使いたがるだろう。

しかし、どうして、よりによって新井田なんかを右腕に選んだのだ……。

＊　　＊　　＊

暮れも押し迫ったある夜、突然、広島支店時代の同志・木下《きのした》さんから電話が入った。

「えらいことになった」

「こんな時間に、どうしたの？」

「宣伝部に行くことになった」

一瞬、おれは二の句が継げなかった。

また一緒に仕事ができるのはうれしい。が、唐突な異動には首をひねった。噂すら聞いたことがなかった。

「……担当は？」おれは訊いた。

「雑誌」ぼそっとこたえる。

「なんでまた？」

「いまの担当が、急遽《きゆうきよ》、実家の酒屋を継ぐことになったんだそうだ」

新井田に顎で使われている、入江《いりえ》という男だ。

「まえから希望してた？」

「いや……」

電話口の向こうで、丸刈り頭をつるりと撫でる姿が目に浮かんだ。

「よくわからん……ただ、二つくらい理由が考えられる」

「ふたつ？」

「ひとつは……英介専務の体制になってから支店長が替わった。だが、そいつとうまくいかなかった」

「誰でしたっけ？　いまの広島支店長」

「森本《もりもと》」吐き捨てるように言った。

「ああ……国際マーケティング部にいた、女好きのオヤジでしたっけ？」

森本とは輸入ウイスキーの宣伝会議で何度か顔を合わせたことがあった。むくんだ顔の疲れきった中年男だが、そんな風貌のくせに社内不倫の噂がたえない。

木下さんは続けた。

「イルカビールのおかげで芦臣《あしおみ》や小森《こもり》がいなくなって、せいせいしたと思っていたんだがな。森本みたいなやつが重宝されるのでもわかるように、英介体制の出世コースは、海外畑とマーケティング屋だ。

世界ではアルコール離れが確実に進んでる。やがて、うちも酒ビジネスだけじゃ生きていけなくなる。それを見越して、海外の食品会社を買収しようと思っているようだ。

森本はノースウエスタンかイースタンか何かそんな航空会社みたいな名前の大学

で企業買収の勉強をしてきたらしい。でも営業じゃまったく使いものにならん。現場を知らないから、事業部の言いなりだ。ところが困ったことに、プライドだけは一丁前さ」

「例によって、木下さん、孤立してたわけね？」

「お前に言われたかないよ」

受話器の向こうでのどを鳴らす音が聞こえた。缶ビールをひとくち飲んだようだ。

「異動理由、二つめは？」

「……聞いて、笑うなよ」

「笑いませんよ、ぜったい」

「約束、だぞ」

「約束しますよ」

一瞬の間《ま》があった。

「…あのう…おれさあ……むかし、ライターっちゅうの、やってたんだ」

後半は言葉が消え入りそうになった。

「はあ？」

耳を疑った。たしか「ライター」と聞こえた。坊主頭にペパーミントグリーンのスーツを着た木下さんとライターがまるで結びつかない。

「雑誌のライター……ですよね？」

わざとらしく咳払いして、

「……ま、そうなんだが」

「ウソ？　ぜんぜん似合わない」思わず噴き出した。

「みろ、笑ったじゃねえかっ！」

おれは目の端にたまった涙を指でぬぐいながら、

「で、ライターと雑誌担当とどういう関係……？」

申し訳ないが、まだ声が笑いで潤んでいた。

「最近、雑誌見てるといろんなタイアップ広告っていうの？　いっぱい載ってるけど、ぜんぜん面白くねえ。とくにうちのなんか提灯《ちょうちん》記事まるだし。読んでると無《む》性《しょう》に腹たってきて……」

「確かにひどいよね」

「だろ？　金はらってあんなページつくるなら、フツーの広告出した方がましだ」

「おれも会議で言ってるよ」

「人事面接のときに、ふっとそのことを言っちまった。きっと支店長や幹部連中は人事部に問い合わせて、おれの履歴もチェックしたんだろう」

高校卒業後、木下さんはいろんな仕事を渡り歩いてきた。そのなかで納得できたのは、雑誌のライターだったらしい。漁師や長距離トラックのドライバーをやっていたのは知っていたが、出版関係の仕事もしていたとは知らなかった。

「そんなわけで、来年早々そっちに行くから、よろしくな。住むのは新宿近くの初台《はつだい》ってとこらしい」

「それって、おれと同じ独身寮ですよ」

「そうか。また、すっとこどっこいか」

缶ビールをつぶすグシャッという音が、受話器の向こうから聞こえてきた。

＊　＊　＊

正月休み明けの一月四日、午前八時三〇分。

新年初めての早朝会議が、九階副社長室にある大きな円《まる》テーブルで開かれようとしていた。

ホテルニューオータニから弁慶堀、紀尾井坂まで見渡せる特等席には湯川宣伝部長が座り、その横には沢木さんをはじめ、ビールや食品、媒体などの宣伝課長が居並んでいる。おれたち平社員は管理職のうしろで、折りたたみ椅子に座っていた。

会議の直前、丸刈り頭の木下さんが全身黒ずくめのスーツで、背筋を伸ばし粛々と部屋に入ってきた。服の上からも太ももや腕に無駄なくついた、しなやかな筋肉がわかる。

正月気分の残るなごやかな空気が、瞬時にして引きしまった。

全員の視線が木下さんに貼りつく。

眼光するどく一同を睨《ね》めまわした木下さんは、奥に座った湯川部長に歩み寄ると、深々と一礼した。

異様な風体のおとこに、部長は思わず身を引こうとしたが一瞬思いとどまり、居《い》住《ず》まいを正してコホンと小さく咳をした。

「わたくし、広島支店からまいりました木下鉄男《きのしたてつお》と申します。なにぶん宣伝はまったくの素人《トウシロウ》です。今後ともよろしくご指導ご鞭撻《べんたつ》を賜《たまわ》りますよう、お願い申しあげます」

「おう、そうだったな……」

銀縁眼鏡を片手で上げながら、湯川は鷹揚にうなずき、部員に向かって、

「一日《いっぴ》付けで広島支店から赴任した木下君だ。みんな、よろしくな」

どうにか威厳をたもって言った。

「なに、あのひと……?」

「どうせ広島の田舎モンだよ」

「ヤクザの葬式じゃないんだからさあ」

「ふつう、紺かグレイのスーツだろが」

「花の宣伝部に来るってんで、テンパってんじゃないの?」

ひそひそ言い合う声が聞こえる。

木下さんは部屋の隅に置いてあった折りたたみ椅子をとり、それを持っておれの側《そば》にやって来ると、にやりと笑った。

円テーブルの反対側からは、新井田《にいだ》がねちっこい視線を送ってきた。

今日最初に議論しなければならないのは、まずは北雪《ほくせつ》シングルモルト対策だった。

対抗商品を出すかどうか。出すなら、具体的にどうするか。宣伝部としてのまと

まった考えを事業部に示さなければならない。

冒頭、口火を切ったのは、新井田だ。

「同じ価格と容量の新製品を対抗して発売する。それが常道ですわ。向こうはしょせん二流。うちがドカンとやれば、ひとたまりもない。いま北雪に飛びついてる新しもの好きはどんなジャンルにだっております。しかし大衆はメジャーであるうちの方に流れる。それは理論的にも定説ですわ。我賀《わが》、ちょっと補足説明したってくれや」

横でしきりと相づちを打っていた小太りの男がうれしそうな顔をして立ち上がった。入社三年目の我賀末夫《まつお》だ。首からピンクのリボンで下げた会社の入館証が揺れている。

「えーとですね。社会学者ロジャーズの『イノベーションの普及プロセス理論』では、革新的採用者と初期少数採用者、要するに『新しもの好き』は16%。初期多数採用者と後期多数採用者、つまり『マジョリティ』は68%となってございます。わたくしどもはマジョリティーに支持されているわけでございますから、この数字だけでも4倍の支持者を得られる予定でございます」

しかも北雪は、ウイスキー原酒量がグロスでうちよりはるかに少ない。熟成年数もショート。短《みじこ》うございますよね？」

太った体をくねらせて、したり顔で言う。英介体制になる前はコピーライターだったが、改革の嵐で一般事務職となった。

はんぺんみたいな色白顔に、チャーシューみたいな朱のフレームの眼鏡。分不相《ぶんふそう》応《おう》なコム・デ・ギャルソンのスーツは寸足らず。ピンクに水玉のソックスが丸出しだ。足もとは真っ青なローファー。目立ちたがりのお調子者で、人生のモットーは「派手、派手、ハッピー」だと公言している。

我賀が続けた。

「――ということは、若い原酒でシングルモルトをつくっているポッシビリティが高い。うちは北雪とディファレンシエイションするためには、エージングのラベリングがマストなんです。うちの方がはるかにハイ・ポテンシャルなわけでございます」

目をつむって腕組みしながら聞いていた湯川部長が、

「我賀クン。きみの話はやたら意味不明の横文字が多い。よくわからん」

眉根を寄せ、憮然《ぶぜん》としてつぶやいた。

はっとして、我賀はぶあつい下唇をしきりに舐めた。

「す、すみません。えーと、えと、ですね。北雪はですね、若い原酒でシングルモルトをつくっている可能性が高《たこ》うございます。差別化のため、うちはウイスキーの熟成年数をはっきりラベルに表示すべきでございます。北雪がいちばん嫌がるのは年数をあらわされることでございます」

湯川は目をつむったまま、右の眉を上げ、ふむ、とうなずき、

「で、洋酒事業部は何年くらいの表示が妥当と言ってるんだね？」

「7年でございます」

我賀は意味ありげな笑みを浮かべ、勢いこんでこたえた。

「7年？」

「はい、でございます」

「うるさい。『ございます』はいらん。よくそれでコピーライターをやってたもんだ」

「……」肩をびくっと震わせ、縮み上がった。

「しかし、7年というのは中途半端な数字だな。ん？」

口がへの字になった。この癖がでるとプレゼンがなかなかうまくいかない。

空気を見てとった沢木さんが、おもむろに口を開いた。

「あの容量、あの価格では、7年が限界かと」

「そうかあ? そうかなあ?」

首を右に左に傾ける。顎の細い造作《ぞうさく》は不健康な顔色と相俟《あいま》ってカマキリみたいだ。

しばらく重い沈黙が広がった。

ややあって、湯川が大きく息を吸い込み、ひとことずつ区切るようにいった。

「思いきって、12年のハーフボトルは、どうだ?」

間髪《かんはつ》を容《い》れず、沢木さんが、

「敵が500ミリリットルなのに、うちがそれより少ない350ミリ。しかも高い値段で勝てるわけがありません。4000円にはなりますよ」

笑みを絶やさず、しかし、きっぱりと湯川の案を却下した。

湯川は一瞬むっとし、

「しかし、年数表示だけで他に違いがないのに、勝てるのか? 北雪が最初にこの普及版シングルモルトの世界を切り開いたいわば先発メーカーだぞ。ウォークマンをつくったソニーを後追《あとお》いしたメーカーはことごとく失敗した。みんなソニーにもってていかれて、かえってあのジャンルはウォークマンが正統派になっただろうが

「……」

太い息を吐いて、再び腕を組んだ。

その気配におされ、会議にのぞむ全員が暗く押し黙る。

と、新井田が濁った関西イントネーションでその沈黙を破った。

「部長。うちのウイスキー戦略はもちろんご存知ですよね？」

湯川は黙りこくったまま首をまわす。間の抜けたようなポキッという音が響いた。

新井田は一同をゆっくりと眺め渡し、悠然と口を開いた。

「独自のコンセプトをもったウイスキーをたくさん造り上げ、商品アイテムの少ない北雪を周りから囲い込み、数量的に圧倒する。酒屋やスーパーの棚に10倍の商品数があれば10倍目立ちます。昨年発売した『森がつくったウイスキー』というコンセプトの『カリブー』や、『ハードボイルドな男のウイスキー』というコンセプトの『ハメット』……多様なブランドで、うちの存在を際立《きわだ》たせ、北雪をより一層地味に見せることですわ」

新井田が唾《つば》をとばして説明した。セルフレームの眼鏡レンズが曇っている。

湯川は手で口を覆《おお》って小さなあくびを一つし、

「洋酒事業部の景山からも『囲い込み』という訳《わけ》のわからん言葉を何度も聞くんだが、どうもコンセプトが一人歩きしとるな。私から見ると机上の空論にしか思えん。だいたい考えてもみろ。おとなの男が『森のつくったウイスキー飲もうぜ』とか『ハードボイルドな男のウイスキーで一杯やるか』なんて言うかぁ？」

ふん、と鼻先で笑った。

部長の態度を見てとった沢木さんが素早く切りだした。

「うちが主眼としてるのは、『ステラ』の巻き返しをはかりつつ、もう一つ上級クラスに繋《つな》げ、再び世界のトップブランドになること。部長、それはご理解いただいてますよね？」

「無論わかっとる」部長の額に青筋が立った。

沢木さんはひとつうなずき、淡々と話を続ける。

「『カリブー』『ハメット』という枝葉《えだは》のウイスキーをつくって、北雪やライオンをおびき出す。彼らはトップメーカーのスターライトを常に横目で見ています。必ず対抗ブランドを出します。ところが資本力がない。やがて金も尽きる。そこに、枝葉ウイスキーをつくる意味あいがある。敵の資金を費やさせ、ブレンド・ウイスキーの上級志向という流れに乗せないことです。そうすることで、やがて来る５００

0円や1万円のプレミアム市場はうちの独占状態になるはず――これが事業部のもくろみですよね？」

湯川部長は腕を組んだまま、うーんと唸《うな》っている。正直いって、おれにもちんぷんかんぷんだ。

沢木さんと事業部の考えは、自分たちに都合の良すぎる論理だ。世の中にウイスキーへの逆風が吹いているのは十分わかっているだろうに……。

新井田が沢木さんに目配せして、言葉を引きとった。エラの張った平べったく貧相な顔に、精一杯の笑みを浮かべている。

「ま、部長。事業部との折衝《せっしょう》は沢木課長と私に任せといてくださいよ。うちら、事業部といたって良好な関係にありますから」

「ふむ」

湯川は納得しかねる顔をしたが、ちらりと腕時計をながめた。

会議の時間は限られている。シングルモルト対策だけにかけてはいられない。春からのビールのキャンペーン、ミネラルウオーターの新発売、国産ワインの家飲《いえの》みキャンペーン……その他たくさんの議題があとに控えていた。

＊　　＊　　＊

新井田《にいだ》は、雑誌担当も長くつとめていた。

総合月刊誌『中央春秋《ちゅうおうしゅんじゅう》』で4ページにわたってステラの広告を出稿《しゅっこう》。ページをめくると、テレビ広告と連動したメロディーがいきなり流れ出す――そういう奇《き》を衒《てら》った広告だったが、この「音の出る雑誌広告」は、全日本雑誌広告グランプリに輝いた。

たしかにインパクトは強かった。アイディアは沢木さんだったらしいが、新井田がすぐさまそれを現実のものにしたらしい。

雑誌ページを音の出るポスターにしただけの、目立ちたがりの広告にしか、おれには思えなかった。クリエイティブ・センスのある沢木さんが飲み屋で冗談半分に言ったのを新井田がパクッたんじゃないかと思う。

以前からうすうす感じているんだが、沢木さんにはどこかドライなところがある。人をあっと驚かせてお茶目に見えるときもあるが、粗暴に映るときもある。

「音の出る雑誌広告」のおかげで、新井田はたびたび企業の講演会に招かれて、訳《わけ》知り顔で雑誌広告を語るようになり、沢木さんはそんな新井田を頼もしく思い、洋酒担当に抜擢《ばってき》した――。

その洋酒担当は、宣伝部の中で最も重要なポジションだ。

宣伝費は製品ごとに決められ、ウイスキーやワインなどの洋酒宣伝費が一番多い。沢木さんと新井田は、年間250億円もの宣伝費をあずかっている。

洋酒担当はいったいどんな仕事をするかというと――たとえばステラの宣伝費30億円のうち、テレビで20億円、新聞で7億円、雑誌で2億円、交通広告で1億円――とメディアへの宣伝費の配分（メディア・ミックス）を決めるのだ。

テレビ、新聞などメディアへの窓口は媒体《ばいたい》担当といわれ、彼らは宣伝費の中から自分の媒体になんとかお金を持ってこようとする。

雑誌の宣伝費が多ければ多いほど、雑誌担当の活動範囲は広がり、面白い企画もつくれる。出版社に対しても大きな顔ができる。

したがって製品の宣伝計画（メディア・プラン）をつくるときには、金を握る製品担当と媒体担当とのあいだで、いろんなつばぜり合いが生まれてくる。

媒体担当からみれば製品担当はクライアントなので、あからさまに尻尾を振るやつも出てくる。新聞担当の河野《こうの》は同期の新井田を「新井田さん」と、さん付けで呼び、上背《うわぜい》のある体を屈めて新井田の銀座通いにお伴している。

洋酒宣伝課は、部の実権を握り、向かうところ敵なしだ。ことに英介体制になってから、新井田の一派は増長していた。コピーライター崩れの我賀末夫はその派閥の若頭《わかがしら》と自ら吹聴《ふいちょう》している。

そんな状況下、木下さんが雑誌担当になったのだ。

12

新製品が発表された。

「スターライト・シングルモルト7年」。黒ラベルを貼った「伊吹《いぶき》7年」と白ラベルを貼った「月山《がっさん》7年」の二つのボトルだ。

ひとめ見て、愕然とした。

完璧に北雪《ほくせつ》の真似っこだ。ボトルの形も、引き算しきれない中途半端なデザインだ。顔がない。

商品に情報性がない。

店頭でインパクトがなさすぎる。

どこにでもいる灰色のスーツを着たサラリーマンだ。酒屋やスーパー・コンビニの棚で目立つことなく、ひっそり埋もれてしまう……。ネーミングがひどい。ひどすぎる。北雪をスターライトに変えて、ただ7年をプラスしただけじゃないか。

「おっ！　何だ、このボトルは？　この名前は？」となるものじゃないと、新製品の意味がない。

こんなイージーなつくりでいいのか？

「加奈」で北雪シングルモルトを見たときの衝撃がまざまざとよみがえってきた。あの夜、おれの隣で息をのんでいた沢木さんは、こんな製品でほんとに北雪に勝てると思っているのだろうか？　何かと妥協してるんじゃないのか？　会社の大きな流れに巻き込まれているのか？　あるいは、自らその渦中《かちゅう》に入ろうとしているのか？

直接問いただしたかったが、沢木さんは忙しすぎる。近頃は会議でしか会えなくなった。もちろん一緒に飲みに行くこともない。夜の銀座はいつも新井田と一緒だ。直属の上司と部下だから仕方がないとは思うけれど、いまひとつすっきりしない。

ほどなくして、シングルモルト7年のメディア・ミックス会議が開かれた。

湯川部長以下、テレビ、新聞、雑誌などの媒体担当、そしてクリエイティブ担当のおれが出席。進行役は新井田と我賀だ。

と、円卓を見渡すと、見知らぬ顔が二つある。

一人は灰色のスーツを着た、どこにでもいるフツーのサラリーマンだが、もう一人、奇妙な初老の男がいた。

白のスエットの上下を着ている。

誰だ、あのオッサン……？

会議にスエットで来るオヤジなんて初めてだ。

しかもうつろな笑いを浮かべ、あたりをきょろきょろ見回している。顔つきは悪くない。むしろ福々しい恵比寿顔《えびすがお》と言える。

小柄で骨太《ほねぶと》。短い脚をぶらぶらさせて椅子に埋もれている。白髪《しらが》まじりの頭は寿司職人のように短く刈られている。ほんとにうちの社員か……？

会議の冒頭、司会の新井田が二人の男を紹介した。

地味な方は小早川《こばやかわ》というサブ・チーフブレンダー。今回のシングルモルト7年を担当したという。スエットの方は國房太郎《くにふさたろう》。名誉チーフブレンダーだそうだ。

新製品を広告するにあたって、宣伝部員にはしっかりテイスティングしてもらい、ブランドの特徴を正確につかんでもらおうと、二人は伊吹から出向《でむ》いてきたらしい。

國房……？

どこかで聞いた名前だ。入社のときに読まされた社史に載っていた人じゃないか？

たしか、光一社長が健在のころ、社長と二人三脚でステラのブレンドを決めた伝説のチーフブレンダーじゃなかったか。ステラ草創期のテイストは、群を抜いて素晴らしく、やがて日本を代表するウイスキーとして「世界の名酒」とまで呼ばれるようになった。

出席者全員にグラスが配られ、シングルモルト7年のテイスティングが始まった。

今回のテイストを決めたブレンダー・小早川がいろいろしゃべるが、専門用語やカタカナばかりで、内容がまったく頭に入ってこない。

國房チーフは、と見ると、自分だけロックスタイルにして、ピーナッツと柿の種をつまんで、鼻歌をうたっている。

照明が落とされた。

小早川がオーバーヘッド・プロジェクターを使って何やら図表を掲げつつ、再びしゃべりはじめた。

会議を抜けるには絶好のタイミングだ。

おれはこそっと給湯室に向かった。

冷蔵庫を開け、オン・ザ・ロック用の氷を取って席に戻り、隣の木下さんと自分のグラスにぽちょんと入れた。

あらためてウイスキーを味わう。

何の変哲もないテイスト。香りも凡庸。あきらかに駄作だ。

こんな製品を出しても、売れるのは新発売のときだけだ。相変わらず同じ失敗を繰り返すつもりか……。

腹立たしさが沸々《ふつふつ》とわいてきた。

と、どこからか、いびきが聞こえてくる。

薄闇のなか、目を凝らすと、國房チーフが子どものように口を開けて眠りこけているのが見えた。

＊　＊　＊

製品説明を終え、テイスティングもひととおり済ませると、再び照明がつき、小早川はまだ朦朧《もうろう》としている國房チーフを抱きかかえるようにして退室していった。場が少しざわめくと、我賀《わが》がへらへら愛想笑いしながら立ちあがり、分厚い資料を出席者に配りはじめた。

木下さんは重さをはかるように両手にその紙束を載せた。

「これだけの量をわざわざワープロで打つのも大変だろうな」あきれ顔で溜め息をつく。

「コピーするのも大変だ」おれがささやいた。

「手書きのペラでいいのに、無駄なことにエネルギーをかけるもんだ」

百円ライターで煙草に火を点け、「見た目がきれいだと、プレゼン力《りょく》がアップすると思ってんじゃねえのか？」

木下さんが聞こえよがしに言うと、新井田《にいだ》がキッとこちらを睨《にら》んだ。

薄汚い視線を無視し、訳のわからない数字やグラフをパラパラ読み飛ばし、出稿プランのページを素早くチェックした。

雑誌の出稿はゼロ……。

木下さんの方をちらっと見る。

眉間に深い縦皺が寄っている。

テレビを中心としたメディアミックスだ。新聞でさえ新発売時に全ページ広告を一回うつだけ。残りのほとんどがテレビスポットだ。

出席メンバーは新井田の説明にそって資料をめくり、数字とグラフを真剣に読み込んでいる。その姿を眺めながら、どうやって雑誌予算を奪い取ろうかと頭をひねった。経験のない木下さんにかわって、おれが知恵を働かさねばならない。

新井田と我賀がテレビに金を集中したのは、事業部の意思が強く反映されているからだろう。事業部は焦っている。すぐに結果を出したいのだ。

八〇年代に入ってウイスキーの販売は急速に落ちこんだ。新製品で何とか挽回しようとしたが、今にいたるまでそれは成功していない。かつては大量の宣伝をうてば、必ずウイスキーは売れた。しかし時代の潮流は変わった。人々はウイスキーに飽きて、「白《しろ》もの」といわれる焼酎に関心が向いている。

洋酒文化をつくり、右肩上がりの販売を続けてきたスターライトは、ウイスキーに関して負け知らずだった。だから、うちの人間はいまの不振を認めようとしない。「これは何かの間違いだ。一時的なものなんだ」と思おうとしている。

ミッドウエーの敗戦をしっかり受けとめなかった旧日本軍と同じ精神構造なん

だ。根本的な問題から目をそらし、何とか一時しのぎをすれば、昔日《せきじつ》の夢がよみがえると信じこもうとしている。長年《ながねん》しみついた傲慢さが災いしているのだ。

人気タレントを使ったコマーシャルもつくった。大量のテレビスポットもうった。そうして新発売の時だけ数字は伸びた。しかし、三カ月も経つと売上げ急落……。この数年、新製品を出すたびに、同じ失敗を繰り返していた。

木下さんがいきなり立ち上がった。

「私はまだ営業マンの感覚でしか見られないのですが、新製品の宣伝がほとんどテレビに集中してる。そこが、どうしても解《げ》せんのですが……」

新井田の濁った目が見開いた。まさか初めての宣伝会議で木下さんがいきなり口を開くとは思っていなかったようだ。

「ま、ま、木下さん。立ち上がらんでもええんですよ」含み笑いをしながら手で制し、「で、何が解せんので？」

「こういうわかりにくい商品は、酒屋さんや業務店さんに説明するのにたいへん苦労する。君は横浜で営業してたからわかるだろう？　単純に『北雪《ほくせつ》の対抗品です』では単なる当《あ》て馬《うま》だ。『モルトとは何か？』『ブレンディッドとシングルモルトの違いは何か?』――そういう説明が必要だと思うのだが、それは短いCMではできないだろ」

新井田は余裕のある笑みを浮かべた。

「シングルモルトの何たるかは、北雪がすでに得意先にも消費者にも説明してまんがな」

「消費者に?」

「週刊春潮《しゅんちょう》やら週刊文新《ぶんしん》やらに載ってまっせ」

「……そうか。おれは見てないな」

「広島くんだりでは雑誌の配本《はいほん》、少ないんですかなあ? しかし雑誌担当が雑誌読んでへんちゅうのは、どないなもんやろ?」

赤鬼のような顔でにやにや笑う。昨夜の媒体啓発費の酒がまだ残っているんだろう。

新井田は銀座の飲み代を代理店に払わせ、クラブからは白紙の領収書をもらい、自分が立て替えたふりをして金をくすねているという噂もある。英介専務と慶應大学の同窓で特別な関係だから、役員への道は約束されていると言いふらし、媒体社や代理店に使わせた金は数千万円ともいわれている。

「しかし……北雪がシングルモルトの説明をしているからといって、うちがやらない手はないだろ？」木下さんが少々むっとした。

我賀が作り笑いを浮かべ、したり顔で割って入る。

「ご存知のように、限られた宣伝費でマキシマムの効果を上げねばなりません。急速に知名度をアップするには、テレビスポットがマストアイテムでございます。シングルモルトとは何かという専門情報はすでに北雪が説明してございます。ですから、うちらは無駄金は使わず、テレビメディアにコンセントレイトするのが効率的かと存じます」

すかさず新井田も発言する。

「あのね、木下さん。わたしも雑誌担当してましたから、ようわかるんですけどね。雑誌は一人あたり宣伝費がテレビに比べて、めっちゃ高い。出版社の発表する販売部数いうのが、これまたええ加減でね。どれくらい売れとんのか、ほんまのところ、ようわかりまへんねや。雑誌は信用でけん。業界がぐるになって、クライアントから金もらうために、だましとるんですな」

「ちょっと待ってください」おれが手を挙げた。「新井田と我賀は、効率と効果を混同してるんじゃないのか？」

驚いた我賀がこちらを向く。濡れたような黒髪が少しずれたような気がした。

「たしかに数字のうえの効率はテレビがいい。ただしCMは雰囲気で流される。ジュースやチョコレート、安いウイスキーならそれでもいいが、情報性のあるウイスキーには向いていないだろ。雑誌はじっくり見られるし何度も読める。こんどの製品の場合は効果的な媒体だ。最近のうちの失敗は、メディア・ミックスがテレビに偏《かたよ》り過ぎたことが大きいんじゃないのか？」

「失敗……」我賀が首をかしげる。カツラ疑惑が噂される頭を不自然に右手でおさえた。

「そうだ。失敗と言わずして、何という？」

「いまだ成功してございません、と……」

「官僚みたいな物言いはやめた方がいい」

「……」我賀が膨《ふく》れっ面《つら》をした。

「ジャック ダニエルを担当したときに思ったんだが、ウイスキーの宣伝はしっかりしたイメージの骨《ほね》が大事だと思う。ジャックは雑誌と新聞という印刷メディアを中心にモノクロ広告のみで長年やってきた。黒ラベルに白抜き文字というジャック ダニエルのイメージがこの広告でじっくり浸透した。本気で腰を据えて商品を売ろうとするなら、イメージの骨を作ってからテレビを打つべきじゃないか?」

おれの言葉を待たずに、「骨ぇ? なんですかぁ、それ? 訳《わけ》わからんなあ」

新井田が素《す》っ頓狂《とんきょう》な声をかぶせて、目を細めた。

「骨とはアイデンティティーだ。一言でその商品を言いあらわすもの。たとえばライオンビールなら、ラベルに描かれた古風なライオンの絵。ジョニーウォーカーならステッキを持った男。ステラならダルマといわれるずんぐりしたボトル。それがイメージの骨だ。ステラはボトルシェイプが人口《じんこう》に膾炙《かいしゃ》してからテレビCMをスタートしたが、それまではずっと印刷メディアだった。しっかり骨ができてからテレビを投入した」

新井田と我賀を睨《にら》みすえてやった。やつらには言ってもわからないだろうが、部内の世論《よろん》を味方につけねばならない。

ボールペンをくるくる回しながら議論を聞いていた沢木さんが、テーブルに身を乗り出し、

「上杉の意見も一理ある。が、現状をもっとシビアに見たほうがいいな」

まるでおれが状況を冷静に見ていないような言い方に、少しカチンときた。

あなたの方が根本的な問題が見えていないんじゃないか。

「右肩下がりはじゅうぶんわかってますよ」

「販売低下はうちに限ったことじゃない。シングルモルトのヒットにもかかわらず、最近は、北雪も落ちてきている。むしろ、われわれの敵は焼酎だ。だからウイスキーの存在感を見せつけなくちゃいけない。インパクトのあるテレビが重要なんだ」

「でも、あまりに偏りすぎでしょう？」

「予算は集中すべきだ。テレビは広がりもあるし、一人あたり単価も安い。もっとも効率的なメディアだ」

沢木さんの頭からは、雑誌やラジオ、イベント、駅貼り……広告効果を数字にしにくいメディアはすっぽり抜け落ちている。以前から○×をはっきりさせる性格だったが、最近とみに拍車がかかっている。

おれは意を決して言った。

「いままでと同じ過ちを繰り返すんですか？」

「今回は、北雪の新製品対抗という特別なケースだ」

「新製品を出すたびに『今回は特別』『例外』と言い続けてるじゃないですか。もっと腰をすえて商品開発すべきでしょう」

沢木さんの顔いろが変わった。

「うちのような大きな会社になると、さまざまなブランドがあっていい。今回の新製品が基幹商品なら雑誌や駅貼りを含めた大々的なメディア・ミックスにする。が、シングルモルト7年はあくまで敵のミサイルを撃ち落とすためのもの。メイン商品じゃない」

「そうは言っても、小さい枠でもいいから印刷メディアが必要です。そうしないと、あっという間に忘れ去られます。シングルモルト伊吹《いぶき》は発売後ずっと新聞・雑誌だけです。新聞のテレビ欄のところには、歳時記みたいな小さな広告を定期的に出してますよね。ああいうのが漢方薬みたいに効いて、伊吹はじっくり売れているんじゃないですか」

おれがあくまで抵抗すると、沢木さんは渋面《じゆうめん》をつくり、射るような眼差《まなざ》しを向けてきた。

「シングルモルト7年はじっくりでなくていい。北雪との熱い戦いを世の中に知らしめればいい。とにかく焼酎からウイスキーに世間の関心をすみやかに移すことだ」

湯川部長が首をかしげたいつもの姿勢のまま、

「で、北雪のメディア・ミックスは?」

「は、はい」我賀が指に唾をつけて分厚い資料をめくった。「えーとですね。雑誌が半分。その他は新聞と駅貼りでございます」

湯川がこんどは逆の方に首を傾《かたむ》けた。

「ほう。上杉の言うように雑誌にちゃんと出しとるのか」

沢木さんが珍しく勢い込んで言う。

「だからこそテレビが重要なんです。北雪がシングルモルトの知名度をここまで上げてくれた。そのあと、おいしいところを、うちがごっそりもらう」

すかさず、おれは反論した。

「北雪シングルモルトは情報性があったのはもちろんですが、雑誌に出稿したからこそ、出版社からパブリシティーが出たんでしょ。金を出さないと、あれほど記事は出ない。もともとジャーナリストにはアンチ・スターライトが多い。北雪はそこに目をつけ、ここぞとばかり雑誌に金をばらまいた。しかも『これは』と目をつけたオピニオンリーダーには、以前から集中的にシンパ作りをやっています。うちは各社に平均的に金をばらまいているだけです」

湯川部長が口をへの字にしてうなずきながら言った。

「確かにそうだ。うちの広報対策はメリハリがない。同じ金額をメディアにやるなら、テレビより出版社の方が役に立つ」

「しかし、部長」沢木さんが冷静さを装いながら口をはさむ。「出版社とのトータルな付き合いでいくと、うちは累計でかなりの金をつぎ込んでいます。今回、出稿しなくても、問題ないですよ」

横にいる木下さんの顔が引き攣《つ》っている。が、まだ宣伝に来て日が浅い。何と反論すればいいかわからないだろう。そのぶん、おれが言わねば。

「テレビはもちろん重要です。ただ、メディアミックスのバランスをいま一度考え直していただきたい。シングルモルト7年を短命に終わらせたくないんです」

湯川は自分専用の湯呑みをもちあげ、番茶を音たててすすった。

「沢木君。パブリシティーの件もある。北雪に対抗するなら、出版社に絶えず金を与えておいたほうがよさそうだな。少しだけでいい」

なだめるように言った。

沢木さんは額に落ちかかる前髪をかき上げながら、

「わかりました……。この件は、広報対策も含めて再度プレゼンいたしましょう」

一瞬、残念そうな顔を見せたが、部長には従わざるを得ない。男らしくあっさりと了解した。

新井田はわざとらしくふーっと吐息をつき、あらぬ方を見た。

我賀は「ですよね。ですよね」と部長に作り笑いを浮かべながら身をくねらせた。

13

新宿三丁目の駅を出ると、霧のような雨が降っていた。

コートの襟をたて、背を屈めながら、小走りにバー木村に向かう。曲がりくねった路地に焼き鳥の煙が流れている。ひと昔前に流行《はや》ったようなスナックからは嬌声《きょうせい》とギターの音が聞こえ、カラフルな傘をさした金髪のオカマが流し目をくれた。

街の空気がしっとりと、やわらかい。この一角《いっかく》に来るとほっとする。

雑居ビルに似つかわしくない重厚な扉を開けた。

すでに木下さんがビールを飲んでいる。

カウンターの向こうからマスターが会釈し、乾いたタオルを手渡してくれる。コートについた滴《しずく》をぬぐって掛け、スツールに座ると、思わず吐息がでた。

マスターと目が合う。かすかに笑みを浮かべ、

「いつもの……?」

「ダブルのロックで」

「じゃ、俺も同じやつを」ビールを飲みほし、木下さんが言った。

黒いラベルを貼ったジャックダニエルのボトルを取り出し、マスターが手早くオン・ザ・ロックをつくり、こちらにグラスを滑らせた。

透きとおった氷がひかる。赤みを帯びた琥珀色の液体がとろりと揺らめいた。

木下さんとグラスを合わせ、ウイスキーを口に含んだ。

トウモロコシの甘さとバニラのような香りが口いっぱいに広がり、冷えた身体《からだ》をアルコールが熱く貫いた。脳の毛細血管がみるみる開いていく。思わず、目をつむる。青い草の香りがする。ジャックダニエルの生まれ故郷は人口三〇〇人ほどのテネシー州の町だ。ウイスキーには鄙《ひな》びた土地が似合っている。この酒は、南部の草原をわたる風のようだ。

木下さんがグラスを置き、

「ありがとう。会議では」

カウンターに手をつくと、おれに向かって一礼した。

「今をときめく沢木さんに喧嘩うっちゃって、あとで迷惑かかるかもしれないけど……」

「いや。おかげで、なんとか雑誌予算も取れそうだ」

「部長が珍しく理解してくれて、よかった。でも沢木さんがあれほどテレビスポットにこだわるとは思わなかったね」

「やりとりを聞いてても、俺、いまいちよくわからなかったんだ。テレビスポットってやつ……あれはいったい何だ？　会議じゃ時間もないから訊けなかったが、すまん、教えてくれんか」

　おれはミネラルウオーターで少し舌を湿らせ、一拍おいてから言った。

「テレビCMにはタイムとスポットという二種類があるんだ。タイムというのは『この番組はスターライトの提供でお送りします』という番組の間にはさまれるCMで、たとえば、うちは『日曜映画劇場』や『料理ばんざい』という番組を提供してるけど、そこにCMを入れることで、良質な番組にうちのイメージを重ねられる。どんな人がその番組を観ているか、ターゲットもわかりやすい。でも、番組制作費などもかかって割高になる。

　スポットは、前の番組と次の番組の間に流されるCMで、期間や時間帯――3月1日から2カ月間、平日の夕方5時から深夜12時までとか――を要望できるけど、どんな層がその時間帯に観ているかは大ざっぱにしかわからない。ただスポットは、CMの最小単位が15秒だし、番組の制作費も払わずにすむ。だから安い。限られた期間に宣伝を集中させるキャンペーン向きではある。CMを集中豪雨みたいに流すやり方なんだ」

「ふーん。テレビスポットは安くて機動的、ということか……」

うなずきながら、木下さんはグラスの中の氷を見つめた。

「沢木さんは、番組を持っていると固定費がかかると言って、提供もどんどん降りている。スポットにシフトすれば、こちらに都合のいいタイミングと量で広告をうてるし、効果も測りやすいと考えているんじゃないか」

「なるほど。その考えはわかる。でも、そんなに抜本的に変えると、テレビ局の広告収入にもひびくんじゃないか？」

「伝統的にスターライトは媒体側のメリットも考えながら出稿してきた。うちとマスコミは持ちつ持たれつの関係だった。でも、ウイスキーの不振でうちの宣伝費は縮小されている。英介専務の意を受けて、経費カッターの湯川が送り込まれ、無駄を省けと大号令を出した。沢木さんは効率主義を徹底しようとしてる」

「でも、大事なのはバランスじゃないのか？　あんまり自分の会社の効率ばかり求めても、肝心のマスコミ業界から支持されなくなるだろ」

「沢木さんには、そういうのは旧態依然の情緒的な関係に見えるんだと思う。スターライト・アド・クラブという広告関係者を集めるうちの懇親会があって、ゴルフ場を借りきってコンペをやったり、ホテルで派手なパーティーをやってきたんだけど、それもやめるみたい」

二人の会話の邪魔にならぬよう気遣いながら、マスターがぽそりと言う。

「そういえば、先週、水野さんがいらっしゃいましたよ」

「ほんと？　元気でした？」

「ええ。久しぶりに営業に戻ったからストレス溜まって、髪の毛どんどん抜けちゃうよって嘆いてらっしゃいましたよ」

「あれ以上、抜けようがないでしょ」

とおれが言い、笑いあったあと、マスターが真顔《まがお》になり、

「いま宣伝部に水野さんがいらっしゃれば、さっきのバランスっていうんですか、それももう少し取れるでしょうにねえ」しみじみ言う。

おれはちょっとため息をついて言った。

「沢木・水野は、ビートルズならジョンとポール。相撲なら柏戸《かしわど》と大鵬《たいほう》。緊張感のあるライバル関係だから互いにいい仕事を残してきたんでしょう。でも、今やそ

れも昔語りになっちゃった」

「いちど沢木さんもお見えになりましたが、水野さんとはまったくタイプが違いますね。沢木さんは我の強いモルト・ウイスキー。水野さんはそれほど個性が強いわけではないけれど、やさしく気遣いのあるグレイン・ウイスキー。すみません、口《くち》幅《はば》ったいこと言って……」

歳《とし》はそれほど離れていないが、二人はおれにとって宣伝の仕事を教えてくれた父と母みたいな人だ。母である水野さんは営業に飛ばされ、父である沢木さんとの距離は開くばかり……。

気がつくと、エミルー・ハリスの歌が薄く流れている。

「わたしもいただこうかな。今夜はお客さんも来ないようだし……」

マスターが自分のグラスにウイスキーをたっぷり注ぐと、澄んだ音をさせて氷がまわった。「この歌を聴くと、ジャック ダニエルを飲みたくなるんですよ」

マスターは啜《すす》るようにしてひとくち飲んだ。

その姿を横目で見ながら、木下さんがつぶやく。

「黒いラベル、いかついボトル。これがいい。飾り気がなくて、じつに男っぽい」

あっという間に飲み終えたマスターは空《から》になった自分のグラスにとくとく注《つ》ぎ足

し、おれたちにも「これ、サービスね」とウインクして注《そそ》いだ。

「おふたりの前で何ですが……ウイスキーは宣伝をやり過ぎないほうがいい商品かもしれませんねえ。立ち姿、気配、味……それだけでじゅうぶん伝わるんじゃないでしょうか。わたしのような酒飲みにはとくに」

木下さんが何度も相づちをうった。

「たしかに、ちゃらけたウイスキーは嫌われますね」

そう言って、おれの方に向き直り、「そうだ。会議でお前の言ってたジャック ダニエルの広告の話、ちゃんと聞かせてくれよ」

「ああ。ちょっと長くなるけど、いいかな？」


おれは制作の仕事をするまえ、輸入洋酒の製品担当をしていたことがあった。アイテム数は40くらいあったろうか。

スターライトの宣伝は何といっても国産洋酒がメイン。輸入酒なんて脇役もいいところ。宣伝費を合計したって国産の20分の1ほどだ。でも、宣伝費が多ければ面白い仕事ができるってわけじゃない。

少ない金でどうすれば効果的な宣伝ができるか、それが勝負のしどころだ。

大阪のホルモン料理、沖縄のチャンプルー、ブラジルのフェジョアーダ……大衆に人気のある食べものは、限られた食材でどうすればおいしく食べられるか知恵をしぼって生まれたものだ。ないものねだりより、あるものをどうやって生かすか——宣伝だって同じじゃないかな？

うれしかったのは、憧れのジャックも担当ブランドに入っていたことだ。ストーンズのキースが愛飲したり、ミュージシャンのファンも多かった。古風なシェイプに黒ラベル。なんだか魔性《ましょう》の酒だった。

学生の頃はもちろん高嶺《たかね》の花。だから会社員になって初めて飲んだときのことはよく覚えている。恋い焦《こ》がれていた女に触れたときみたいに、グラスをもつ手がカタカタ震えた。

最初は香りをかぐだけだったけど、意を決して、すするようにして飲んだ。さっきのマスターみたいにね。

女の甘いため息みたいな、やるせない味だった。口づけのあと、ルージュの香りがほのかに漂うように、おれの心にやさしいキスマークが残った。

そうして、シンプルな黒ラベルを夢見心地で見つめた。

と、そこに「SIPPING WHISKEY シッピング・ウイスキー」と書いてあった。

シップって何だ……？

辞書を手繰《たぐ》ると、「sip＝すする」という意味だとわかり、飛び上がった。

やっぱり、みんなこの液体を大切にゆっくり味わってるんだ——。

それが、おれのジャック ダニエル初体験。やがて、その最愛の酒を担当することになったんだ。

勉強のためと称して浴びるように飲んだ。もちろんバーにも足繁く通った。バーテンダーに嫌がられながら、あれこれ質問攻めにした。アメリカで過去十年間にうたれた広告もすべてチェックした。

そして、わかった。ジャックは新聞や雑誌という印刷メディアを中心に宣伝してきたんだと。しかもモノクロに徹してきた。カラー広告はやらなかった。モノクロはとうぜんジャックのラベルを思い起こさせる。しかもカラーより値段が安い。ようく考えられた広告戦略なんだ。

酒は、香水や音楽と同じ嗜好品。好き嫌いで選ばれる。

お客さん、とくにウイスキーのオピニオンリーダーは偏屈者《へんくつもの》が多くて身勝手だ。商品が売れてメジャーになりはじめると、「？」と思う人が出てくる。アンチが生まれる。

「おれだけのジャック」が「みんなのジャック」になってしまうと、なんだかジャックに裏切られたように思って、「べつにおれが側《そば》にいなくたっていいんだ」と拗《す》ねてしまう。

そういううるさ型が、洋の東西を問わず、ウイスキー好きには多い。マイナー志向で、臍《へそ》曲がりな彼らの支持を得ないと、とうてい「ほんもの」とは認めてもらえない。

ビートルズが偉大なのは、超メジャーになっても、アルバムの中で必ず新しい試みをしたこと。自らを革新し、前のめりに挑戦するその姿勢が、口うるさい音楽ファンにも受けた。だから、「みんなのビートルズ」でありながら「おれだけのビートルズ」であり得た。

ウイスキーの場合、ことに稀少なイメージがたいせつだと思う。

メジャー感が出るとおしまい。

悪い例がうちのステラじゃないかな。売れすぎて、酒飲みの気持ちから乖離《かいり》してしまった。派手でファッショナブルな宣伝をうち、ウイスキーの拠《よ》って立つところ――「影」や「弱さ」を受け入れる繊細な感覚をないがしろにしたからね。

いいウイスキーは「おとなの男」に似ている。静かに微笑みながら、ひとのこころの機微をわきまえている。タフだけど、やさしい。寡黙だが、やるときはやる。我賀《わが》のようなお調子者とはまさに正反対。

めちゃくちゃ売れていても、いや、売れれば売れるほど、純真や素朴、仁義や謙虚を忘れちゃいけない。それがウイスキーの美しさなのだから。

「おとなの男」のイメージをつくりあげてきたジャック ダニエルの宣伝戦略は、モノクロに徹したクリエイティブを、印刷媒体だけに愚直に出稿することだったんだ。

14

青山通りに面したガラス張りの喫茶店には、冬のやわらかい陽射しが注いでいる。豊川《とよかわ》稲荷に向かう坂道に忘れ去られたように佇《たたず》むこの店には、赤坂見附とは思えない静けさがあった。

木下さんがタナ・トラジャをひとくち飲んでカップを置く。ジッポーでクレテックに火をつけて一服すると、バチバチッと煙草の巻紙の焼ける音がして、丁字《ちょうじ》の甘い香りが漂った。

「どうしたらいい……？」低い声で訊《き》かれた。

おれは黙ったままブルーマウンテンを味わう。

結局、雑誌予算は生まれたが、ささやかな金しかない。困った木下さんから、ちょっと知恵を貸してほしいと頼まれたのだ。

雑誌の仕事は少々かじったことがある。二つ返事で請け負った。木下さんとタッグを組んで、少ない金で社内外をアッと言わせてやりたい。

丁字煙草をくゆらせながら、再び木下さんが口を開いた。

「テレビと連動した広告をやったって意味ねえだろ?」

シングルモルト7年のCMクリエイティブは、ボトルを徐々にズームアップするだけの、完璧なモノ寄り広告に決定していた。

おれは木下さんの言葉にうなずいて、

「推薦広告なんて、どうかな?」

「それって、有名人が出てきて『このウイスキーおいしいです』ってやつか?」

「もちろん頭が悪そうなやつはダメだよ。テレビに出てくるタレントとか芸能人じゃなくて、音楽家とかアーティスト、デザイナー……いわゆる文化人がいい」

「文化人かぁ……。俺そういうの、からっきし弱いからなあ。それに……いまどき推薦広告なんか『どうせ金で言わされてるんだろ』ってみんな醒《さ》めた目で見るだけだ。出演料もかさむしなあ……」

たしかにその通りだ。

カップを口に運びながら、青山通りをぼんやり眺めた。片側四車線の広い道はまるで都会を流れる川のようだ。春めいたひかりが、車のボンネットを輝かせていた。

「誰か信頼できそうな文化人ひとりにしぼったら？」

アイディアを出してみた。

「ま、それなら、安上がりかも……」目をつむったまま考えている。

「ウイスキー好きな、あるいは酒に対して何かフィロソフィーをもった人……だれか思いつく？」おれが訊く。

「そうだなあ……」腕組みしてうなった。

「木下さんの好きな人がいい。一緒に仕事したい人とか」

「しかし、俺の個人的感情を仕事に持ち込んじゃいかんだろう。公私混同になる」

おれは顔の前で手を左右に振った。

「宣伝の仕事は主観だよ。自分のやりたいこと、やらなくちゃ」

「……？」煙草をくわえたまま不審そうな顔でおれを見つめた。

「好き嫌いこそ大事。客観的な広告なんか存在しないよ。木下さんの『思い』がいちばんたいせつなんだ」

「思い……か」

「木下さんの色を思いきり出さなくちゃ。そのほうが読者に伝わる。好きなようにやってダメなら仕方がない。自分は宣伝に向いてないと諦《あきら》めればいいんだ」

「なるほど……」相づちをうち、「それは営業とまったく同じだな。好きなことやった方が俺も楽しい。じゃないと仕事する意味ねえよな」

「人生一回きりだもん。宣伝にいる間にせいぜい引っかき回したほうがいい。松下幸之助も本田宗一郎も『仕事は自分のためにするもんだ』って言ってたし、ポール・マッカートニーも『自分のために曲を作る』って言ってたよ。おれたちが楽しくやらないと、逆に新井田《にいだ》や我賀《わが》にしっちゃかめっちゃかにされる」

「うーむ……そうだよなあ……俺もウイスキーには思い入れがあるからなあ」

「誰がいい？　誰と会いたい？」

木下さんは虚ろな目をして考えこんだが、やがて、その瞳に光が宿った。

「高倉健には一生に一度でいいから会いたい……」

「健さんは俳優だよ。それに、ギャラが高すぎて無理」

「そうだよなあ……そうだよなあ……」

いや、待て…よ、健さんか……。

頭の中に映画のシーンがフラッシュバックした。『幸福《しあわせ》の黄色いハンカチ』で網走の刑務所から出てきたばかりの健さん。のどを鳴らして美味《うま》そうにビールを飲むシーン。雪の降りしきる駅のプラットホームに苦みばしった顔でたたずむ健さん……雪、氷…………。

そうだ。

いたじゃないか！

「黒川剛《くろかわごう》、なんて、どう？」

ぼそっと言ってみた。

ふたたび、木下さんの目が輝いた。

「えっ？ 俺が黒川の脚本好きなの、お前、知ってたの？ 健さんは彼の書いた映画によく出てるよな」

「流氷ロックのＣＭ撮影で黒川剛とちょこっと親しくなったんだ」

「ほんとかよ？」

「うん。最初は意地の悪い、ヘンコなオヤジだと思ったけど、あんがい職人気質《かたぎ》で骨のあるオッサンだ」

木下さんが、ごくんと唾を飲み込んだ。

＊　＊　＊

あの流氷ロックのコマーシャルが流れてから、ステラの売上げは北海道だけ持ち直したが、ホット・ウイスキーを流した他《ほか》のエリアは完敗だった。その後、黒川シリーズは中止。洋酒事業部は危機感をつのらせ、ステラの製品設計から根本的に見直すことになった。

しかし、おれにとっては良いことがあった。網走ロケのおかげで黒川のお気に入りになり、上京の折には飲みに連れて行ってもらう関係にもなった。人生、何がどう作用するかわからない。

二週間ほど前も、羽田空港に着いた黒川からいきなり会社に電話があり、新宿ゴールデン街までくりだした。オカマの店でカラオケを歌い、サンバを踊るブラジル音楽の店に行き、結局、朝まで飲んだくれた。一緒にいるとやたら神経を使うけど、付き合えばつきあうほどスルメみたいに味がある。どこか憎めない少年っぽいオヤジだ。

明け方、三光町《さんこうちょう》の交差点近くの居酒屋で日本酒を差しつ差されつしながら、黒川は「スターライトはこのままじゃダメだ。遠からず衰亡する」と熱く語った。

「一本の脚本を書くのに、俺は百本のウイスキーを飲む。それくらいウイスキーを愛してるんだ。あれは頭を覚醒させる酒だ。作品にインスピレーションを与えてくれる。学生時代からずっと飲み続けてる俺にとっちゃ、細胞の一部になっている。そんな人間の言うことだ。いいか。よく聞け」

「はい」おれは思わず居住まいを正した。

「今こそスターライトは腰の据わった製品を出さなくちゃならん。このままチープな商品を量産し続けていると、世間の信用はガタ落ちになるぞ。

そもそもステラがバカ売れしたのが間違いの元なんだ。

ウイスキーがあんなに売れるはずがない。売れすぎるウイスキーなんてまともなはずがない。わかる人はわかっている。甘く見ちゃいかん。目利《めき》きを忘れたら堕落する。俺もステラを飲むと、なぜか二日酔いする。身体ってのは正直なもんだ。言葉でだまされても、身体は惑わされん。

だいたいウイスキーは樽の中でゆっくりゆっくり育っていくもんだろ。それを……売れるのを良いことに、どんどん生産すること自体がおかしい。そこんところを大衆はみんな怪しいと思ってんだ」

網走以来、顔をあわせるたびに同じことを言われる。でも、言っていることは本質をずばりと突いていた。

「きみら、大衆をなめちゃいかんぞ。スターライトはモノが売れるということがわからなくなった。放っておいてもウイスキーは売れると傲慢になった。広告もモノ離れしすぎた。そうして商品も広告もダメになった。この腐りきった構造を建て直すには、まず商品からだ。

極めつきのプレミアム・ウイスキーを少量でいいから出せ。世界で評価されるようになれ。量を売るためのスタンダード品はそのプレミアムのDNAをもつウイスキーだと証明しろ。山頂をきわめ、かつ山裾《やますそ》を広げろ。それらはみな同じ山脈に属することが大事だ。質と量。この両面作戦をやれ」

＊　＊　＊

「マジで、黒川剛、おれたちの広告に出てくれるか？」

木下さんが目をしばたたかせた。

「こっちの持っていきようだ」

「実現したら、俺もインタビューに立ち会えるかな？」

「あったりまえじゃん。雑誌担当は木下さんだよ」

木下さんはうれしそうにうなずくと、白い歯を見せた。硬派に見えるがけっこうミーハーなのだ。

誰に対してもストレートなもの言いをする黒川がうちのウイスキーを語ることは大きい。モルト原酒から生まれるブレンディッド・ウイスキーのイメージアップにもつながる。少しはスターライト離れもおさまるかもしれない。ただし、黒川がうちのモルトを心から気に入ってくれれば、の話だが……。

さっきから物思いにふけっていた木下さんが、おもむろに切りだした。

「黒川剛にせっかく出てもらうなら、伊吹山《いぶきやま》の工場に行って、仕込み水《すい》を飲んだり、樽の貯蔵庫を歩いたり、ブレンダーに会ったり……ウイスキーの生まれる現場を見てもらったらどうだ？　酒が生まれる神聖な場所だ」

いたずらっ子のように、目をきらめかせている。

「それ、いいじゃん！」おれは言った。

雲間から光が幾条も射してきたようだ。「ウイスキーの生まれるプロセスや職人仕事を見てもらう。社会派でならす黒川剛のウイスキー・ドキュメンタリーにすればいい」

「伊吹だけじゃなく月山《がっさん》工場にも行ってもらう」

「水、風、光……それぞれの違いを彼の感性で語ってもらおう。絶対におもしろい読み物になる」おれも思わず力《りき》んでしまった。

木下さんは煙草を消して膝を乗りだし、

「自分の製品を自分がほめる――そういう広告の恥知らずさが俺は嫌いなんだ。だから外からの目でシビアに語ってもらう。じつは、それが一番うちのためになる。黒川剛は遠慮なんかしないだろ？　どんどん自由に書いてもらおう。うちの度量が試されるんだ」

「黒川がたとえスターライトに対してネガティブなことを書いても掲載する。そういうの、どう？」

「そんな広告、見たことない。完璧な掟《おきて》破りだ。でも、うちは正直な会社だと社会に伝わるだろ。『ステラがあんなに売れるはずがない』と不信の目で見られていた、その泥沼から抜け出せる」鼻の穴を膨らませて木下さんが言う。

「媒体はうちに批判的な出版社、たとえば『週刊春潮』とか『週刊時代』、どうだろう？」

「だな。うるさ型の多い雑誌だ。クセのあるやつが、じつはウイスキーファンだ。

ところが、ウイスキー自体がチャラチャラした嫌なやつに成り下がったんで、オヤジたちがそっぽを向いちまった」

話は加速度的に盛り上がっていった。

シリーズのタイトルも「黒川剛・ウイスキーのふるさとを訪ねる」に決めた。ウイスキーの誕生から熟成、旅立ちまでを追いかけるドキュメンタリーだ。

雪深い伊吹山の麓にあるスターライト伊吹工場に、チーフブレンダーなどの生産関係者を訪ね、原料となる仕込み水《すい》を飲み、麦芽を手のひらに載せ、香りをかぎ、樽職人の仕事を見、貯蔵庫を歩き、ブレンドの妙を知る――ウイスキーが自然の恵みと人の技の織りなすアートだと訴える――そういうコンセプトを二人でつくりあげた。「シングルモルト7年」、そしてその母体である「シングルモルト伊吹」の質の高さ、誠実な造りを訴え、その遺伝子は看板商品「ステラ」にも引き継がれていることを伝えられれば、このシリーズはきっと成功する。

15

新幹線は揖斐川《いびがわ》鉄橋を渡り、ゆるい左カーブを描きながら軽やかに走っていく。

山並みが迫ると、空には低い雲が垂れこめ、雪が舞いはじめた。気温も急に下がってきたようだ。関ヶ原は一面に雪が積もり、しんと静まりかえっている。トンネルを抜け、小さな谷を過ぎ、再びトンネル——。

やっと視界が開けた。

巨大な白い猪《いのしし》のように威儀を正した伊吹山が、光り輝いている。

ヤマトタケルはこの山の神と戦って敗れ、石田三成《いしだみつなり》は関ヶ原の戦いの後、この山に身を隠したという。人の世を静かに眺めつづけてきた霊峰がぐっと迫ってきた。

白い山裾に仏塔のようなとんがり屋根が見えた。

伊吹工場のシンボル。キルンと呼ばれる麦芽乾燥塔だ。

関ヶ原から伊吹山にかけては雨や雪が多い。冷涼《れいりよう》で積雪も多く、ウイスキーの製造・貯蔵に最適な土地だ。

人気《ひとけ》のない米原《まいばら》駅のプラットホームに、木下さんとおれ、そして黒川剛は、白い息を吐きながらコートの襟をたて、少し背を丸めて下りたった。

＊　　＊　　＊

伊吹工場はひっそりと雪に埋もれていた。

北国のような風光はスコットランドの片田舎のようだ。

敷地に入ってキルンを回り込み、蔦《つた》のからまる赤煉瓦《れんが》造りの建物にタクシーを横づけした。ウイスキー生産技術研究所だ。中に入ると外観とまったく違うモダンで清潔なつくりだった。床も壁もぴかぴかに磨き上げられ、大学の最先端の研究室のようだ。

約束の五分前に受付で名前を告げると、若い女性がにこやかに対応し、ブレンダー室に案内してくれた。

神秘のベールに包まれた、社内でも一握りの人しか入れない特別な部屋。そこに初めて入ろうとしている。思わず胸が高鳴った。

二重にかかった鍵をあけ、重そうな扉を開く——。

と、中は、理科の実験室みたい……。

白い壁、白い床、そして、これまた白くて長いテーブルがいくつもある。テーブルには試薬瓶《しやくびん》のようなボトルが隙間なく置かれ、琥珀色や焦げ茶色の液体が入っている。瓶の前には、脚のついたチューリップ型のグラスが所狭《ところせま》しと並べられている。

目の前に整列する小さなボトルを眺めていると、ついつい北雪《ほくせつ》シングルモルトを思い出した。きっとあれはブレンダー室で発想されたんだ……。

もう一度ぐるりと中を見まわした。

さっきから気になっていたが、なんかヘンだ……。

傍《かたわ》らに立つ木下さんもちょっと落ち着かない様子をしている。

黒川剛が「どうして椅子がないんだろ」ぼそっとつぶやく。

そうか。それだった。

木下さんがにやりとしてうなずいた。

「私たちみたいな好き者《すもの》がブレンドしていると、思わず腰を落ちつけちゃうんで、取っ払ってるんじゃないですか」

「たしかになあ。それじゃあ仕事にならんもんなあ」黒川が苦笑する。

「ミックスナッツもありませんしね」木下さんが肩をすぼめた。

定刻から一〇分過ぎ、ブレンダー室の扉が静かに開いて、白衣を着た男がいささか緊張気味に入ってきた。

「ブレンダーの小早川《こばやかわ》と申します」

深々と一礼して、黒川に両手で名刺を渡した。この前、会議に出席していたブレンダーだ。かつて人事部勤務だったが、希望して試験を受け、ブレンダーになった。たしか新井田《にいだ》と同期のはずだ。若いが、社内随一のテイスティング能力があると言われている。

　あらためて挨拶しながら、

「で、チーフブレンダーは……」と訊《き》く。取材したいのはこの男ではない。

　小早川は申しわけなさそうな顔つきで、

「すみません。ちょっと出社が遅れているようで……」浅い呼吸で言う。

「そうですかあ。チーフが午後二時って指定したんですけどねえ」

　木下さんが腕組みをして渋い表情をつくる。チーフブレンダーに遅刻されたのでは、黒川剛に対して面目がたたない。

「まあまあ、木下クン。『悠々《ゆうゆう》として急げ』だ」

　黒川は大人《たいじん》をよそおったが、眉間の皺がより深くなっている。

「もうすぐ参るとは思うのですが、ここで待っていただくのも何ですから、応接室の方に……」

　小早川がブレンダー室のドアを開けようとしたそのとき、スリッパの音をさせ、國房《くにふさ》チーフが息せき切って駆け込んできた。勢いあまってスリップし、小早川にぶつかり、もんどりうって倒れた。今日も、真っ白なスエットの上下だ。

「あた、あたた」顔をしかめたが、膝をさすりながらどうにか立ち上がった。

小早川が困った顔をして、再び一礼した。

＊　＊　＊

とりあえず応接室に移った。

室内は落ち着いた照明で椅子もテーブルも重厚だ。ウイスキーの樽材《たるざい》でできているらしい。テーブルにはテイスティング用のグラスが人数分並んでいた。

チーフブレンダー國房太郎は福々しい恵比寿顔《えびすがお》で、遅刻のことなどまるで気にしていない。春風のように微笑み、短い脚をぶらぶらさせて椅子に埋もれている。

まるで大きな子どもだ。でも、聞くところによると、定年間近なんだそうだ。

國房太郎は日本初のシングルモルト・ウイスキー「伊吹」を生んだブレンダーとして社内外で声望が高い。創業者・星光一の信頼は絶大で、ステラ草創期のブレンドも担当したが、いま星光一は病に倒れ、後ろ盾を失った國房チーフも窓際に追いやられ、実際のブレンドは小早川が中心となって行《おこな》っている。

会社の方針よりも自らのひらめきを優先するので、洋酒事業部ともたびたびぶつかってきた。シングルモルト7年の発売にも強硬に反対したらしい。

「いやあ、昨夜飲み過ぎましてね、は、は、は」

開口一番、國房チーフは悪びれたふうもなく、白いジャージに包まれた短い脚を組んだ。

「小早川クン。ぼくの部屋の冷蔵庫にポカリが入ってるから、持ってきてくれんかね」

「えっ?」白衣の小早川はうろたえた。おれと木下さんも驚いた。

ポカリスエットは競合他社製品だ。うちには「ＲＡＫＵＤＡ《らくだ》」という水分補給のためのスポーツドリンクがある。

おれたちは社内の人間だからまだしも、黒川剛は外の人だ。その黒川の前で大っぴらにライバル商品を飲むなんて……。

國房チーフからはアルコールの匂いがぷんとした。

木下さんが思わず顔をそむける。

貧乏揺すりを続ける黒川は、ブレザーのポケットからラッキーストライクのパッケージを取りだし、中から一本引き抜いた。テーブルで吸い口をとんとんと叩く。

「あ、あの、申しわけありません。官能関連の部屋は禁煙で…それは、ちょっと……」

あわてて小早川が言った。

「官能？」眼鏡の奥のドングリ眼《まなこ》が見開き、好色そうな表情を浮かべた。

「いえ。そっちの官能ではなくてですね。感覚器官の働きという意味あいで、テイスティング関係のことをわたくしどもの業界では官能と申しております……はい」

「なあんだ。てっきり、さっきの女の子が特別サービスしてくれるんだと思ったよ」

オヤジギャグを言って、黒川は煙草を口にくわえた。小早川の注意などまるで耳に入っていない。ポケットをまさぐり、こんどはライターを探している。

「いや、いいんです。どうぞ、どうぞ、胸一杯吸ってください」

國房チーフがにこにこしながら言い、

「小早川クン。ついでに灰皿と、私のとっておきウイスキーも持ってきてくれませんか？」

「はあ……でも、取材が……」

「かまわん。かまわん。少しくらい飲んだり吸ったりしても、テイスティングには影響しませんよ。ぼくだって家で葉巻を吸ってるんですから」

目の前で手を振って、おれたちの方を向き、

「ね？」愛嬌たっぷりにウインクした。

＊　＊　＊

國房チーフはポカリスエットをテイスティング・グラスに注いだ。

グラスを手に持ったまま鼻に近づける。そうして犬のようにくんくん匂いをかぎ、首をかしげた。

「このグラス……ちゃんと洗っていませんね。棚の臭いがしみついています。チェンジしてくれませんか」

渡されたグラスを小早川が入念にチェックする。

が、どうにも合点《がてん》のいかぬ顔をしている。

「石灰の匂いが、かすかにするでしょ」チーフが訊く。

「……」

「雪の降る前に二日ほど風の強い日が続きましたね。窓の隙間から微細な土埃が入ってきたとみえます」

「！」

小早川はあわただしく部屋を出ていった。

黒川が、ほーっとため息をついた。

「私もヘビースモーカーなんですが、こんな人間でもブレンドの技術は理解できますかね。味や香りの識別は天賦《てんぷ》の才が関係するんでは?」

國房チーフは表情を変えず、ペットボトルから直接ポカリを飲んだ。滴《しずく》が口の端から顎をつたわり、白いジャージにぽたりと落ちた。が、まったく気にする様子もない。

「感覚は大事です。でも、感覚だけではダメです。言葉にする能力があるかどうか。じつは、こちらのほうが大事なんです。感覚は右脳《うのう》。言葉は左脳《さのう》。右と左の脳のあいだに橋をかけわたす。その能力がとてもたいせつです」

「ブレンダーは言葉……ですか」

「モヤモヤした感覚をどう表現するか。それと同じです。言葉のないところに言葉を与える。黒川さんは言葉のプロですから、ブレンダーの仕事なんてすぐわかりますよ」

にこやかにチーフが言うと、黒川はまんざらでもない顔をした。

新たなテイスティング・グラスと手書きラベルの貼られた透明なボトルを盆に載せて、小早川が戻ってきた。

チーフがグラスのにおいを一脚ずつチェックして、うなずく。

自らボトルを手にとり、コルク栓を開けた。

と、花のような甘く芳《かぐわ》しい香りが部屋中に広がった。

トクトクトクと30ミリリットルほどがグラスに注がれていく。

「これは市販してない、ぼくの最高傑作。自分で言うんだから間違いなし。さ、まずはストレートで香りをおききなさい」

テーブルの向こうからグラスを手渡してくれる。それだけで身体ぜんたいがふんわり良い香りに包まれた。茜《あかね》色がかった琥珀色の液体は生き物のようにとろりと揺れている。

國房チーフは目を閉じ、グラスを鼻に近づける。まるで瞑想する導師《グル》のようだ。くるくるとグラスを回し、香りをきき、かすかに鼻から息をはく。

見《み》よう見真似《みまね》でおれたちもグラスを回すと、内壁に液体が触れ、透明な滴《しずく》がつーっと尾を引いて落ちていった。

チーフがグラスを掲げ、照明にすかして目を細める。

「ああ、きれいだ……」

「………」のぞきこむようにして、黒川もため息をついた。

「ウイスキーの脚というんです」とチーフが続け、

「官能という言葉はやはり正しいようですな」黒川がうなずく。

チーフはほくそ笑みながら、

「何本も美しい脚が見えますね。ほわっと赤いのはシェリー酒の樽に寝ていたからです。いわばスペインと日本の混血美女です」

慈《いつく》しむようにゆっくりグラスを回し、ふたたび鼻を近づけ、香りをきいた。

なんだか見てはいけないものを見てしまったような気がして、どきっとした。

「最初に立ち上がるトップノートを愛《め》でましょう。そして、ひとくち、どうぞ」

口に含む——。

舌に触れる感覚が上質なビロードのようだ。

やわらかい。薔薇《ばら》のような香りが口の中いっぱいに広がる。

上品なハチミツのような甘さ。

春のそよ風のようなやさしさもある。

しかし、どこか奥の方にひんやりとしたナイフのような怜悧《れいり》さが光っている。

気がつくと、液体はあっという間に消えていた。

ウイスキーを飲んだのは、はたして現《うつつ》だったのか……幻《まぼろし》だったのか……。

「チェシャ猫の笑いだ、これは」

黒川が右手にグラスをもったまま、ささやいた。

『不思議の国のアリス』のチェシャ猫は「笑い」だけを残して消えた。今のウイスキーはそれと似ている。芳《かぐわ》しい香りと味の記憶だけがしっかりと残った。

國房チーフを見ると、口に含んだウイスキーをワインクーラーに吐き出し、ミネラルウオーターで口をすすいだ。

「ブレンダーは飲んじゃダメなんですか?」おれは訊いた。

「……ぼくらは一日200以上の原酒をテイスティングします。そのつど飲んでいると、仕事にならなくなります。でもね。むかしは、好きなウイスキーはついつい飲んでしまって、ずいぶん上司に叱られました」

いたずらっ子のように笑い、傍らにあるミネラルウオーターを手に取って、それぞれのグラスにウイスキーと同量注いだ。

グラスを回して、鼻に近づける——。

驚いた。さっきより、たくさんの香りが感じられる。

しかも、それぞれの香りがクリアで、焦点をくっきり結んだ画像のようだ。

これか。プリズム効果というのは……。

まず、鼻先をかすめたのは薔薇の香りだった。

次いで、甘くねっとりとした桃の香り、アイスクリームのようなバニラの香り、やがて、マンゴーの香りがたってきた。いちごジャムの香りもしてきた――時の経過とともに次々と花が咲き競っていく。こんな経験は初めてだった。

ちらっと横を見ると、木下鉄男も黒川剛も眉を開いて、うっとりしている。

「たかがウイスキーですが、この液体の中に、大きな宇宙が広がっているんです」

國房チーフがおっとりと微笑む。

ほの暗い照明のなか、その顔は阿弥陀如来《あみだにょらい》のように輝いて見えた。

＊　＊　＊

チーフにしたがって仕込み室に入った。

空気がむわっとしている。温室の中にいるようだ。あっという間に額に汗が浮かぶ。首のまわりや脇の下もじっとりしてきた。眠くなるような甘い香りが部屋中に漂っている。

チーフが説明する。

「ウイスキーは麦芽《ばくが》と水と酵母《こうぼ》という微生物からできます。酒は甘いものがなければ生まれない――まず、そのことを覚えておいてください。葡萄《ぶどう》からできるワインは、葡萄そのものに糖分があるので、そこに空中の酵母が働き、発酵して酒ができるのです。

ところが穀物そのものには甘さがないので、そこから糖分を取り出さねばなりません。麦の場合、麦芽に含まれる酵素によってデンプンを糖分にします。それを『仕込み』と呼びます。細かく砕かれた麦芽が温水と混ぜ合わされ、デンプンが糖分に変わり、甘い麦のジュースができます。このときの『仕込み水《すい》』がとても大切。ウイスキーの味を左右するので、蒸留所は良い水のあるところに造られるのです」

國房チーフがグラスに麦のジュースを注いで、飲ませてくれた。

木下さんが眉をひそめる。「ダメだ。俺には甘すぎる」

一口含んで、子どもの頃に飲んだ麦芽飲料を思い出した。水飴《みずあめ》みたいな、こんな甘い液体からあの辛いウイスキーができるのか……。

次に、発酵室にうつり、木桶《きおけ》の発酵槽をのぞきこむ。

「うわっ」

黒川剛が顔をそむけて、ぜいぜい言う。「何だ、こりゃ。息ができんぜ」

桶の中に真っ白な泡がぶくぶく盛り上がっている。アルコールを含んだ炭酸ガスだ。できる液体はアルコール度数7%ほどの「もろみ」といわれる。飲ませてもらうと、なま温くて、ちょっと酸っぱい。ウイスキーはもともとビールから生まれると教わったが、何だかホップの利《き》かないだらっとしたビールだった……。

次に向かったのは蒸留室。

巨大な体育館のような建物の中に、銅色《あかがねいろ》をした兜《かぶと》形の蒸留器が12基。高さは優に5メートルを超える。ゴーッと耳を聾《ろう》する大きな音がしている。湿気があって暑い。ふたたび額に汗が浮かんできた。高窓からは琵琶湖の方に傾きかけた薄日が入り、蒸留器がきらきら光っている。

この巨大な釜で「もろみ」を焚き、その蒸気を冷やし、ウイスキーの元になる液体を取りだしているのだ。

なまめかしいカーブを描く蒸留器を見上げたチーフが、

「蒸留というのは死と再生の儀式なんですよ」独《ひと》り言《ごと》のように言った。

「……」

なにを言ってるのか、よくわからない。國房チーフはどこか人を煙《けむ》に巻くクセがある。わかったフリをするのは嫌だ。すぐ手を挙げて訊いた。

「すみません。わかりやすく言うと、どういうことですか?」

チーフは顔をほころばせ、かすかにうなずいた。

「ビールが火にあぶられて一度死に、そのたましいが上昇して、新しい生命《いのち》になる。ビールが生まれ変わってウイスキーになる。酒のたましいは生き続けるのです。蒸留酒は英語でスピリッツ。『たましい』から来ています。アイルランドではウスゲ・ベーハー『生命の水』と言われてました。ぼくは後頭部がやや薄いので、こちら、薄毛ゲーハーです」

黒川と木下さんは喉をそらし、声を上げて笑った。が、おれは笑いが引きつった。最近ちょっと気になるのだ……。

蒸留器は、大きな通路をはさんで、片側に6基ずつ向かいあって据えられている。

「ここでは2回蒸留します。ぼくの結婚の回数と同じ。1回ではどうも濁りが取れないのです。ウイスキーは人間とよく似ています。バランスを良くするためには2回の蒸留になる。ちょうど蒸留している釜がありますので、生まれたてのウイスキー＝ニューポットを飲んでみましょうね」

釜の下にある蛇口のようなところから、谷に湧き出す清水のように、透明な液体がこぼれだしている。チーフは手を濡らしながら、それをテイスティング・グラスにすくいとり、おのおのに手渡した。

グラスを鼻に近づける。

と、麦焼酎そっくりの香りがぷんと立ってくる。

チーフが目顔《めがお》で、飲むように促す。

口に含む——。

カーッとなった。アルコール度数は65度。焼けるようだ。が、口の中に残った香りが不思議に甘い。ほのかにお焦げの味もする。柑橘《かんきつ》系の香りもふわっと上ってきた。

「梅檀《せんだん》は双葉《ふたば》より芳《かんば》し。このニューポット、きっと、いい大人《おとな》に育ちますよ」

國房さんはご満悦の様子だ。

黒川はニューポットが気に入ったとみえて、あっという間にグラスを干した。

木下さんはといえば、目の前の蒸留釜と他とを見比べて、

「ようく見ると、それぞれ形も大きさも微妙に違うなあ」とつぶやき、「形によって味も違ってくるのかな」と首をひねっている。

國房チーフがほっほっと笑い、

「いいところに気づきましたね。以前は12基ぜーんぶ同じ形だったんです。効率よくウイスキーを造らねば、大量に売れるステラの生産が追いつかなかった。でも、それが結果として、ステラの味の低下をまねいた。金太郎飴《あめ》みたいなのっぺりした酒になってしまった。ほら、うちの社員もどんどんそうなってるでしょ。あれと同

じ。つまんないものしかできんのです。いろんな性格の原酒があると、ブレンドして奥行きのあるウイスキーが生まれます。絵を描くときに絵の具が増えるのと同じです」

歌うように説明する國房チーフについて、おれたちは蒸留室を出た。

＊　＊　＊

一面の銀世界のなか、すっかり葉を落とした雑木林を抜けると、巨大な貯蔵庫が見えてきた。まるでジャンボジェット機の格納庫のようだ。

デカい。デカすぎる。量産が賛美されていた時代を映しているのか……。

だいたい伊吹工場という呼び方も間違ってる。釘か何かをつくってる工場みたいだ。蒸留所と呼んだほうがいい。霧深い谷あいでつくられるイメージにぴったりだ。國房チーフはちゃんと蒸留所と呼んでいた。

仄暗《ほのぐら》い入り口から貯蔵庫の闇に一歩足を踏み入れる。

と、アルコールを含んだ空気が胸いっぱいに入り込んできた。

頭の芯まですーっときれいになっていくようだ。

きっと酒の弱い人はこれだけでふらふらになる。しばらく立っているだけで、目がちかちかしてきた。

外の光は奥までは届かない。闇の世界が手招きするように広がっている。

チーフが懐中電灯をぐるっと回すと、豚のお腹《なか》みたいにでっぷりしたウイスキー樽がたくさん見えた。上下左右にぎっしり何段も積まれている。

「樽の中のウイスキーは、年に３％ずつ蒸発していきます。その減り分を『天使の分け前』と僕らは呼んでいます。貯蔵庫を見守る天使たちが少しずつウイスキーを飲んでいるんです。つまり、人間は天使の飲み残しを飲むわけです」

まるで大聖堂の中にいるようにチーフの声が響き渡った。

目を凝《こ》らしてみると、薄闇の中に天使の羽根がぼんやり見えてきそうだ。

「さ、ずっと奥に行きましょう」

チーフの後に続いて、おれたちは濃密な闇の中に入っていった。

貯蔵庫の入り口からは、ときおり屋根に積もった雪の滑り落ちる音が聞こえてくる。

光から冥暗《めいあん》への道行《みちゆき》はひんやりと静謐《せいひつ》で、青く透きとおった宇宙への旅のようだ。

かなり奥まで入りこんだところで、懐中電灯の明かりがふっと消えた。

……！

思わず立ち止まった。

漆黒《しっこく》の闇がおれたちをすっぽり包みこんでいる。

自分の指が、手が、腕が、どこにあるのか、わからない。いったい両足は、どこを、どうやって、踏みしめているのだ……。

首を左右に動かしてみる。が、自分の軸がない。中心が喪失している。

前後左右の感覚がない。

まるで無重力の宇宙空間にふわりと浮かんでいるようだ。

際限なく解き放たれているようでもあり、言い知れぬ力で全身を圧迫されているようでもあった。熱いようでもあり冷たくもあった。硬いようで柔らかく、激しいようで優しい。充実した虚無が茫漠《ぼうばく》とひろがっている。

からだの底から震えがやってきた。

怖い……。

怖くて、一歩たりとも、足を踏み出せない。

身動《みじろ》ぎできない。唾すら飲み込めない……。

おれたちの力では感知できない何か暗い物質が、からだの微細な細胞に染みこんできている。底知れぬ闇が、巨大な生きもののように、おれたちを滅《めっ》し去ろうと覆いかぶさっている……。

「怖がらず、闇のこえに、じっと耳をすましてごらん」

チーフがささやいた。

その声にすがるように、臍下丹田《せいかたんでん》に力を入れ、おれは肝《きも》をすえた。

……………次第に、それまで聞こえなかったさまざまな音たちが、まるで生きて動いているようにからだに響いてきた。

貯蔵庫の外でうなる風……

建物を支える梁《はり》のきしみ……なにか小動物が鳴いているのか……誰かが息をしているのか……ときおりギシッ、ギシッと音がする。

庫《くら》の中には、やはり、天使がすんでいるのか。

おれたちは、入ってはいけない聖なる場所に、入ってしまったのか……。

しばらくして、ようやく闇に居場所を見つけたころ、静かに弦が奏でられるように、かすかな波動のような声が聞こえてきた――。

闇のなかから宇宙は生まれるのです。

闇は根のくに。死にいくところ。生まれるところ。子宮であり墓所《ぼしょ》。

エネルギーは波となって滾《たぎ》っては消え失《う》せ、プラスはマイナスに、マイナスはプラスに瞬時に入れ替わる。闇は大いなる矛盾の渦巻き。

衆妙《しゅうみょう》の門《もん》は玄《げん》。宇宙の中心は暗黒なのです。

そうして、ウイスキーは闇の子どもたち。

その闇は鮮やかな生命をもつ、光りかがやく闇なのです。

16

アーリー・エイジのCM初号《しょごう》が上がってきた。

銀通の会議室でプランナーの立原さんや営業の坂本さんとバーボンを飲みながらアイディア・フラッシュをして生まれたあのコマーシャルだ。

水野さんが制作課長だったころは、初号が上がるとプロダクションに出向いてチェックしたが、湯川部長はこちらから足を運ぶのをかたく禁じた。

「代理店やプロダクションとは距離を保て。制作サイドに立ってはいかん。下請けを管理する代理店から、クライアントに納品するのがスジだ。業者に甘く接してきたから、売りにつながらん今みたいな広告になった。制作費もいいように丸め込まれてきたんだろ」

湯川は冷笑を浮かべながら、一生《いっせい》さんとおれを白い目で見た。

穏やかな性格の一生さんは黙って聞き流したが、おれは思わずぶち切れた。

「部長。それは、言い過ぎじゃないですかっ」

周りの空気は一瞬にして凍りついたが、湯川はおれを無視し、足音もたてずに歩み去った。

代理店やプロダクションとおれたちがまるで結託してるみたいな口ぶりだ……。腹立ちまぎれに近くにあったゴミ箱を蹴ってやった。周りがあわてて身を引くのがわかった。

部長は間違ってる。

スターライト宣伝部が世間で一目《いちもく》おかれてきたのは、質の高いクリエイティブをつくってきたからだ。売上げに大いに貢献してきたからだ。

クライアント風《かぜ》を吹かさず、制作者に敬意を払い、新しく、面白く、珍しい表現を考えてきた。クライアント・代理店・制作スタッフが一体となって、どうしたらお客さんに喜んでもらえるか必死に知恵をしぼってきた。唾をとばし胸ぐらをつかみ合う喧嘩もしたが、制作費を水増しする代理店もプロダクションもなかった。おれたちがスタッフを信用してきたからだ。

しかし、湯川は宣伝部の「抜本的改革」に邁進《まいしん》していた。

受付で銀通の坂本さんから16ミリ・フィルムを受け取り、おれは宣伝部のフロアーに戻った。壁に向かって据えられた映写機に小さなリールをかける。試写室なんて気の利《き》いたものはない。一昔前の幻灯会《げんとうかい》みたいに壁に映すのだ。

以前はCM初号は担当者が一度チェックした後にプレゼンしたが、湯川体制になってからは部長以下の主《おも》だった人たちに同時に見せることになった。いったいどんなものが出来上がっているのか、担当者であるこのおれですらわからないのだ……。

試写の用意ができたが、湯川部長は素知らぬふりで黙々と書類に目を通している。

新井田《にいだ》や我賀《わが》など洋酒宣伝課のメンバーが映写機の周りに集まりだすと、ほかの課のメンバーもざわざわと席を立ち、映写機の周りは縁日《えんにち》のように二重三重に人垣ができた。

「そろそろ――」

女性秘書が耳うちする。指に唾をつけて書類をめくっていた部長がもったいぶってうなずいた。秘書があわてて天井の照明を消しに走り、電話にかかっていた連中も手早く話をすませ、こちらに馳せ参じた。

湯川部長がゆったりした足どりで映写機の横に来た。

おれはフィルムがちゃんとセットできているかどうか確認し、部長の顔を横目で見る。

「ふむ」口をへの字にしてうなずく。

「では、回します」

スイッチをひねった。

一瞬、部内がしんと静まりかえった。

カタカタカタ。フィルムが回りはじめる。
3、2、1――数字があらわれた。
スモーキーなトーンの画面。椅子に座ったライ・クーダー。小さなテーブルにはアーリー・エイジの飲みかけボトル。オールドファッションド・グラスに琥珀色の液体。アロハシャツを着たライがボトルネック・ギターのリフを軽やかに弾く。使い込まれたギター。サウンドホールの周囲は傷だらけだ。ワンフレイズを弾き終え、ギターをスタンドにそっと置く。傍らのグラスを手に取り、美味《うま》そうに香りをきく。

オープンチューニングの美しい和音が響く。カメラがグラスにズームイン。ウイスキーの液面が微妙に震えている。ライ・クーダーが右手でボトルを摑《つか》み、かすかに微笑む。ナレーションがかぶさる。「アメリカを生きたバーボン。アーリー・エイジ」――。

あっという間の30秒だった。が、手のひらはじっとりと汗ばんでいる。空《から》のリールが音たてて回っている。あわてて映写機のスイッチを止めた。薄暗がりのなか、ちらほら小さな吐息も聞こえた。

想像以上にいい出来だ。周りの反応もいい。おれは内心ほっとしていた。

が、誰も口を開こうとしない……。

初号試写のあとはいつも奇妙な沈黙がある。最初に発言するには、勇気が必要だ。

おれは湯川部長をちらっと盗み見た。

腕を組み、目をつむり、口角をさっきより下げている。

横にひかえる新井田はこのCMをけっこう気に入っているような様子だ。我賀は、湯川部長と新井田の顔色をちらちらうかがっている。沢木さんは……と目を泳がせていると、部長から「もう一度まわせ」と声がかかった。

おれはフィルムを素早くリバースし、再び映写機にセッティングした。

＊　　＊　　＊

長い30秒だった。

部長は相変わらず黙ったままだ。

「上杉」

沢木さんの声がした。

暗がりのなか、その姿を探す。

いた。人垣の後ろの方、こちらからはシルエットになっている。

「飲みカットがないのは契約上しかたないが……最後のカット。あれは、替えた方がいいな。どう飲めばおいしいか、消費者に説明してあげようよ」

「……」

説明？　飲み方カットを入れることか？　でも撮影前のプレゼンではそんなことは一切いわれていない。部長がオーケーを出した絵コンテそのまま、忠実に作ったのだ。

「まだまだマイナーな商品だからね。飲み方を教えてあげなくちゃな」

沢木さんがおだやかな声で重ねて言った。

このコンテで行こうと真っ先に言ったのは沢木さん、あなただったじゃないか……。

湯川部長が逆三角形の顔をカマキリのように傾けたまま、

「沢木の言うとおりだ。客に不親切だな」ぼそっと言う。「カッコいい、ムードだけのＣＭ。うちの悪い伝統だ。どういう飲み方がいちばん美味《うま》いかまったく訴えておらん。提案というものがない」

「………」開《あ》いた口がふさがらなかった。

この広告はあんたらが了承してつくったんだろうが。今回の目的はアーリー・エイジの知名度アップ。最初にやるべきはイメージ作りだ。飲み方はストレートしかない。むかっ腹が立った。ガキの頃から短気でいつも失敗している。冷静さを取り戻そう。

深呼吸を一つした。

そして、訊《き》いた。

「具体的にどんなカットを入れればいいとお考えなんですか。場合によってはかなりの秒数を費やすことになりますよ」

「ミルク割りだ」沢木さんが感情を込めずに言った。

「はぁ？」

天井の照明が瞬《また》きながら点《つ》いた。蛍光灯に照らされた沢木さんの目は今まで見たこともないほど酷薄《こくはく》になっていた。映写機の周りに集まったほとんどの人が、困惑した表情を浮かべてざわめいた。

「カウボーイだ」湯川部長が畳みかける。

「カウボーイ？」

「知らんのか。アメリカじゃ人気のある飲み方だ」

部長が鼻で笑って言う。眼鏡の奥の目が細くなる。

「バーボンのミルク割りのことだ」すかさず沢木さんが説明する。

「どうして突然ミルク割りなんですか？　プレゼンの段階ではシズルカットはストレートでおさえることになってたじゃないですか」

ちょっと問い詰めるような口調になったかもしれない。

部長が何か言いかけて、口ごもった。

あわてて新井田が割って入る。

「事業部も『カウボーイ』のキャンペーンで売ろうとしとるんですわ。やっぱりミルク割りのシーン入れた方がよろしなあ」嵩《かさ》にかかって言ってきた。

「いつそんな飲み方キャンペーンが発表されたんだ？　おれは聞いてないぞ」

新井田に向かってつい声を荒らげた。

「ま、上杉。オリエンのときと状況が変わることだってままある。ここはひとつ大人《おとな》の対応でいこうや」

沢木さんが眉一つ動かさずに言った。

大人の対応……？　じゃあ、あんたらは立派な大人だと言うのか？

「ちょっと待ってください」

声に振り向くと、木下さんが顔を真っ赤にして仁王立ちになっている。

「ミルク割りキャンペーンなんて、私も一切聞いてない。というか、ここにいるほとんどの人は誰も知らない。社内通だって回っていない。公式なコンセンサスが取れていないのに、今そんなことを言い出すのは、まったくもって理不尽じゃないですか」

湯川部長はこほんと小さく咳をして、口を開いた。

「英介専務がバーボンを好んでいらっしゃるのは、おまえ、知っとるかぁ？」

「いえ」木下さんは首を振った。

「それが、なにか？」おれは顎をあげて、訊いた。

部長はふんと鼻で笑うと、

「専務はこのあいだミルク割りを飲んでえらく気に入られた。『この飲み方ならバーボンをメジャーにできる』と提言されたんだ。ミルクはどの家庭にも業務店にもある。カウボーイは、作りやすいカクテルだ」

さも自らが発想したように、得意顔になって言う。

このあいだ……？

だから、いきなり、絵コンテにないカットを入れろと言い出したのか。

沢木さんが念押しするように言った。

「ステラが水割りで売れたように、アーリー・エイジをミルク割りで売ろうと専務はおっしゃった」

「……」沢木さんまで何てことを言いだすんだ。おれは黙って首を横に振った。

初めてのテレビCMでシブイ男っぽさをイメージづけようとしていたのに、ミルクがでてきたらお子ちゃまドリンクになってしまう。ライ・クーダーもへったくれもない。

しかし……沢木さんはいつから部長の提灯持ちになったんだ……。

新井田が訳知り顔で言う。

「バーボンの甘さとミルクがまた合うんですわ。度数もちょうどええ感じやし」

我賀がしなをつくりながら、

「スイートテイストなら、ターゲットが若い女性層にも広がりますでございますよね。なんといってもこれからは女性マーケットでございますから」

たるんだ頬を震わせて言った。

沢木さんが、

「そういうことだ」部下二人の言葉を引き取り、「このＣＭはいい出来だ。ただ、最後のカットだけミルク割りに替えてくれ。近くのスタジオで撮って、他の部分と色味《いろみ》を合わせりゃあいい」

さらりと言うと、湯川部長もうなずき、ざわめきながら人垣がくずれはじめた。

こちらに背を向け、軽やかに歩み去ろうとした沢木さんが、指をパチンと鳴らして振り向いた。

「それと――。コピーも変えよう。『バーボンを、ミルクで割ると、カウボーイ』がいい。ナレーションも再録だ」

一瞬、言葉に詰まった。胃のあたりがカッと熱くなった。

沢木さんがこうも唯々諾々《いいだくだく》と専務のイージーな提案に従うとは思ってもいなかった。いったいどうなったんだ？　なにが沢木さんをこうさせたんだ？　出世して権力を持ちたいだけの人だったのか……？

ぐっとこらえた。いま言葉にすべきじゃない……。

が、気がつくと、「沢木さん」と呼びかけていた。

「ん？」ふたたび頭《こうべ》をめぐらした。

「いつから骨を失ったんですか？」

沢木さんはうすら笑いを浮かべた。

「上杉。まだまだ甘いな」

「甘い？」声が震えていたかもしれない。

沢木さんが靴音を響かせて、こちらに近づいてきた。

「お前の仕事のやり方は情緒的すぎる。広告は政治だ。淡々とシステマティックに、状況を読みながら進めるビジネスだ。社内の力関係を、仕事の序列をちゃんと読み解け。どっちが強くて、どっちが弱いか。重要なのは何か。冷静に判断しろ。甘ったれるな」

硬いバリトンで突き放すように言った。

17

会社の玄関を出ると、夜の帳《とばり》がすっかりおりて、ぼたん雪が舞っていた。道路の端は積もりはじめた雪でかすかに白くなっている。青山通りは車の光にあふれ、弁《べん》慶堀《けいぼり》の向こう、ホテルニューオータニもプリンスホテルもシャンパンの泡のようにきらきらしている。

振り返ると、スターライト・ビルも煌々《こうこう》とあかりがつき、残業する人たちで活気づいている。まるで夜の街・赤坂に立つ灯台のようだ。

ウイスキーと宣伝が好きでこの会社に入った人は多い。もちろんおれもその一人だ。

しかし会社が大きくなるにつれ、スターライトという一流ブランドに憧れて入社する人が増えてきた。彼らにとって、ウイスキーを売ることも釘やバケツを売ることも大差がないようだ。とにかく売上げをアップして社内の評価さえ高くなればいい——そしてエラクなる。ただそれだけの、つまんない人生だ。

ひょっとして……沢木さんはその部類の人だったのか……。

一陣の風が吹き、雪が乱れ舞い、思わず冷たさに身が震えた。

部長プレゼンのあと、すぐに銀通の坂本さんと打ち合わせをして改訂の方向性を伝えた。「大した変更じゃないですよ。プランナーの立原に伝えてコピーもすぐ書き直させます。さっそく再撮の準備もはじめます。みんな同じチームの一員ですから」と嫌な顔ひとつ見せず応じてくれた。坂本さんの言葉がせめてもの救いだった。

地下鉄には乗る気がしない。降り続ける雪を眺めていたかった。

タクシーを拾い、紀伊国坂《きのくにざか》をのぼり四谷《よつや》から新宿通《しんじゅくどおり》へ曲がるうち、いつしかぼたん雪は粉雪に変わり、さらさらと小止《こや》みなく降り続いている。

頭を空《から》にしようと思っていたが、どうしても今日のプレゼンに考えが行き着く……。

最初からミルク割りなんか……。

入り口が間違っている。ウイスキーは毒なんだ。そこから目を逸《そ》らして、お子ちゃまでも飲めるようにコーティングしているのだ。

ビートルズを手っ取り早く知りたいとベスト盤を聴き、わかったような気になるのと同じだ。

アルバムを通して一曲一曲を聴き——ジョージのインドっぽいやつも仕方なく聴いて——そのうち自分の好みがわかってくる。「ホワイル・マイ・ギター・ジェントリー・ウイープス」が好きになり、ブルーズに興味をもち、クラプトンを追いかけ、やがて「アイ・ショット・ザ・シェリフ」を聴き、ボブ・マーリーを知り、レゲエに……と好きなジャンルが広がり深まっていく。それが自然な流れじゃないか。

ビートルズには毒がある。虐《しいた》げられてきた黒人たちのつくった音楽がベースにある。だから自由への渇望《かつぼう》がある。そんなビートルズを単なるポップスとして扱うと本質がわからなくなる。

このアルバムは間違って買ったかもしれないと後悔しながらも、何度か聴くうちに、だんだん良いところが見えてくることもある。はじめからわかりやすいアーティストなんていないのだ。

アーリー・エイジをミルク割りで売り込むのは、消費者におもねっている。お客さんを舐めてかかっている。だいいちウイスキーに対して失礼だろう。

バーのマスターもウイスキーとよく似ている。

木村さんは最初ちょっと怖かった。最近、やっと気軽に話せるようになった。マスターは酒場での父であり、兄である。たじろがずに向き合えるようになるには、時間がかかる。一人前の男になるためのゲートのような存在だ。

そういう意味で、ウイスキーはすぐれて男の世界の飲みものかもしれない。ストレートで飲むと、誰しも「何じゃ、こりゃ?」と思う。でも、それがウイスキーなんだ。度数が高いし、味も辛い。ビールの8倍も強い。水割りにして、やっと20度だ。

しかし、最初から水割りで飲むのは、違うと思う。

はじめは、まずいものなんだ。

でも、徐々に慣れ親しむことでそのテイストやトーンがわかってくる。

ウイスキーは、とっつきにくいやつなんだ。

水泳だって、誰も最初から泳げるわけじゃない。自転車だって、初めからすいすい乗れる人はいない。水に浮いたり、バランスを保つことはとても難しい。

アルコール度数40度の液体なんて、一気に飲んだら死んでしまう毒物だ。その毒をうまくコントロールしながら飲む。

ウイスキーは、毒を知った大人の飲みものなんだ。

＊　＊　＊

早い時間のバーは、空気がきれいだ。

ぴかぴかに磨かれたカウンターは洗いたてのシーツのように気持ちがいい。バックバーに並んだウォーターフォードのグラスが、北国の透きとおった光をはなっている。カウンターに飾られたカスミソウが、エアコンの風にかすかに揺れていた。

薄くかかった「イングリッシュマン・イン・ニューヨーク」が心地いい。歯切れの良いドラミングとうねるようなソプラノ・サックスが春の雪に合っていた。

「今日はいかがいたしましょう？」

木村さんが訊く。

「うーん……」いつもはすぐ決まるのに、今日はなかなか決まらない。

目を泳がせていると、

「じゃ、私のお薦め、飲みます？」穏やかな笑みを浮かべてマスターが言う。

ほっとして、思わず太い息を吐いた。

スティングの枯れさびれた声がじんわりと染みとおってくる。

「……」また、深いため息をついてしまった。

「春がすぐそこだってのに、ちょっと寒すぎますよね。でも、ウイスキー日和《びより》かもしれません。もともと寒いところの酒ですから」

マスターが気を遣って話してくれている。

うなずきながら、「すみません。なんだか俯《うつむ》き加減で……」

「そういう日だってありますよ」

モルト・ウイスキーのたくさん並んだバックバーを振り返って、おっとり言う。

「上杉さんには――」

どっしりしたボトルを抜き取り、目の前に置いた。グレンファークラス17年とラベルに書いてある。

「これ、シングルモルトですか？」

木村さんは軽くうなずき、「スペイサイドです」と言い、ニコッとして続けた。

「からだの疲れには甘いもの。こころの疲れにはウイスキー」

言いながら、脚の長いテイスティング・グラスに赤みがかった琥珀色の液体を注いだ。そうしてグラスをこちらに滑らせてチェイサーも添えた。

香りをきき、ひとくち飲む。

スモーキー・フレイバーがいい。とろりとして、ちょっと甘い香り。リッチでこくのある味わい。好きなタイプだ。

「とってもいい酒ですね」

小難しい言葉、気取った表現なんかうんざりだ。おいしいものは、おいしい。いいものは、いい。

「やっと笑顔が出ましたね」

マスターが白い歯を見せた。

二口、三口と飲むうちに、塞《ふさ》ぎの虫は少しおさまり、昼間のプレゼン以来、心にわだかまっているものを吐き出そうと思った。むしろ木村さんにしか、こんなこと、話せない……。

＊　＊　＊

「仲の良い友人でも、どこかで分かれ道は来るもんです。相性《あいしょう》の賞味期限てあるんでしょうかねえ」

話を聞き終えた木村さんの目に、まっすぐな光が宿っていた。

木村さんは自分用にジャック ダニエルを、どぼどぼとロックグラスに注いだ。

「私くらいの歳になると、どんどん友だちが少なくなります。亡くなってしまうということも含めてですがね。

つい最近、高校時代からの古い友人と別れてしまいまして。若い頃は、ちょっとした生き方の違いもある程度許せたのですが、この歳になると、どんどん懐《ふところ》が浅くなってくるようで……。人生を重ねると懐が深くなるなんてウソですよ。昔から鼻についていたことが、どうにも耐えられなくなるんですね。もう体力もないですから……。熟年離婚なんてのも同じことかもしれません。

年齢や時間はプリズムみたいなもんです。性格や育った文化の違いで光が分かれてくる。はっきり違いが出てくるんですよ」

「……」

「ま、別れたやつは、外資系の医療機器会社のサラリーマンなんですがね。もともとサラリーマンなんかちっとも向いちゃあいなかった。むしろアートや表現が好きなやつで、繊細な趣味人だった。なのに、数字だけが評価される仕事を続けるうちに、ミイラ取りがミイラになっちまった。金だけ稼いで後は好きな骨董《こっとう》集めや写真の趣味で生きようとしていたのに、会社のストレスが溜まって、どんどん暗くなっていった。口をついて出るのは不平不満、人の悪口ばかり。もともと私と同じ千葉の山ん中の百姓の倅《せがれ》だから、都会暮らしなんか向いちゃいない。そのくせ、ミーハーのええカッコしいだから、都会病に取り憑《つ》かれやがったんだね」

そう言って、ジャック ダニエルのオン・ザ・ロックをすすった。

おれもウイスキーをひとくち舐めて言った。

「沢木さんのことはアドマンとして尊敬していました。仕事も遊びも……音楽の聴き方、映画の観方、プレゼンの仕方、会社のお金の使い方……たくさん学んだ。良いところも悪いところもひっくるめて、まず最初に真似することからはじめようと思った。広島に飛ばされるときには、銀座のクラブの床に胡座《あぐら》をかいて『戦友』を歌ってくれたし、その広島から戻すように上司に進言してくれたのも沢木さんだった……」

「私はサラリーマンをやったことがないんで、よくわからないんですが……きっと中年になってくると、組織の上に行くかどうかって瀬戸際に立たされるんでしょう。体力も気力も若いときみたいに充実していないし、どこかで焦りが出てくるんじゃないでしょうかねえ」

「でも……あれだけクリエイティブな人だったのに、組織改革のヘンなチームに入ってから、急に変わった。人間、そんなにすぐ変われるんですか……」

「根っこは変わらないもんですよ。もともとの性格がひんやりしていたんじゃないですか」

「……」

たしかにその通りだと思う。が、そうは思いたくない気持ちも強かった。

あれだけクレバーな人がどうして、代理店や媒体社を顎で使う新井田《にいだ》のようなやつを贔屓《ひいき》にするのだ？　そんなことをすれば、沢木さん自身が広告業界で評判を落とすだけなのに。いや、外部の評価など気にしていないのか。冷徹に社内のパワーゲームに勝てればいいと考えているのか。

「今日は少々お疲れですね。そのグラス、ちょっと貸していただけますか？」

木村さんは何やらボトルを取り出し、そこから赤みがかったチョコレート色をした液体をとくとくと注ぎ入れて、こちらに返した。

「どうぞ」ちょっと顎をしゃくって促す。

何だろう？　30年以上寝かせたウイスキーのような色をしている……。

グラスに口をつけ、少し飲んだ。

と、上品な甘さがふんわり広がった。液体が少し艶《つや》っぽくなった。

木村さんが、ふふ、と口元をほころばせ、片方の眉を上げた。

「味がコニャックみたいになったんですけど、これは……」おれは首をかしげた。

「オロロソ。甘いシェリーです」

「?」

「シェリーも樽に寝かせるんですが、ウイスキーを熟成させるときに、シェリーの入っていた樽を使うことがあります。オロロソの甘みが、えも言われぬ深みをウイスキーに与えてくれるんですね。グレンファークラスはシェリー樽で寝かせるのが特徴ですが、上杉さん、お疲れのご様子なんで、ちょっと甘みをプラスして差し上げようかなと」

「一段と円《まる》くなったみたい」

「そうなんですよ。結局、円い味がウイスキーの理想型なんでしょうね。ブレンディッド・ウイスキーは円さを目指して造られていますから」

「シングルモルトは角《かど》がある?」

「シングルモルトは個人競技、ソロ・プレイ。ブレンディッドはチーム・プレイ。ハーモニーが決め手です。バランスがとれていないと、おいしくなりません」

「ということは、おいしいブレンディッドを造る方が難しい……」

「その通り。調和の思想が問われます。でもね、ウイスキーはどこか寂しいんです」

「寂しい……?　ウイスキーが……」

「ウイスキーはコニャックの円さに憧れているんです。でも、あの円熟には敵《かな》いっこない。それもわかっている。ブドウと大麦じゃ勝負になりません。ウイスキーにとって甘みは見果てぬ夢みたいなもの。だから、ウイスキーはどこか寂しい。甘みが欠落しているんです。でも、その寂しさが魅力なのかもしれません。ブレンディッドは、欠けた部分のあるシングルモルトたち、そしてグレインをブレンドさせて、できるだけコニャックに近づけようとして造ったものでしょう」

「そう言われてみると、モルトウイスキーって素朴な田舎者みたいですね」

「同じような個性のものをブレンドしても、いいものにはならない。違った個性を組み合わせて掛け算する。大事なのは、モルトよりもグレイン・ウイスキーだと思いますよ」

「グレインって穀物からつくる穏やかな酒ですよね。あまり個性を感じないけど……」

「縁の下の力持ちです。モルトが太陽なら、グレインは月。光と影でしょうか」

「どうしてグレインを混ぜた方がおいしくなるのかな?」

「凸と凹がうまく合わさる。男と女のように。上杉さんは沢木さんと個性が張り合ったんじゃないでしょうか。まるでモルト同士のように。チームの和には、モルトとグレインが必須なんですよ」

そうか……。

組織にもモルト的な人と、グレイン的な人と、両方必要なのか……。

たしかに、沢木さんや湯川部長の前で、新井田はおとなしいグレインのように振る舞っている。しかし、代理店や媒体社という自分より弱い立場の人のまえでは、強烈なモルトになって出る。人の顔いろに合わせて強弱を使い分けるというのは、ある意味、組織のバランスをとって、出世していく秘訣なのか……。

おれのように誰彼《だれかれ》関係なしに、ストレートな物言いをするのは、自らを組織になじませていない。おのれ自身をセルフ・ブレンドしていくのが、サラリーマンとして大事なことなのか……。

でも、そんな器用な真似は、おれにはできっこない……。

18

「じつは、上杉さんが思っていたほど、沢木さんは思いを込めて仕事をする人じゃなかった――ってことだけ」

グラスの水に口をつけると、やわらかい神戸イントネーションでサッサが言った。

「やっぱり、そうかな……」

おれも水を飲んだ。ちょっとカルキ臭い味がした。

渋谷道玄坂《どうげんざか》、百軒店《ひゃっけんだな》商店街を少し入ったところにある印度《インド》料理屋で、特製カレーが出てくるのを待っていた。戦後すぐにオープンしたこの店は、入り口の観音開きや調度も創業当時のまま。店内は薄暗い。レトロな喫茶店の雰囲気だ。働いているのはコックの爺さんとレジの婆さんの二人だけ。天井には古い扇風機がついている。カレー以外のメニューはガドガドという野菜サラダ、サテという焼き鳥、ほかにビールくらい。印度というより、むしろインドネシア料理だ。

遅い午後の時間、他に客はいなかった。

「沢木さんは何も変わってないんじゃない？」

サッサが言う。木製の鎧窓《よろいまど》から入る春の光が、顔に縞模様をつくっている。

「変わってない……？」

「ずーっと昔からのまんま。でも、べつに沢木さんが悪いんじゃない。上杉さんの見方が甘かっただけなんちゃう？」

やっぱり甘いのか……。

「ロマンチックなのは、むしろ上杉さんの方。心のどこかで、沢木さんのほんとの姿を見たくなかったから、自分に都合よく思いたかっただけやん」

「……」

「上杉さんの良いところは、人を真っ直《ます》ぐに見るところ。人の本質をちゃんと見ようとする。変な色眼鏡で見たりしないし……。そうじゃないと、銀通のアルバイトのあたしと付き合わへんもんね」

「…ありがと」ちょっとうれしかった。

「でも、そこがウイークポイントにもなる。変化球を投げる人には手もなくひねられる」

「……」

「まあ、騙《だま》すより騙される方がいいかもしれないけどね」

おれは曖昧《あいまい》にうなずいた。

「たいがい宣伝部の人たちは代理店を見下《くだ》してるでしょ？　ましてアルバイトなんて虫けら同然にしか思ってない。前に、坂本さんのお使いでスターライトに行ったとき、テレビ担当の山中《やまなか》ってマントヒヒみたいな女が、派手な服着たわたしを、軽蔑したような目つきで上から下まで舐めるように見て、挨拶もなく紙袋を奪い取りはったわ。そのくせ銀通の男の人にはお尻振って裏声出してる。ほんま、笑える」

「宣伝部でも最低の女さ」

「レストランのウエイターやクラブのホステスに偉そうな口きく人と同じ。会社《おんな》の看板で自分が偉くなったみたいに錯覚してふんぞり返る、哀れな人たちよ。でも、それって立派なクライアント病よ」

「おれもかかってる……？」

恐る恐る訊くと、

「そうね……軽いクライアント病かもね」

サッサはふっと笑った。

おれは一瞬、言葉に詰まった。

「……もしかして、あの新井田《にいだ》や我賀《わが》や沢木さんと同じ……？」

「あれよりはマシだけど。でも、気をつけないと同類になるかも。それ、ちゃんと自覚しとかんとね」

痛いところを突かれ、思わず息苦しくなった。

「『遊ぶなら真剣に遊べ』と先輩に教えられたって、いつか上杉さん嘯《うそぶ》いていたけど、ほんとに遊ぶなら自分のお金で遊ばなアカンのとちゃう？　いい加減、もう先輩の真似っこ止《や》めたら？　上から目線も遊び方もみんな沢木さんのコピーでしかなくなるよ」

「なんだって最初は真似から始まる……」

「もうとっくにその段階は終わってる。沢木さんとは距離を置くときが来たんじゃないのかな。彼から貰《もら》えるものはみんな貰ったでしょ。あげるものもたくさんあげたはずよ。これからは自分の道を進めばええねん。だいたい上杉さん自身が好き嫌い激しいくせに、いろんな人から好かれようなんて甘いわ。人生、あっという間よ。人はいつ死ぬか、わからへん」

たしかにサッサの言うとおりだ。

爺さんがよろよろしながら特製カレーライス二皿を両手にもってやってきた。皿の半分には焦げ茶色をしたカレールウの湖があり、もう半分にはご飯がエベレストのように高く聳《そび》え立っている。具がとろとろに溶けたルウにはゆで卵のスライスが六切れ。皿の端には自家製チャツネと福神漬け。

「見るまえに跳べ。考えるより食べろ。いただきまーす！」

素早くスプーンを手にとると、サッサはいきなりご飯の山を崩してルウにぐちゃぐちゃ混ぜはじめた。

静かな店内にスプーンと皿のあたる音がする。福神漬けもチャツネもスプーンですくいとって混ぜている。

一瞬、呆気にとられた。

子どもの頃から、ご飯とカレーを混ぜるなんて下品なことをやってはいけない、と言われてきた。喫茶店で友だちがカレーライスを混ぜるのを見ては、みっともないと思っていた。

ところが、その混ぜ混ぜカレーライスを、目の前にいるサッサがまったく躊躇《ちゅうちょ》なくやっている。それが当たり前という顔で堂々とやっている。

しかし……不思議なのは、サッサがやるとなんだかカッコいいのだ。

スプーンを持ったまま目が点になっているおれに気づいたサッサが、

「お腹すいてへんの？」

小首をかしげた。

＊　　＊　　＊

「韓国のソウルに遊びに行ったとき、市場の食堂でビビンバ食べてね。そのとき店のおばさんから『混ぜれば混ぜるほど、おいしくなるよ』て教えてもらってん。日本にいると、ご飯とおかずを混ぜるのってなんかすごく下品に思われるけど、ほんとは混ぜた方が絶対においしい。いろんな味がミックスされて、深みが増すもん」

ずっとカレーをご飯に混ぜて食べたかったけど、人目を気にしてできなかった。でも、サッサの前では公明正大に混ぜられる――。

なんだか一つ自由になった気がした。

サッサといると、どこか頭の中に風穴《かざあな》が開くのだ。

ご飯と混ぜ合わされたカレーライスはドライカレーみたいになった。ライスにも空気が入って、ふんわりしてじつに美味《うま》かった。甘みと苦みをもった不思議な辛さが身体の中を吹きぬけていった。汗がどっと噴き出てきた。

「このままバリ島の食堂《ワルン》でナシ・チャンプルー食べてんよ」

カレーの辛さのせいでサッサの額に細かい汗の粒が浮かんでいる。

「あれ、おいしいよね」

おれはバンダナで顔や首筋の汗を拭《ぬぐ》いながら言った。

天井の扇風機がゆっくり回っている。

「ナシはご飯。チャンプルーは混ぜるってことでしょ？」

とサッサがスプーンをおいて、言った。

「ご飯のお皿にとろとろに煮込まれた鶏肉、ゆで野菜、煮玉子、ピーナッツ、海老煎餅……おかずがいっぱい載って出てくるよね」とおれ。

「そうそう。混ぜて食べると、めっちゃおいしい」

「そういえば、沖縄にもゴーヤー・チャンプルーやマーミナ・チャンプルー……」

「あっちこっちチャンプルーだらけやわ！」

二つの瞳がきらきら輝いている。切れ長の目にはとても力があった。

サッサの話を聞きながら、ぼんやり考えた。

チャンプルー……混ぜる……市場のおばちゃんの「混ぜろ。混ぜろ」……

はたと気づいた。

「混ぜる」というのは、ウイスキーでいえばブレンドのことじゃないか。

國房チーフもマスターの木村さんも言っていた。ブレンドの方がはるかに深みがあって、おいしいと。

サッサはコップの水をごくごく飲み干して、言う。

「人間も食べものも同じでしょ？　沢木さんのことでグジグジ悩んでるみたいやけど、上杉さんの心の中には、芸術家肌の一生《いっせい》さんも突破力、のある辰ちゃんも優等生の水野さんも変人の國房チーフも侍みたいな木下さんも、みーんな一緒に棲《す》んでるんよ。上杉さんが生まれてきてから今まで接してきた人がぐしゃぐしゃにチャンプルーされてるねんよ」

いきなり張り扇《はりせん》で、頭をパカンとはたかれたような気がした。

そうか。そういう考え方もあるんだ……。

「だったらみんなの良いとこ取《ど》りしたらええやん。真似っこ得意でしょ？　あるときは沢木さん。またあるときは水野さん。またまたあるときは辰ちゃんになればいい。ただし嫌いなとこは絶対真似したら、あかんよ」

「でも……そんなことしたら、おれ、一体どこにいることになるの？」

「すべてを包みこんだものが上杉朗《うえすぎあきら》になる」

「すべて……？」

「そう。良いとこ全部混ぜて、自分流にアレンジして、誰にも似てないオリジナルな存在になる」

「先輩の良い所をブレンドして、『おれ自身』にすればいい……？」

サッサが強くうなずいた。

「真似するんやったら、思いっきり堂々とやったらいい。好きな人の好きなところだけいただいて混ぜ合わせるの。そうしたら、今までにない新しい宣伝《アド》マンになれるわ」

19

その夏。おれはサッサと結婚した。

アーリー・エイジのCMは予想外に評判が良く、今年の全日本放送連合広告大賞を受賞した。売上げも日ごとに伸びていた。当然、専務はミルク割りの成果だと上機嫌だったし、沢木さんや新井田《にいだ》は専務からの覚えが、より一層めでたくなった。ともかくも自分の関わった広告が効果を発揮したのだ。ちょっと複雑な気持ちもあったが、広告界で評価されるのはうれしかった。洋酒関連でうちの製品が右肩上がりなのは、シングルモルト伊吹をのぞいて、アーリー・エイジだけなのも気分を明るくさせた。二製品ともおれが広告プロデュースしているのだ。

プライベートも充実していた。サッサと行ったバリ島のハネムーンも楽しかった。公私ともにやっとフォローウインドが吹きはじめたと思っていた。

が、人生は海と同じだ。

いつ風雨が強まり、波が高くなるのか、わからない。

秋風の吹きはじめる頃、その人事は発表された。

新井田が制作課長になった。

つまり、おれの上司になったのだ——。

消息筋《しょうそくすじ》によると、アーリー・エイジのミルク割りキャンペーンを成功させたのが昇進の大きな理由なんだそうだ。なんということだ……。

沢木さんも宣伝部次長に昇進。洋酒宣伝のみならず、ビールも食品も実質上統括するようになり、名実ともに宣伝部ナンバー2《ツー》の地位についた。ちょうど一年前、水野さんが北海道支社にとばされたのも、この季節だった。

＊　＊　＊

スズメのさえずる声がうるさい。

頭が割れそうだ。ガンガンする。輪っかをはめられ、誰かにそれを力一杯ぎりぎり締め付けられているようだ。孫悟空《そんごくう》はこんな痛みを感じていたのか……。

胃がきりきり痛む。何度飲み込んでも、酸《す》っぱい液体がこみ上げてくる。自分の吐く息にえずきそうだ。腐った濡れ雑巾で身体全部を覆われたようだ。

「そろそろ起きないと、もう遅刻するよう」

寝室のドアを開け、サッサがさっきから何度も起こしに来た。最初は優しかったが、だんだんトゲのある声になっている。そのたびにベッドで寝返りをうつ。起きられない。目を開けたくない。頭のどこかは覚醒しているが、違う部分が足を引っ張る。

昨夜の記憶がない。ある時点でプツンと切れている。こんなの久しぶりだ。

新宿二丁目の沖縄料理屋で泡盛《あわもり》をしこたま飲み、三光町《さんこうちょう》のソウルバー「ボビーズ」に行ったのまでは覚えている。が、その先が、消えている。

横になったまま、目やにでかすんだ視界に、枕の端っこが映る。

血……。

誰かと喧嘩?

あわてて顔や頬に手をやった。が、痛みもない。傷もなさそうだ。頭も大丈夫だ。

と、手を見たら、人差し指や中指の根もとが赤く擦《す》りむけ、乾いた血がこびりついている。

三光町の街路樹が葉叢《はむら》をそよがせていたのがぼんやり蘇《よみがえ》ってきた。記憶が切れ切れに浮かび上がる。

たしか見ず知らずの……。

すれ違ったとき、新井田と勘違いして胸ぐらをつかみ、締め上げたような……。

澱《おり》のように残ったアルコールがいっぺんにさめ、身体の底から奇妙な寒気がしてきた。

「いったい何時やと思てんの！」

乱暴にドアが開き、サッサが大きな足音をたてて入ってきた。薄い掛け布団をめくり上げる。額や頬、顎のあたりを小猿のようにぽりぽり掻いている。

「うーん……」薄目を開ける。

「もうお昼よっ！　また上司から目ぇつけられるやん！」

上司という言葉で新井田の汚れきった目が浮かんできた。

くそっ。あんな奴の下で……。

また襲ってきた吐き気をこらえ、顔をあげた。

「!?」サッサのおでこが真っ赤だ。

「何よ。どうしたん、急に？　いきなり目ぇ醒めたん？」

まさか……おれが、殴った？

「あの……おれ、昨日、きみに何か、した……？」

「風邪ひくから着替えなさいって言ってるのに、パンツ一丁でベッドにずっとひっくり返ってたわ」

相変わらずサッサはぷんぷんしている。が、ちょっとほっとした。おれが殴ったわけじゃない。

しかし……額が気になる。ずっと指で掻いている。

「どうしたの？　おでこ」

「えっ？」指が止まった。

「真っ赤になってる……」

「バリの陽焼けが、今ごろ出てきたのかな……」

「でも、おでこだけ焼けるなんてないよね？」

「掻きすぎたのかな？」眉根を寄せた。

「いや。そういう赤さじゃない」

よく見ると、湿布でかぶれた後みたいに、額一面が赤くぼこっと膨《ふく》れている。

「何か、ずうっとむずむず痒《かゆ》くて……」

いらいらした口調で言うと、サッサは洗面所に行った。

＊　　＊　　＊

サッサは三つの頃からアトピー性皮膚炎を患《わずら》っていた。

そのことは結婚前にも聞いていたと思うのだけど、すっかり頭から抜け落ちていた。おれの家族にも友人にもアレルギーの人はいなかった。はっきり言って、アトピーといわれてもピンと来なかった。

つきあっていた頃もサッサの爛《ただ》れた肌を見たことはなかったし、彼女自身つらそうな姿を見せたこともなかった。

子どもの頃から医者に言われるがまま、ステロイド剤を身体中に塗りたくってきたという。ステロイドでかゆみや爛れを強力に抑え込んできたのだ。

「もう効かなくなってしまったのかも……」

おでこが真っ赤になったのを鏡で見たあと、サッサは、暗い顔でつぶやいた。

ついに薬で抑えられる限界を越えたのか……。

翌日、皮膚の赤みはおでこから顔全体に、そして両腕、両脚とどんどん広がっていた。それまで通院していた用賀《ようが》中央病院に行き、サッサが皮膚科の女医に「ステロイドの副作用ですか」と訊くと、女医は目を泳がせ、「このままずっと塗り続けていれば、病気は治るわ」と高圧的に答えた。

サッサは直感的に、ステロイドに頼るのはもう止めたほうがいい、このまま続けたら廃人になってしまう、と思った。

そして、アトピー歴の長い知人から東洋医療にもくわしいクリニックを紹介してもらい、漢方治療に切り替えることにした。

漢方医の話では、ステロイドを止めるとリバウンドというのがやってくるという。一時的に以前よりもひどいアトピー症状が出てくるのだそうだ。

医者からもらったリバウンドの波線グラフをサッサが見せてくれた。いつごろ、どんな感じでリバウンドが始まり、どういう具合に進行し、どう終息していくか、わかりやすく説明するためのものらしい。

医者の話では、何とか最初の三カ月の苦しい波を乗り切れば、またバリ島に行けるくらい恢復《かいふく》するという。

そうか。三カ月か。リバウンドは厳しいと聞いたが、九十日なんてあっという間だ。二人で力を合わせれば絶対に乗り切れるはずだ。なるべくおれたちに都合よく思うことにした。

処方されたのは皮膚に塗る薬と飲み薬だった。

塗り薬は二種類。黄色い太乙膏《たいつこう》と赤紫色の紫雲膏《しうんこう》。どちらもピーナッツバターのようにベタベタしていて、とてつもない匂いがする。太乙膏はカレーのような匂い。紫雲膏は豚の脂を使っているので、豚小屋に入ったようなすさまじい匂いだった……。

新婚生活のために買ったばかりの家具や調度品は紫や黄色に染まり、ドアも床も窓ガラスもシーツもベッドも……ことごとく薬にまみれ、ベタベタになった。

ステロイドから漢方に切り替えて四日目。

午後十一時過ぎに残業を終え、綿のように疲れ果てて帰宅し、部屋のチャイムを鳴らした。

ゆっくりドアが開く。

「……！」

何てことだ。そこにいたのはサッサじゃなかった………。

顔が二倍くらいに膨れあがっている。

上品にととのっていたあの顔はどこにいった……？

まるで腐ったトマトのようだ。真っ赤になって、ぐじゅぐじゅに崩れている。むくんだまぶたが目の上に垂れ、ほとんど目を覆っている。ぼこぼこに殴られたボクサーみたいだ。

切れ長の目はどこにいった……？

美しい額はどこにいった……？

言葉を失った。

「……ごめんね……」

サッサは顎を上げ、潰《つぶ》れたまぶたを懸命に開けて、健気《けなげ》に笑いかけようとした。が、頬が引きつり、目の端からひとすじ涙がこぼれ落ちた。

「……」おれには、ただサッサを強く抱きしめることしか、できなかった。

「……リバウンドで……こんなになるなんて……」

「何もわるくない……きみは何もわるくない……謝ることなんてない……」

サッサの耳もとで言ったが、声がふるえた。吹きこぼれるように涙が湧いてきた。

「結婚早々、こんな姿になって……」サッサはしゃくり上げて泣いた。

＊　＊　＊

会社の方もひどい状況だった。

課長になった新井田は、テレビCMの制作費をすべて一律3000万円以下に抑えよと厳命した。彼の就任前に制作したクリエイティブも例外ではなかった。

今後、海外ロケは一切禁止。コピーライターやデザイナーのギャラは、たとえ糸《いと》井《い》重里《しげさと》であっても仲畑貴志《なかはたたかし》であっても、浅葉克己《あさばかつみ》であっても井上嗣也《いのうえつぐや》であっても全員一律にせよと号令をかけた。

突然社会主義国になったような宣言に、広告界は当惑し、ブーイングが起こった。一生《いっせい》さんやおれは断固反対したが、サラリーマンである以上、上司の命令に従わざるを得ない。新井田は沢木さんの指示のもとで動いている。沢木さんの上には湯川がいる。制作費カットのため、おれは請求書をにらみ、電卓を叩く日々が続いていた。

コピーライターやデザイナーの連中には夜にならないと仕事ができない人も多い。そんな事情を考慮して、制作課は出社時間を他の課よりも遅くしていたが、新井田が課長になってからは、ふつうの宣伝部員と同じ九時になった。おかげで、おれも睡眠不足が続いていた。

その朝、眠い目をこすりながら早めに出社した。出張費や媒体啓発費の精算をしようと、デスクの一番大きな引き出しを開けた。

と、一見して引き出しの中の様子がおかしいのに気がついた。

おれのことをよく知らない他人からは、大ざっぱな人間に見られているが、じつはデスクの上や引き出しの中はきれいに整頓している。ごちゃごちゃしていると頭の中が整理されず、きっちりした仕事ができないからだ。飲み屋でもらった領収書で未精算のものは、クリップで留め、置くところも決めている。

が、領収書の置いてある場所がおかしいのだ。

いつもは左端に留めているクリップが右端になっている。週刊春潮で連載している黒川シリーズの今後の展開メモの場所も違っていた。

誰かがのぞいた……。

書類をホチキスで留めるときも、おれは必ず左上端部でカチリとやる。クリップを右端にやるなんてことはあり得ないのだ。

紛失している領収書はなかったが、何らかの理由でおれのデスクの中が物色《ぶっしょく》されたのは明らかだった。

新井田が出社してきたので、このことを伝えると、

「社内も信用できまへんなあ。えらい物騒な世の中になってきよりましたなあ」

と他人事《ひとごと》のように言ったが、やつの濁った目が少し泳いだ。

翌日、新井田は制作課のメンバーを集めて言い渡した。

「今後、媒体啓発費は課長以上は月に10万円以内。課員は2万円以下ということが新しいルールになりました。これは、湯川部長、沢木次長からもきつく申し渡されております。

なお、この規則は本日から適用されますので、まだ精算されていない領収書はす

べて2万円までは会社の経費として落とされますが、それ以上は難しい旨、ご理解ください」

新井田は言い終わると、おれの方を横目でちらっと見やがった。


その翌週、沢木さんから手招きされ、部内の打ち合わせルームに行った。

「新聞担当の河野とテレビスポット担当の塩見《しおみ》は、上杉の同期だったっけ？」

「いえ。入社は一つ下ですが……それが、何か？」

「そうか」ちょっとためらった後、「ついこの間、河野と塩見に、きみと同時に社内資格が主事になる内示があった……」

なんだか奥歯にものの挟《はさ》まったような言い方だ。

「はあ……」

そもそも社内資格なんて興味がなかったが、主事というのは課長になれる「資格」なんだそうだ。主事とか副主事とか主事補とか……何だかいろいろ呼び名があるみたいだ。区間急行と準急と通勤急行とどれが一番速いのかがわからないように、おれには副主事と主事補がどっちが上なのかよくわからない。

新井田ははや一年前に主事になっていたが、この夏、おれは主事になる内示を受けていた。

「昨日、河野と塩見が二人して俺のところにやってきたんだ」

沢木さんがちょっと眉を曇らせ、言い淀んだ。

「……」だから？

「上杉。きみを昇格させるな、と言うんだ」

「は？」

一瞬、意味がわからなかった。

人事部が決めたことを、横からごちゃごちゃ言って、くつがえそうというのか？　こそこそ上司に言いにくるなんて、何かあると先生にすぐ言いつけにくるガキと同じじゃないか。これが大人の男のとる行動か？　卑怯な奴らだ。

考えれば考えるほど、腸《はらわた》が煮えくり返ってきた。

「酒の会社に勤めているのに上杉は酒癖が悪すぎる、と言うんだ。スターライトの管理職につけるには社会的にどうかとね」

沢木さんは淡々と事実を述べるという風情だ。

「あいつらこそ新井田と一緒になって、代理店やテレビ局、新聞社に接待を強要したり、それが叶わぬときは扱いを減らしたりしてるでしょう。それ、ご存知ですか？　会社の金の力で社会的いじめに精を出す、いかにも悪のクライアントですよ。どっちが糾弾《きゅうだん》されるべきか、沢木さんなら、おわかりになるでしょう」

からだが怒りで震えた。

河野や塩見は、権勢を誇る新井田の真似をし、そのお裾分けにあずかろうと弱い者いじめに精を出している。同期に尻尾を振るその卑屈さと破廉恥《はれんち》さが信じられない。奴らの効率重視のやり方に異を唱え、会議で歯に衣《きぬ》着せずものを言うおれや木下さんが目の上のたんこぶなのだ。

「ま、ま」沢木さんはおれを手で制し、うす笑いを浮かべ、

「部内で派閥ができるのは良くないなあ。もう少し仲良くやってくれや」

となだめるように言った。

「仲良くとか……そんなことより、スターライト宣伝部の品位を保っているかどうかが一番大切じゃないんですか？　代理店いじめをする部員のいる会社の酒を、誰が飲みたくなるんでしょうね。金をもらうときはニコニコ笑っていますが、きっと自宅では北雪《ほくせつ》のウイスキーやライオンのビールを飲んでるんじゃないですか」

「意見をはっきり言うのはいいが、組織の中には空気というものがある。それと……組織で働くかぎりは、上に行かないとやりたいことはできないんだ。上に行け

ば、また見える風景も違う。おまえも新井田の下にいるのが嫌なら、アッパーを目指すんだな」

沢木さんはソファから立ち上がると、打ち合わせルームのドアを開け、指をぱちりと鳴らしながら颯爽と歩み去った。

20

それからの日々は、制作費の細かいチェックで明け暮れた。新しい企画を考える余裕なんてまるでなかった。

代理店やクリエイターへのオリエンテーションには、つねに新井田《にいだ》が立ち会い、あれこれ重箱の隅をつついたような細かいことを言い、何度も何度もプレゼンさせた。やり直しをさせることで自分の権力欲を満足させているのだ。

やっと新井田のOKが出たと思ったら、今度は社内プレゼンなのだが、湯川部長のみならず、洋酒事業部長の青ザメにまでしなければならなくなった。

湯川も青ザメもクリエイティブは素人だ。コマ割りをたくさんしたパラパラ漫画のような絵コンテでなければ、頭の中にCMのイメージを描くことができない。手間のかかる余分な仕事をディレクターに要求しなければならない。おれは申し訳ない気持ちでいっぱいだった。

かつてはシンプルな絵コンテでもCMの最終イメージを描ける辰ちゃんや一生さんがいた。いまは職人のような宣伝《アド》マンがいなくなり、煩《わずら》わしいことばかりどんどん増えていく。

餅は餅屋なんだ。素人がうるさいことを言うな、と怒鳴りつけたくなるのを我慢していると、知らずしらず髪の毛が薄くなっていく。ある朝、枕に抜け毛がぱらぱら落ちているので驚いた。合わせ鏡で見てみると、以前より地肌がずっと透けていた……。

サッサは、と言うと——漢方によるアトピー治療は一進一退を繰り返しながらも、少しずつ良い方には向かっているようだった。ステロイドを止《や》めて腐ったトマトのようになってしまった顔は徐々に恢復《かいふく》していったが、元通りの肌にはなかなか戻らなかった。

しかし、よく考えれば、元通りというのは、ステロイドを塗ることで作り上げていた、見かけだけきれいな肌なのだ。ウソの肌なのだ。

いまサッサのおでこは赤紫色に分厚くなり、ケロイド状になって、表面がつるんと突っ張っていた。首も亀のようにゴワゴワし、両腕、両脚ともにエレファント・

マンのように皮膚が硬くシワシワになっていた。肘《ひじ》や膝などの関節からは臭くて黄色い体液が、昼も夜も滲《し》み出していた。皮膚が炎症を起こしているので体温が高くなっているようだ。冬になっても、部屋にいるときはずっと袖を切ったTシャツと短パン姿だった。

外出のときは、少し風に当たるだけでも皮膚に刺激があって痛いので、手には指先を切った手袋をし、腕も脚もミイラのように包帯でぐるぐる巻きにした。頭には鍔広《つばひろ》の帽子をかぶった。

部屋の家具や調度は相変わらずベタベタしていたし、塗り薬の強烈な臭いがしみついていた。床や廊下には、剝がれ落ちた皮膚が綿埃《わたぼこり》みたいにそこらじゅうに落ちていた……。

おれは、酒で気分を紛《まぎ》らわすしかなく、家に帰ってからもウイスキーを浴びるように飲んだ。おかげで毎日が二日酔い。翌朝、濡れ雑巾のようにぐったりした身体を引きずって会社に向かった。

*　　*　　*

数カ月が嵐のように過ぎ去り、どうにか年が明けた。

新年最初の宣伝会議。

その冒頭、沢木さんがやおら立ち上がると、胸を張って、朗々とした声を響かせた。

「樽に眠るウイスキーは年に3％も蒸発しています。12年熟成すると、なんと原酒総量の3割も失われる。俗にいう『天使の分け前』です。が、これはじつにもったいない。この無駄を省いたウイスキーを造ろうとわれわれは十年以上研究を重ねてきたのですが、ついに夢のウイスキーが誕生することになりました」

周りから、うおっと歓声が上がった。

おれは思わず、会議室に居並ぶ人の顔を見回した。

大丈夫か、こいつら……。

木下さんは呆気にとられた顔をし、一生《いっせい》さんは眉をひそめている。この人たちは大丈夫だ。

しかし…夢のウイスキーって何だ……？

新幹線はかつて「夢の超特急」と呼ばれたが、ウイスキーは電車じゃない。速くなったり便利になったりという工業製品とは対極の位置にあるんじゃないのか。

咳払いを一つして、沢木さんは間《ま》をあけた。

「世界初。ステンレスの樽で寝かせたウイスキーです」

ステンレス？

ウイスキーを金属の樽に寝かせる⁉

愕然とした。信じられない話だ。木の樽の芳《かぐわ》しい香りがあってこそ、ウイスキーじゃなかったのか……。

沢木さんは一同を見渡して、悠然とした笑みを浮かべた。

「どうです？　全部われわれのものになるんです。一所懸命つくったウイスキーを、もう天使にあげなくてもいい。当初ステンレス樽のウイスキーは不味《まず》いと言われていましたが、ついに研究が実を結び、やっとわれわれの五感を満足させてくれるおいしいウイスキーにたどり着きました」

湯川部長は満足そうな表情を浮かべて何度もうなずいた。新井田や我賀は頬を紅潮させ、背筋を伸ばして手をたたいた。

ステンレスの樽なんかでちゃんと熟成するのか？　ほんとに、おいしいウイスキーができたのか？

話がうますぎる。沢木さんの笑顔が政治屋のそれとダブった。

細かいことはよくわからない。が、酒にとって何か大事なものが欠落している。

直感的にそう思った。

天使の分け前を奪って、その分までウイスキーにしようなんて、欲をかくにも程《ほど》がある。自然の摂理に反した、神をも畏《おそ》れぬ行為だ。これじゃ、悪魔の分け前だ。

こんなとんでもない新製品をあの國房チーフは承知しているのだろうか……。目端《めはし》のきく小早川たち中堅や若手ブレンダー連中が事業部に尻尾をふり、その権力に丸め込まれて造りだしたに違いない。

國房さんはブレンダー室でますます浮いた存在になっていると聞く。ことにマッケンジー体制以降、新製品のブレンドは合議制で決めているようだ。官僚みたいに無表情な小早川の顔が浮かんでくる。職人の集まっていたブレンダー室も、宣伝部と同じように木《こ》っ端《ぱ》役人の巣窟《そうくつ》になっているのだ。

しかし……ステンレス樽で寝かせたウイスキーなんて、いかにも青ザメや沢木さんの考えそうなことだ。

あっと驚く新奇さで世間の注目を集め、手っ取り早く売れればいいと思っている。彼らにとって、別にウイスキーでなくても、釘だって籠《かご》だって石鹸《せっけん》だって何だっていい。たまたま今はウイスキーの会社に所属しているだけなんだ。沢木さんも青ザメもウイスキーを愛してなんかいないのだ。

研究所の同期は、やろうと思えばウイスキーの新製品なんてすぐ造れる、と言っていた。

でも、世の中はそう簡単に、ぽっと出のウイスキーなんか受けつけないだろう。ましてステンレスと触れあったデジタルっぽい酒だ。消費者は、ウイスキーはビールと違って何年も熟成した後に生まれる——大人になって生まれてくるのをちゃんと知っている。

この会社でエリートを自任する奴らは、スターライトのウイスキーがなぜ売れないか、という問題の本質から眼をそらしている。小賢《こざか》しいテクニックで難局を乗り切れると高をくっているのだ。

むしろ、飲み手の方がウイスキーという存在の根っこをしっかりつかんでいるんじゃないのか。

ビールにはクリアさが求められるが、霧深い谷あいで育つウイスキーは、割り切れない闇や濁りが大切だ。ビールは合理だが、ウイスキーは非合理。同じ大麦から生まれるが、命のあり方がまったく違う。ビールよりもずっと存在の根が深い。

ビールは野菜のように鮮度がたいせつだ。日付が新しければ新しいほど美味《うま》い。

ウイスキーは熟成する酒。大人になる時間が必要なのだ。

古ければ古いほどいいというものではないが、ある程度の年月を眠らなければ一人前として認めてもらえない。そして樽から毎年3％失われる「無駄」をあがないながら、おのれを深めていく。一見、無駄に見えるが、じつは無駄ではない。

ウイスキー職人は　昔からその「大いなる無駄」の意味あいがわかっていたからこそ、「天使の分け前」と呼んできたのだろう。

おいしい酒は人の力だけでは生まれない。

人が真面目に仕事をやった後、そのご褒美のように、天からふわりと舞い降りてくるのだ。

＊　＊　＊

その夜、東京に出てきた黒川剛と久々に会った。

もともと東京っ子の黒川は、網走にいると矢も盾もたまらず街の灯や雑踏が恋しくなるらしい。こっちに来ると、おれと木下さんをたびたび新宿界隈に誘い出した。

昨年の春から始まった週刊春潮での連載企画の評判はとてもよく、読者アンケートでも常に上位にランクしていた。「ウイスキーが職人仕事だと初めて知った」という葉書も来て、うちの会社がただ派手な宣伝でちゃらちゃらやっているのではなく、地道に酒を造っていることを少しはわかってもらえたかもしれない。

スターライト・ウイスキーの生まれる伊吹山周辺の豊かな自然や酒造りの職人を丹念に取材し、人と自然の紡ぎだす物語を、黒川ならではのヒューマンな文体で綴《つづ》っていたが、昨年取材したネタもそろそろ終わりそうなので、今年の方向性を検討しなければならなかった。

新宿二丁目。黒川行きつけの沖縄料理屋「西武門《にしんじょう》」の座敷に上がり、おれたちは新年の挨拶をかわした。

「俺も少しはきみらの会社の役に立っているようで、よかったよ」黒川は泡盛《あわもり》のオン・ザ・ロックをぐっと呷《あお》った。「で、ウイスキーの売上げはどうなんだ?」

おれと木下さんはちらっと目配せした。

木下さんが咳払いして、口を開く。

「……ウイスキー・トータルでは上向きにはなっていません」

「時代の流れというのもあるからね」と黒川。

「朗報なのは、シングルモルト伊吹とバーボンのアーリー・エイジが売れていることくらいでしょうか」

と木下さんがこたえると、

「何よりの情報じゃないか」黒川は白い歯を見せた。

おれは言おうかどうか迷っていたが、言葉が口をついて出てしまった。

「ただ……ぼくらがせっかく『ウイスキーは時間をかけて大切に育《はぐく》まれる』と訴えようとしてるのに、また、しょーもない製品が発売されるんです」

黒川の大きな目がぎろっとおれたちを睨《にら》みすえた。

どうせ近々マスコミにも発表される。黒川剛にはいち早く耳に入れておいた方がいい。

おれは手短に説明した——。


黒川は肩をすぼめて、大きなため息をついた。

「会社の上層部もまったく懲りない連中だな。科学の未来を夢みた一九六〇年代ならいざ知らず、ステンレスの樽に入ったウイスキーを誰が飲むと思ってるんだ。そんな『近代化』はとうに破綻《はたん》してるんだが。問題の核心から目をそらし、いろいろ小細工ばかりだ。それで世間を誤魔化《ごまか》せると思っている。思い上がりもいいところだ」

恥ずかしい親戚をもったような複雑な気持ちで、おれと木下さんはうなずく。

黒川が泡盛の入ったグラスを掲げると、透きとおった液体がきらりと光った。

「酒は生きものだ。『たましい』が宿っている。きみらスターライトはその大切な

『たましい』をうっちゃって、金儲けにかまけていた」

木下さんが、勢い込んで言った。

「だからこそ、誠実に原酒を生んで育てる職人の会社だ、と知ってもらいたくて、この企画を始めたんです」

黒川がそっとグラスを置き、声をひそめるようにした。

「俺がずっと気になっているのは、スターライトが輸入原酒《モルト》や原料用アルコールを混ぜた粗悪品を上手な宣伝で売ってきたんじゃないか、という噂だ」

「……」どきっとした。木下さんも心なしか、うろたえている。

おれもその噂はかねがね聞いていた。

ステラが爆発的に売れた頃、あれだけの量の製品をつくるための原酒はうちにはないはずだと言われていた。売れまくっていた当時のステラは、飲むと必ず頭が痛くなった。からだは正直だ。良質なものがブレンドされていたとは言いがたい。

ふたりの曖昧な顔つきを見ながら、黒川が言葉を継いだ。

「噂がほんとなら――一番の問題点はウソをついていることだ。いかにもすべて伊《い》吹《ぶき》や月山《がっさん》蒸留所の原酒を使ったウイスキーであるかのようにね。消費者はそのことにうすうす気づいている。お客さんを侮《あなど》っちゃいかん。嘘はたましいを汚す」

「……」

「……」

原酒調達の問題は、うちの人間が飲み屋の片隅でひっそりと囁《ささや》きあうことはあっても、会議など公の席で云々《うんぬん》するのはタブーになっていた。

そのことに言及し真実を暴きたてるのは非国民ならぬ非社員と呼ばれるだろう。組織の社内の結束を破る裏切り者として白眼視され、会社での居場所はなくなる。組織の異物と見られているおれたちでさえ、それについて触れるのは控えていた。

黒川はおもむろにラッキーストライクに火を点《つ》け、紫煙を吐き出しながら訊いた。

「噂はほんとうなのか？」

木下さんがおずおずと口を開いた。

「……私たちも確証は得ていないんです。生産関係の人間に聞いてもうやむやだし、誰もはっきりと教えてくれません。でも、私は、原酒輸入やアルコール添加、つまり『ブレンド偽装』は事実だと思っています。ほとんどのうちの人間は感づいているでしょう。ただ、おのれの手で後ろ暗いことをわざわざほじくり返す必要はない、とも……」

「そんなことをすると売上げがもっと減り、回りまわって自分のおまんま食い上げになっちまうからな」と黒川が相づちをうった。

おれは木下さんの言葉を引き取って、付け加えた。

「人の噂も七十五日。知らぬ存ぜぬで通せば、世間は忘れる。水に流してくれる。新製品を出したり派手なことをやっているうちに、ステラが売れていた頃の会社に戻れると甘く見ている。でも、ブレンド偽装問題をはっきりと認め、世の中に謝罪しないかぎり、スターライト・ウイスキーは社会的に信用されないでしょう」

話すうちに、ちゃらけたエリート・サラリーマン生活を送る沢木さんや新井田《にいだ》、我賀《わが》たちの顔が浮かんできた。

「組織にぶら下がる無責任野郎があまりに多い。太平洋戦争をはじめた官僚どもと同じだ。しかも戦争に負けたら、あいつら、敗戦を終戦と言い換えやがった。いつも調子よく現実から目をそむける。きみらの組織もまったく同じ精神構造だな」

黒川剛は冷ややかに言うと、少し宙を見つめ、何かに考えをめぐらせた。

ややあって、再び口を開いた。

「『赤信号みんなで渡れば怖くない』か……。日本人の根深い病気だな。子どものころの話だが、陸軍の将校が国民学校に来て、校庭に全員並ばされたことがあった。『特攻を志願する者は一歩前へ』と将校が叫ぶ。と、一人がぱっと前に出た。

それを見て、俺を含めたほとんどの生徒は、遅れてならじと前に出た。でも志願しなかったやつが二人いてね。後でその二人に向かって誰かが『卑怯者』ってののしったんだ。俺も心の中で『卑怯者』とつぶやいた。しかし、空気を読みながらみんなと一緒に前にでた俺の方がよっぽど卑怯者だったんだ。俺はそのときのことがずっと胸に刺さってる。

サラリーマン時代もこれとよく似た光景に何度も出くわした。生きていくには多数派につく方が楽なんだ。それが人間ってやつかもしれんが、しかし、狡《ずる》くて、こすっからいそんな人生でいいのか。幸せなのか、ということだ」

一気にしゃべり終えると、黒川はごくごくとのどを鳴らして泡盛ロックを飲み干した。

ティビチ（豚足の醬油煮込み）やパパイヤ・チャンプルーに舌鼓《したつづみ》をうち、豆腐ようを肴に、しこたま泡盛を飲んだ。沖縄髪《ウチナーカラジ》に結い上げた女将《おかみ》は、沖縄の歌に合わせて、ゆるやかな波のような手さばきで踊った。

泡盛の飲み心地は素晴らしい。するするとのどに入る。口に含むと、ご飯のお焦げのような香りがした。伊是名《いぜな》という小さな島で、数人の職人で造っている酒だぞうだ。

歴史に詳しい黒川剛は、泡盛は蒸留酒としては焼酎のお兄さんなんだと教えてくれた。

「いまから600年ほど前。アジアの国々との交易で栄えていた琉球《りゅうきゅう》王国の時代。南中国やタイから泡盛の蒸留技術が入ってきた。それが薩摩《さつま》に伝わって、焼酎が生まれたわけだ」

初めて聞く話に、おれも木下さんも驚いた。

「じゃ、タイにはどこから蒸留酒が入ってきたんですか？」と木下さんが訊く。

「インドあたりから」と黒川。

「じゃ、インドにはどこから？」しつこく木下さんが訊く。

「もともと蒸留酒の起源はメソポタミアにあるそうだ。紀元前3500年くらいだと言われている。そしてメソポタミアから東西に蒸留技術が伝わっていった。西に伝わると、ブランデーやウイスキーになる。東に伝わると、今われわれが飲んでいる泡盛になる」

蒸留酒が地球レベルで旅をした結果、この液体が誕生したのか……。なんだか世界史の一端におれたちが座っているような気がして、グラスの中にたゆたう透明な泡盛をしげしげと見つめた。

女将がおれの肩をたたき、部屋の隅に置いてある甕《かめ》を指さし、

「あそこにクースが眠ってるよ」

「クース？」

「古酒のことさぁ。沖縄では南蛮甕《なんばんがめ》に入れて何年も寝かせるさ。みんな、自分のお家《うち》でつくっているよ」

驚いた。沖縄では自宅で蒸留酒を熟成させて飲むのか。

ヤマトでは、焼酎を家で寝かせるなんて見たことも聞いたこともない。もちろんウイスキーだってない。

「あんた、飲みたそうな顔してるさあね」

女将はおれの顔をのぞきこむようにして、陽気に笑った。

「わかります？」頭をかきながら、おどけて言った。

「なら、ちょっとだけ飲ませてあげようねえ」

言いながら、甕の方ににじり寄った。おれも後からついていく。様子をみていた黒川剛も木下さんも今まで飲んでいた泡盛を飲み干し、空《から》のグラスを持ってうれしそうな顔でやって来た。

甕は四つ。それぞれ大きさは五升ほどだろうか？　女将はセロファンで丁寧に包まれた蓋《ふた》を両手で開けると、小さな柄杓《ひしゃく》を持って甕から酒をすくい、三人のグラスに注いだ。

液体は、淡い黄金色《こがねいろ》をしていて、バニラのような甘く柔らかい香りがした。いままで飲んでいた透明な泡盛とはまったく別ものだ。

ひとくち飲む。

と、舌にとろりとまつわりついたかと思うと、またたく間にサーッと消えていた。

何だったんだ、いまの酒は？

水のように軽やかで、抵抗感がまったくなかった。ほんのりとした甘みがあり、なにか円い感じの液体だった。

夢うつつのまま、おれたちは口を半開きにし、目を見張っていた。

「はい。今夜はここまで。こんど、古酒《クース》用にちゃんとした宮廷料理つくってあげるから、そのときにまたゆっくり飲もうねぇ」

と言いながら、女将が蓋を閉めた。

「沖縄では自宅で古酒《クース》をつくる、とおっしゃいましたよね？」

木下さんがテーブルに戻りながら訊く。

「だからよー。酒屋さんが造った新酒をお家《うち》で何年も寝かせる人がたくさんいるわけさあ。子どもが生まれたときに甕に入れ、結婚するときに持たせたり。古酒《クース》は、造った会社のお酒じゃなくして、お家《うち》のお酒になるのさ。新垣《あらかき》家の酒、國吉《くによし》家の酒……そのお家だけのお酒になるわけさ」

またしても驚いた。メーカーの酒を個人の酒として造りかえているのだ。

それぞれの家の貯蔵条件は違うから、熟成されてまったく違う酒になるという。階段の下に甕を置いておけば、上《のぼ》り下《お》りの震動が酒に影響を与えたりするのだそうだ。

メーカーの造った酒が、完成形じゃない……。

泡盛古酒《あわもりクース》は、メーカーと飲み手が共同で酒をつくりあげている――。

「四つの甕はそれぞれ寝ている年数が違うんですか？」

さっきは一つの甕から飲ませてもらったが、ほかの酒のことが気になった。

女将がうれしそうな顔をした。

「四つとも年数が違っているさ。4年、8年、12年、16年。さっき飲ませてあげたのは16年もの。一年に二回ほど『仕次《しつ》ぎ』するさあね」

「仕次ぎ……？」

「若い酒を順番に古い酒に混ぜるのさ。16年を飲むためにボトルに少し移すと、その減ったところに12年を足し、そのぶん12年が減るから、そこに8年を足し……と大人《おとな》の酒に若い酒を足していくわけさ。すると、年とった酒がまた元気になって艶《つや》がでる。オジイが若い女を恋人にもつと元気になるさあね。あれと同じであるわけさ」

女将が白いのどを見せて笑う。

「ウナギのたれと同じなんだな」黒川剛が感心しながらつぶやき、

「古いものと新しいものが混ざり合って、それぞれの良さを出しあっておいしくなる。しかも、それを愛情込めて飲み手が育《はぐく》んでいく」

「お酒は大切なものだからねえ。みんなの『思《うむ》い』がチャンプルーされて、おいしい古酒《クース》になるわけさあ」

と女将がふんわりした笑みを浮かべて言った。

21

やわらかい陽射しのなか、風が吹くと、みずうみには縮緬《ちりめん》のような細かい波がたった。

岸辺には桜の花が静かに咲き、白いかげを水面《みなも》にうつしていた。

里山の樹々と桜が溶けあい、風景の輪郭がおぼろになっている。時の流れが葛湯《くずゆ》のようにとろんとしていた。

打ち合わせまで、まだ時間がある。

桜に誘われて、タクシーを途中で降りた。蒸留所まで歩いても大した距離じゃない。伊吹山の頂上付近にはまだ雪が残っていた。

菜の花が田んぼのあぜ道に明るい彩りを添えている。このあたりは北国のように桜と菜の花がいっぺんに咲くようだ。

しばらく歩くと、いまどき珍しい木造二階建ての小学校が見えてきた。

雑草の生えた運動場で、子どもたちが一心にサッカーボールを追いかけている。互いに指示を出したり、名前を呼ぶ黄色い声も聞こえてきた。

……？

よく見ると、おとながひとり交《ま》ざっている。

背丈は子どもたちとそれほど変わらないが、プロポーションが違う。白のスエットの上下を着てドリブルしている。と、フェイントをかけ、見る間に、子どもを二、三人ごぼう抜きにした。右脚を振り切る。ゴール左隅にシュートが決まった。

男は両腕を突き上げてガッツポーズをする。男は子どもたちが駆け寄っていき、男に飛びついたり、抱き合ったりしている。

子どもたちを引きずるようにして、嬉々《きき》として走り続けた。

近づくにつれ、顔かたちがはっきりしてきた。

……國房《くにふさ》チーフ。

と、おれの存在に気づいて、目があった。

チーフはちょっと照れくさそうな表情を見せた。

おれが頭を下げると、

「上杉クンでしたっけ?」大きな声で呼ばわった。

「はい。ご無沙汰してます」

「きみもどうですか、一緒に?」こっちに近づいてきた。

「は?」

出張で来たのだ。この恰好でサッカーはないだろう……。

「いいよ、いいよ、そのままで。ぜーんぜん問題ない」何食わぬ顔で手招きする。

「いえ、その……」

「蒸留所に行けば、替えのシャツなんていくらでもある。上着だけ脱げばいい」

少年たちが駆け寄ると、チーフと一緒になっておれの上着を脱がせにかかった。

＊　＊　＊

「子どもと遊んでいると、なんだか心が蒸留されるような気がするんです」

チーフブレンダー室に入ると、國房チーフは首にかけた手拭《てぬぐ》いで顔をふきながら、立ったままポカリスエットを一息に飲み干した。そうして、壁にかかったタオルをおれの方に放ってよこした。

「きみもサッカーの心得があったんですね？」

「は、まあ……。中学のときにサッカー部の補欠でした」

タオルで顔と首筋、背中の汗をぬぐう。シャツが肌にべたべた貼りついて気持ちが悪かった。早く着替えたい。夕方に近づくにつれ気温も下がってきた。風邪も引きたくない。

部屋の中は、まえに入ったブレンダー室とはまったく違っていた。

大きなデスク。その前にソファセット。何てことのない、事務系管理職の偉いさんの部屋だ。およそ國房チーフに似つかわしくない内装と調度だった。

ソファに埋もれるように座ったチーフのスエットには、ところどころ土がついている。

「着替えを持ってこさせましょう」

デスクの電話をとり秘書に用件を伝える。そして、さらにもう一本ペットボトルの封を切り、口をつけてから、チーフが言った。

「不思議ですね、ひとの心というのは。見知らぬ人でも同じ部屋に一時間一緒にいると、息苦しい感じが徐々に消えていきます。知らずしらずになじんでいく。遊んだり、旅や食事をすると、もっと気持ちが通じ合う。子どもはおとなよりもストレートですから、気持ちの浸透がじつに早い。それが、何ともいえず心地いい」

汗をぬぐいながら、おれは言った。

「こう言っては何ですが……もともとチーフは子どもと同じ次元で生きていらっしゃるのでは……？」

チーフは顔をほころばせた。

「僕だっていろいろ悩むこともあるのです。子どもと遊んでいると、曲がりくねって濁った心がたくさんの幼心《おさなごころ》とブレンドされるんでしょうね」

なるほど。いかにもブレンダーらしい物言いだ。

「ま、子どもの心がいつも澄んでいるとは思いませんが。おとなの心がみんな濁っているとも言い切れないようにね。……ところで、今日は黒川剛さんは?」

「申しわけありません。脚本の〆切りがあって、どうしてもお邪魔できないそうなんです。代わりに、黒川さんから質問事項を預かってまいりました。ぼくからチーフにうかがいたいのですが、よろしいですか?」

チーフはこっくりとうなずき、

「何なりとお訊きなさい。子どもたちといきなりサッカーできるひとは、たいせつな友だちです」

* * *

最重要ポイントからインタビューすることにした。

「以前から社内の噂でよく耳にしていたし、マスコミからもたびたび訊《き》かれるんですが……黒川さん、そして木下さんとぼくが知りたいのは、うちのステラが爆発的に売れたときに、輸入モルトや工業用アルコールをこっそりブレンドしていたんじゃないか——ということなんです。そのあたりの真実を訊かせていただきたいのですが」

「………」

國房チーフの表情が一瞬、曇った。

せっかく開きかけた心を固く閉ざしてしまったか……。

のっけから、微妙な問題について触れてしまったかもしれない。下手をすると、黒川剛とともに練りあげたこの企画は一気におじゃんになる……。

しかし……いずれ訊かねばならないことだ。

打った球は返ってこない。放った言葉は戻ってこない。おれの気持ちがチーフにどれだけ通じるか。腹をくくって、運を天に任すしかない……。

おれは、意を決して続けた。

「うちの会社自体が、消費者から信用されていないんじゃないかと思うんです。その不信感がスターライト離れ、ひいてはウイスキー離れにつながっている。たしかに焼酎は安くて健康的なイメージを作りだしました。とはいえ、そればかりでは消費者がこんなに離れることはないでしょう」

チーフはゆっくりと窓の外に目をやった。

八分咲きの桜が見える。風が静かに枝を揺らすと、花びらがはらはら散った。

物思いに沈んでいたチーフが、おもむろに口を開いた。

「自然に嘘はありません。風が吹けば、花が散る。葉桜の季節になり、夏がきて、秋、冬と季節はうつろいます。ウイスキーは、麦芽、水、酵母という自然の賜物《たまもの》に、人間の知恵を掛け合わせてできあがります。ひとが関わるのは、蒸留して、その液体を熟成させること。ベースにあるのは、この土地の水や光や風なのです。

ちょっと手を加えたからといって、自然の不思議さを忘れて人知におぼれると、ろくなことはありません。

たしかに……きみの言うとおり。うちの会社は畏《おそ》れを忘れ、大切なことをごまかしてきました……」

驚いた。チーフブレンダーが「ごまかし」と明言したのだ。

いずれ酒席ででも正直に言ってくれると思っていたが……ひょっとしてチーフ自身、ステラのブレンド偽装に関わっていたのだろうか……？

おれは言った。

「黒川さんは、スターライトの最大の問題点は『ウソ』だと見抜いています。ぼくもまったく同感です。

輸入原酒や工業用アルコールを混ぜていたステラ……一度犯してしまった過ちをスターライトは真摯《しんし》に反省している——という姿勢を見せない限り、消費者からの信頼は取り戻せない。歯に衣《きぬ》きせぬ黒川剛だからこそスターライトに直截《ちょくせつ》に質問し提言する——そういう雑誌シリーズにしようとあらためて確認しました。素晴らしいシングルモルト・ウイスキー『伊吹』を生み出す実力を誇りつつも、混ぜ物をして、ごまかしていた事実をちゃんと謝る——そういう正直さが信頼回復につながると思うんです」

國房チーフは深くうなずいた。

「上杉君だからお話ししました。ものごとを本質から見つめる黒川さんも好きですしね。ブレンドと混ぜ物はまったく違います。輸入原酒や工業用アルコールによるブレンド偽装問題は、社内ではアンタッチャブル。触れてはならない話になっています。うちの会社には箝口令《かんこうれい》を敷かれた話題は他《ほか》にもいろいろありますがね。英介専務入り浸りのバー『赤麻呂《あかまろ》』とか……」

めずらしく唇の端を歪めて笑い、続けた。

「ウイスキーと長年付き合ううちに、わかったことが一つあるんです」

「……？」

「それは……ウイスキーは反骨の酒だ、ということです。逆風でも一人で立ち向かう、多数決を好まない酒なんです」

國房さんはポカリスエットをペットボトルから一口飲むと、いつもの恵比寿顔に戻って、ゆっくりと語りだした。

ウイスキーはアイルランドやスコットランドに住んでいたケルトの人たちが造った酒です。ケルト人は明るく、子どもっぽく、センチメンタルで、馬車などを走らせるのが好きなスピード狂。そして酒好き、音楽好き。万物に神様が宿るというアニミズムを信じていました。あいにく文字をもたず、詳しいことは闇に埋もれてしまっていますが、記録することより、記憶することを好んだ人たちなのでしょう。文字をもたなかったということは、「いま、ここにいること」を愛したということじゃないでしょうか。

結局ケルト人は、口が上手で人をたぶらかすのが巧みなアングロサクソンに蹂躙《じゅうりん》され、その恨みを今もずっと抱いています。イングランドに対するアイルランドやスコットランドの関係は、日本《やまと》に対する韓国や沖縄、アイヌの関係に似ています。お酒とスピードと音楽などその時々の享楽に一所懸命に、おさなごころを持って生きた。強力なアングロサクソンにあくまで抵抗した――それがケルト人だと思うのです。

そのケルトの生んだ酒がウイスキーです。彼らはストレートな気持ちでおいしい酒を造ろうとしたに違いありません。どうだ、こんなに美味《うま》いんだぜ。どうだ、こんなに酔っ払えるんだぜ。
と、自分の酒を自慢したことでしょう。もともと売るために酒を造っ
たんじゃない。「いま、このとき」のために飲み、酔うことで平常の精神状態から
ひょいと浮き上がり、神様とコミュニケートしていたのですから。
スコットランドにウイスキーが渡り、やがてウイスキーに税金がかけられるよう
になると、収税吏《しゆうぜいり》の目から逃れるために、自分たちの造ったウイスキーを樽に入
れて谷間に隠すようになりました。そうして時が経って樽を開けてみると、無色透
明だった酒が琥珀色《こはくいろ》の液体になっていた。しかも、おいしくなっていたんですね。
計算しておいしくなったわけじゃない。ウイスキーは「たまたま」熟成したんです。
税金逃れから生まれたところも、反骨精神にあふれています。
ウイスキーは毒にも薬にもなる。人を助けることもあるし、殺すこともある。い
わばナイフのようなもの。その本質に闇を孕《はら》んでいるのです。
ですから、売れすぎてはいけない。いいものを少量しか造ってはいけないのです。

そう言うと、國房チーフは再び窓の方に視線を向けた。

「もし、あの里山の樹々がぜんぶ桜だったら、どうですか。興醒めしませんか。春の風情《ふぜい》がなくなりませんか。

杉があり、檜《ひのき》があり、竹があり、菜の花が咲き、レンゲが咲き、その脇で、桜が花をつける。いろんな花が咲き、それらが交ざり合い、一体となって春の美しさが生まれます」

＊　＊　＊

肝心のブレンド偽装問題について、チーフはどう考えているんだ？

海外の原酒や工業用アルコールを混ぜることもブレンドというのなら、なんだってブレンドになる。どんどん拡大解釈できるじゃないか。

「ブレンドの意味を、うちの会社は都合よく利用してきたんじゃないんですか？　そういうやり方って、ケルトの真っ直ぐな精神を継いでいるといえるんでしょうか？」

単刀直入にたずねた。國房さんがむっとしたって構わない。

「……きみの言うとおりだ」声のトーンがちょっと重くなった。

「ずるをした——ということですね？」

「そう言われても仕方ないでしょう。ブレンドと混ぜ物はまったく違う。ブレンドは最終イメージに向かって一分《いちぶ》の隙もなく『これしかない酒』を目指しますが、混ぜ物は、『ま、いいか』という妥協で生まれます」

「この機会に、はっきりお訊きしたいのですが……チーフは問題のステラのブレンドに関わられたんですか？」

「うむ………」

しばらく沈黙が続いた。窓の外では桜吹雪が舞っている。

「……僕は関わっていない……ごまかしは、したくなかった………そんなことをすれば、気の緩《ゆる》んだウイスキーになる……」

「当時、チーフブレンダーでいらっしゃいましたよね？」

國房チーフは静かにうなずいた。

「しかし……断固として拒みました。事業部の景山《かげやま》君がリーダーシップをとって輸入原酒と工業用アルコールのブレンド・プロジェクトを進めていたのですが、彼からは脅しに近いものも受けました」

「……………」ときおりチックの走る青ザメの顔が浮かんだ。あいつならやりそうだ。

「あれ以来、僕はブレンドの仕事から遠ざけられました」

「じゃあ、誰が中心に？」

「小早川君です。あの頃から実質的なチーフは彼なんです」

「でも、國房さんはこうしてこの部屋にいらっしゃる……」

「まあ……そうなんです。自分で言うのも何ですが……僕は光一社長の覚えがめでたいので、景山君がいくら人事を動かそうとしても、この地位にいるわけです。言うてみれば、星光一も社内ではアンタッチャブルですから」

「ブレンドの責任は小早川さんが……」

「ええ……」

國房チーフは寂しそうな笑みを浮かべ、ポカリスエットに口をつけた。

おれの頭は混乱した。

「シングルモルト『伊吹』は國房さんが造られたんじゃないんですか？」

チーフの瞳がこころなしか光ったように思った。

「……あれは僕が主導してつくりました。光一社長からの指名でした。社長はブレンド偽装問題でうちのモルト全体に不信感が高まっているのを誰よりも憂えていました。スターライトのモルトはまっとうだと世間に認めてもらわねばと、心に期した。

ていた。そしてモルトだけで造る『伊吹』を世に問うことにしました」

そう言って、國房チーフはふたたび穏やかな顔つきに戻った。

おれは確認のためにも、日ごろからずっと疑問に思っていたことをたずねた。

「ハードボイルド・ウイスキー『ハメット』や自然派の『カリブー』、二十一世紀を見すえた『新世紀』など、マーケティング発想のウイスキーは、小早川さんたちのブレンドなんですね」

「……そうです」

「ステンレス樽で熟成させたという新製品、『燦《さん》』も……？」

國房さんは顔をしかめてうなずいた。

22

数時間後、おれたちは湖畔に建つホテルのバー・カウンターにいた。

対岸に連なる比良《ひら》山地の向こうにゆっくりと日が沈んでいく。空は、群青色《ぐんじょういろ》から徐々にうつろい、山際《やまぎわ》は濃いオレンジ色になっている。

薔薇色に染められたちぎれ雲がゆるやかに流れていった。

「春の夕ぐれはいい。冬の間じっと耐えていた生命《いのち》が芽吹く季節。生命あるもの、すべては滅ぶ。そして、また生まれる。アメーバや魚、爬虫類《はちゅうるい》や鳥だった頃から、僕らはずっとそれを繰り返しているのです」

自らつくったシングルモルト伊吹のロックを慈《いつく》しむようにして、國房チーフが言った。

山並みはすっかりシルエットになり、ねぐらに帰る鳥たちが二羽、三羽と鳴き交わしながら渡っていく。夕映えがみずうみを茜《あかね》色に染めていた。

「ウイスキーには夕日が似合ってますね」

とおれが言うと、

「朝日と夕日は、色が同じでもトーンがまったく違います。色は刻々と移っていきます。光を増していくか、闇を増していくか。その調子の違いは大きい。朝日が上るのを見て育つ人と夕日が沈むのを見て育つ人とは、性格がずいぶん違うでしょうね」

チーフはやわらかく微笑んでこたえた。

カウンターから見える湖面には、うす青い靄《もや》が流れている。

チーフの言葉が、すとんと胸に落ちた。

「ウイスキーを飲んで未来を語る人なんて信用できません。『誰がつくる。次の時代』というステラの広告コピーがありましたが、ぼくはあれは違うと思っています。ウイスキーの生命の本質がわかっていない」とおれが言うと、

「ブレンダーのレベルも下がりましたが、宣伝のクオリティーもダメになりましたね」

グラスに口をつけ、國房チーフが溜《た》め息まじりに言った。「最近アーリー・エイジのCMを見ましたよ」

「……」ドキッとして、思わずチーフを見つめ返した。

「あんないいバーボンを、どうしてミルク割りなんかで訴えるのでしょう」

「………」痛いところを突かれた。

「いったいどんな人が担当してるんでしょう。あれではメーカーの押し売りです」

「……すみません……担当はぼく、です……」

國房チーフは、つぶらな目を見張った。

「どうしてまた？」

「『赤麻呂《あかまろ》』のマスターが専務にミルク割りを進言し、専務は湯川部長と沢木さんにプレッシャーをかけました」

「そのとき、きみは？」

詰問《きつもん》する調子でチーフが訊《き》いた。

「もちろん最後まで反対しました。が、結局、会社の方針に押し切られました……」

「まるで僕みたいだ」

ふふ、と笑って、チーフは指で氷をくるくる回した。グラスにあたった氷が、高い硬質な音をたてた。

「宣伝の沢木君や新井田君は事業部とタッグを組んで、ステンレス樽のウイスキーを強力に推し進めました。このときも多勢《たぜい》に無勢《ぶぜい》。僕の意見に賛成してくれるブレンダーは皆無だった……」

苦虫を噛みつぶしたような顔になって、チーフは胸ポケットからゴロワーズを一本取り出すと、カウンターの上でトントンした。

「あんなもので、ほんとにウイスキーが熟成するんですか?」おれが訊くと、

「いや」チーフが首を振った。「できるわけがない」

「じゃ、どうして商品化できるんですか?」

「ステンレス樽やガラス樽での熟成は以前から研究されてきました。しかし、いくら寝かせてもおいしいウイスキーにはならなかった。エグミが強く、アルコールの

角《かど》がとれない。そりゃ、そうだ。オークの樽自体がウイスキーの原料なんだから」

國房チーフは吐き捨てるように言った。

「樽の香りや木に含まれるいろんな成分がウイスキーに溶け込むんですか？」

「もちろんです。光一社長はステンレス・ウイスキーを世の中に出すのは大反対でした。ところが英介専務はこの研究を強力に推し進め、結局、例の輸入原酒が関わってくることになったのです」

「？」

「まさにブレンドの不思議なところなんですが……こういうことをご存知ですか？」

國房チーフはゴロワーズに火を点《つ》け、うまそうに吸った。いがらっぽい香りがたちまちカウンターに広がる。

「まずいウイスキーとおいしいウイスキーをブレンドすると、味はおいしい方に傾くのです。つまりステンレス・ウイスキーに輸入原酒を入れると、飛躍的に味が良くなる。そりゃあそうです。輸入原酒は安物とはいえスコッチですから。皮肉なものです。捨てる神あれば、拾う神あり」

「腐っても鯛。バカとハサミは使いよう」

國房さんは目尻に皺を寄せて笑い、闇に包まれはじめた湖面を眺めた。横顔がちょっとかなしそうに見えた。

「急激な販売増を見込んで輸入した原酒は、ステラが売れなくなったことで、たくさん余ってるはずですよね」とおれは訊いた。

「その原酒を使わぬ手はないと」と國房チーフ。

「そういうことか……」

「輸入原酒は減るし、ステンレス・ウイスキーはおいしくなる。まさに一石二鳥」

「よくも考えついたもんですね」

「『天使のように大胆に、悪魔のように細心に』と言いますが、悪いひとほど緻密に考えるものです。自分の権力や金のために、ウソにウソを重ねる」

「ウソの悪循環だから、どうしてもテクニカルになる」

「自分の満足できるおいしいウイスキーを飲んでもらい、飲んだ人に幸せになってもらいたい――とシンプルに考えないのです」

小細工の人生なんか、おもしろいのか……？

沢木さんの顔が浮かんだ。

世間では頭の良い人だと言われている。が、人としての温《ぬく》もりが決定的に欠落している。

　それって、ほんとに頭が良いのか？　賢いのか？

　京都大学を出て一流企業に入り、花形部署の管理職になってブイブイ言わせ、「おれはできる男だ」と自任しているのだろうが、結局おのれの栄達しか考えていないじゃないか。つまらない自己顕示《けんじ》。それも会社というちっぽけな社会での……。ひとの心に寄り添えなくて、どこが賢いんだ？　「知識はあるが知恵がない」の典型だ。

　青ザメ、新井田、我賀、湯川……こいつらは官僚野郎だが、沢木さんはクリエイティブな顔つきをしているだけ、よけいに始末が悪い。

　國房さんがぼそっと言った。

「しかし、自分のためにやることは、たかがしれています」

「じゃあ、チーフは誰のためにウイスキーを造っているんですか？」おれは訊いた。

「かつて僕は、ウイスキーは自分の作品だと思い上がっていました。でも、そんなせこい気持ちではつまらないものしか生まれない。人から愛されるものが生まれるはずもない。

　うちのウイスキーは、僕が何種類かブレンドのサンプルをつくり光一社長にプレゼンし、その中から社長が最終的に決めていました。ベストと思ったウイスキーでも、光一社長からはダメだしが来る。自信作だと思っていたものの方がかえって落とされました。ちょっとわかりやすいんじゃないかな、と思うようなテイストを社長は選びました」

「ポップさが必要……？」

「そう。シブイだけではダメ。音楽でいえば、メロディが大切なんです。星光一はその肝《きも》がわかっていた。お客さんの顔が見えていた。飲む人あっての酒。聴く人あっての音楽――そういうツボがわかっていた。

でも、『お客様は神様です』という卑屈なへりくだりはしなかった。つくりたいモノとお客さんの望むモノ――二つのベクトルを交わらせてブレンドしたのです。そこが彼の偉いところです」

「自己満足ではいけない、ってことですよね？」

「いえ」首を振った。「自己満足は必要条件です。満足できないものをお客さんに出すのは失礼千万《せんばん》。自己満足を踏まえつつ、お客さんの感覚との交点をさぐるのです。

そう考えると、ウイスキーを作品などと言うのはおこがましい、とわかったんです。だからといって、最初から媚《こ》びるのはダメ。造り手と飲み手のテイストが自然に交わる所をさぐりあてられるかどうか。でも、自分も飲み手の一人ですからね。おのれを遠くから見つめることが大切」

國房チーフはゴロワーズを一服し、美味《うま》そうに煙をくゆらしながら、続けた。

「頭でわかっても体得《たいとく》は難しい。苦労しなければ、コツはわからない。感性に磨きをかける努力を厭《いと》う人は、手っとり早いマーケティング調査や数字に頼る。そういう人はたいてい試験勉強はできるが、薄っぺらな人生しか知らない。他者や未来への想像力をもつと、新しいものが生まれます。しかし、マーケティングには想像力がない。単なる結果論です。無責任な評論家と同じ。新しいものは何も生まれません」

「結局、チーフは誰のために、何のために、ウイスキーを造っているんですか？」

「最初は自分のためだったのが、やがてお客さんに喜んでもらいたくて造るようになった。他人《ひと》のためにつくるからこそ、おいしいものや心をうつ音楽が生まれるんじゃないでしょうか」

「じゃあ、シングルモルトの伊吹は一つの理想形ですか？」

國房チーフは首を横に振った。

「夢は……究極のブレンディッド・ウイスキーです」

「究極のブレンディッド？」

「円い、ウイスキーです」

「まるい……？」意味がよくわからない。

「生まれたばかりのウイスキーはトゲトゲしています。突っ張っていて子どもっぽい。きっと、入社したてのきみもそんな感じだったんじゃないですか」

そう言って、ふっと笑い、ゴロワーズを指にはさみながらグラスを持ち、琥珀色《こはくいろ》の液体を口に含んだ。

「ウイスキーは樽で眠りながら徐々におとなになっていきます。燻《いぶ》された香りのするスモーキーな酒、みずみずしい緑の香りの酒、海藻の香りの酒……モルト・ウイスキーはシンプル。性格がストレートに出る。墨絵のような美しさがあります。

大昔、ウイスキーはモルトだけだったのですが、産業革命で連続式蒸留器が発明されてグレイン・ウイスキーという新しい酒が生まれました。性格はモルトと対照的で、穏やかです。

このモルトとグレインを混ぜ合わせるのをブレンドと言います。はっきりした性格のモルト・ウイスキーに穏やかな性格のグレイン・ウイスキーをブレンドすると、酒の器量がぐっと大きくなります。楽器の編成が増えて、室内楽が交響楽に変わるような違いがあります。複雑で包容力のある酒、スケール感のある酒に変化するんです。ボルドーワインの世界では結婚《マリアージュ》といいます」

「………」

サッサもおれも激しい性格だ。それってブレンドとしてどうなんだ？　どっちがモルトで、どっちがグレインなんだ？　沢木さんとおれとの関係のようにお互い突っ張りあうと、たいへんなことになる……。

「円いといっても、ブレンド前からバランスが良さそうなモルトはダメ。若い頃から訳知り顔になっている人間みたいです。いかにも良い子ちゃんに振る舞っているだけ、ろくなものにならん」

チーフが吐き捨てるように言った。もの慣れたモルトとは、周りの空気をきょろきょろ読んでいる我賀《わが》みたいなものか。

「最初はトゲトゲして反抗的なくらいの方がいい。優等生モルトよりずっと面白い酒になる。突っ張っているからリアルな現実とぶつかる。そうして酒の胆力《たんりょく》が鍛えられ、やがて熟成が進んだとき、バランスのとれた大人の酒になるのです」

ブレンディッド・ウイスキーが誕生してから、スコッチは人気が出たという。

それ以前のモルト・ウイスキーは単なるスコットランドの地酒に過ぎなかった

が、ブレンディッドは奥行きがあって飲みやすく、大衆的な人気を呼んだ。造り手と飲み手のテイストが交わったのだ。

「僕は、ブレンディッドではまだ満足できる商品を造っていません。定年までに造りたかった……。光一社長が健在ならばその夢も叶ったのですが、今の体制では難しい……」

國房チーフはグラスを置いて、遠い目をした。

＊　＊　＊

伊吹にやってくる前に、気になることを小耳にはさんだ。

洋酒事業部と宣伝部が中心となって、ステンレス・ウイスキー『燦《さん》』をWWC(ワールド・ウイスキー・コンペティション)という酒の競技会に出すという。どうも新井田《にいだ》がそのアイディアを青ザメと沢木さんに提案したらしい。

そもそもWWCというのがよくわからないのだが……コンペなんかに出展する意味ってあるのか？　新井田が動いていること自体、きな臭い。

おれはこのことを直接チーフに訊いてみたかった。

「ああ、WWCね……」

國房チーフは眉を寄せた。

「偉そうな名前ですが、いったい何なんですか？」

「ロンドンの出版社が主催しているイベントですよ」

「どうして出版社が？」

「ウイスキーの専門誌を出してるんです。メーカーがコンペに出展すると1ブランドごとに、その会社から参加費用をもらっているのです。お金をくれたら審査してあげますよというスタンスです。いわば広告費の一種でしょう。スターライトや北《ほく》雪《せっ》にも売り込みに来ているという話は以前から聞いていましたよ。日本人は箔《はく》づけに弱いですから」

チーフの言うとおりだ。子どもの頃、バターココナツが食品コンペで受賞して、ラベルにメダル・マークが付いていた。おれたちはそれを誇りに思って、美味《うま》いうまいと言って食べた。

ウイスキーもコンテストでメダルを貰えば、この国の人たちは雪崩をうってなびくだろう。つまんない店でも雑誌に載っただけで、長蛇の列ができるのだ……。

「最高金賞は別として、出展してきたブランドのうちの八割が金、銀、銅のいずれかに入賞するらしい。ま、ほとんどの製品がメダルを貰えるわけです」

國房チーフはそう言って鼻で笑い、

「真っ当なスコッチ・メーカーはまず出展しません」一刀両断に切り捨てた。

「……？」

「スコットランドのブレンダーは『どこのモルトが二番目に美味いか、教えてやろう』と笑いながらよく言いますよ。蒸留所はそれぞれ『うちが一番』と思って、たじろぎもしないからです。わけのわからない人に審査してもらう必要性などないのです」

「自信のないメーカーがコンペに出展する……」

「そういうことです」

國房チーフはグラスを取りあげ、ぐびりと飲んだ。「ステンレス・ウイスキーのいかがわしさがまぎれる。うちの広報宣伝はそういう目くらましが、じつにうまい」

チーフは皮肉っぽい笑みを浮かべて言った。

「……」

当たっているだけに、耳が痛い。スターライトは金《かね》の力でマスコミを抑え、自分たちに不利なことは「無きもの」にしてきた。その手口を巧みに学び取ったのが沢木さんや新井田だ。

「で、他の製品は出展しないのですか？」とチーフが訊いてきた。

「シングルモルト伊吹とステラも出すそうです」

「伊吹は当然として、ステラも……？」

「夢よ、もう一度、じゃないんですか」

「どうせ、また金を積むんだな」

苦々しい顔をして、國房チーフはウイスキーを飲み干し、

「紛《まが》い物をよくもコンペに出すものだ。いちおう国際舞台なのだ。かえってスターライトのイメージが墜《お》ちるのがどうしてわからん……」

ため息をついて、頭を左右に振った。

23

漢方治療をはじめたサッサの腕や足は指先までパンパンにむくみ、歩くときは、水中歩行のようにゆっくりと大股《おおまた》でしか歩けなくなった。

頭皮は亀の甲羅のように裂け、臭《くさ》いリンパ液がじゅくじゅくと滲《し》みだしてきた。耳や首のうしろ、顔全体から、リンパ液がこれでもかというくらい出てくる。おかげで髪の毛はつねにじっとりしていた。

むくんだ腕や足の表面は湿疹《しっしん》状態になり、掻かずにはいられない。そして、掻いてしまうと、またしてもリンパ液が滲みだしてきた。

来る日も来る日も戦いだった。

サッサは歯を食いしばり、腹に力を入れ、アイスノンを十個抱え、椅子の上で固まって耐えた。が、強烈なかゆみには抗しきれず、つい掻きむしる。掻きむしっては、襲い来る地獄のような痛みに耐えながら、シャワーで患部を洗い流した。

その後、あの鼻の曲がりそうな臭《にお》いの薬を塗る。気の遠くなるような痛みは、薬なしでは和《やわ》らげることができないのだ。

ねっとりした塗り薬は、身体から滲みだしたリンパ液と一緒になって、衣類やタオルはもちろん、シーツや布団カバーも重く湿らせた。サッサの歩くところ、触れるところ、すべてがべたべたになった。

やがて胸一面を水疱《すいほう》が覆った。感染症だった。

水疱は熱をもち、その間を縫うように、肌に裂け目ができた。掻くとゴリゴリ音がして水ぶくれが潰《つぶ》れ、リンパ液が飛び出した。乾くと、飴のようになって皮膚にへばりつく。手や足にも、ひび割れた大地のように亀甲《きっこう》が走り、痛さとかゆさは筆舌に尽くしがたいものになった。

サッサがいちばん怖れたのは、ベッドに入るときだった。因幡《いなば》の白うさぎのように、ずる剝《む》けになったからだが寝具と触れあって痛い。かゆい。どうしても掻きむしる。それを防ぐために綿の手袋をはめたが、かゆみに負けて、手袋の上からゴシゴシ掻く。掻けば掻くほどかゆみは広がり、そのうち、腕といわず足といわず、みんな一気に引っ掻いてしまう。

眠れない朝を迎え、掛け布団をどけて空気に触れた瞬間、失神しそうな痛みが全身を襲う。薬とリンパ液で変色してずるずるになった手袋を、恐る恐る取る。両手ははち切れんばかりにむくみ、まるで豚ヒレの生肉のようだった。

「宙に浮くか、氷のベッドで寝られたらいいのに……」

虚ろな目をして、サッサはつぶやいた。

三カ月をどうにか切り抜けるうちに、サッサの皮膚はある程度まで恢復《かいふく》したかに見えた。しかし階段の踊り場状態が続き、それ以上の進展は見られなかった。

おれたちは相変わらず、塗り薬の悪臭とねばねばの中で暮らしていた。悲しいことだが、徐々にそれに慣れてきてもいた……。

漢方医の話では、去年のうちには再びバリ島に行けるくらい恢復しているはずだったのに、そんなのは夢のまた夢。年末年始の休みに実家にさえ帰れず、大晦日《おおみそか》の夜、人目を避け車を駆《か》って首都高速をぐるぐる回った。

「東京タワー、キラキラして、きれいやねえ……」

夜空にそびえ立つ光の塔を仰いで、助手席で弱々しくつぶやくサッサが、愛おしかった。

おれたち二人にはそれくらいが、せめてもの慰めだった。

サッサは見た目が派手なので、洞察力のない人からはキャピキャピした女と思われがちだ。けれど、じつはとても辛抱強かった。結婚前には怒った顔など見せたこともなかった。

そんなサッサが治療を始めてからずっといらいらしている。二十四時間休むことのないかゆみと痛みは、東京タワーの蠟人形館・拷問コーナーにある「休憩のない部屋」みたい――と言う。

おれはおれで、沢木・新井田体制の下、完璧に主導権を奪われ、家でも始終カリカリしていた。アトピーの治りは遅いし、会社での居場所もなくなっていく……。

おれたちはささいなことで喧嘩をしては、汚い言葉で互いを傷つけ合った。

「おまえの病気のせいで、毎日、息がつまりそうだ。ええ加減、はよ治ったたれや！」

二日酔いの朝、思わずおれは怒声を発した。サッサの心の傷口をえぐるひどい言葉とわかっていても、感情のコントロールがきかなかった……。

「私だってなにも好きこのんで、アトピーになったんとちゃうっ！」

炎症で猿のように赤くなった顔で、ただれた腕や胸をぼりぼり掻きながら、サッサも言い返した。互いにテーブルを叩いて大声でわめいた。罵倒し合い、床に雑誌や新聞を投げては激しい音をたてた。

そうして傷つけ合った果てに、まるで愛のあとのように力が抜け、おれたちは抱き合って、泣いた。お互い愛し合っているのに、どうしてこんなことになるんだ。なんでこんな目に遭《あ》わなくちゃならない……。

病気のネガティブな力は、計り知れないほど猛々《たけだけ》しかった。子どもの頃からステロイドでボロボロにされた皮膚をもう一度取り戻していく道のりは、途方もなく遠かった……。

世の中にはアトピー漂流者といわれる人がたくさんいる。

あちらの病院、こちらの医者とたらい回しにされ、そのつど強い薬を塗らされ飲まされ、どんどんからだがボロボロになっていく。薬の量もますます増えていく。サッサもステロイドの底なし沼に引きずり込まれるところだった。その危険に気づいて、すんでのところで引き返し、漢方治療に切り替えた。しかし、このまま続けていても、これ以上の進捗《しんちょく》は望めそうにない。

藁《わら》にもすがりたい気持ちだったが、ステロイドだけはこりごりだ。金輪際《こんりんざい》ごめんだ。だからこその漢方だったが、あるとき、「漢方だって同《おんな》じ薬やん……」とサッサは気づいた。

ステロイドは麻薬だ。止《や》めるのに、ものすごく勇気とエネルギーが要《い》る。おれたちは怖いもの知らずだったから、スパッとステロイドを止めることができたのだ。しかし、漢方を使っていても、薬を手放せない——薬に頼っているかぎりは同じことなんだ……。

漢方治療についてあれこれ考えているとき、サッサはたまたま雑誌の記事で自宅温泉治療というのを知った。

一読して閃《ひらめ》くものがあり、「意見、聞かせくれる?」とおれに雑誌を手渡した。

さっそく読んだ。

簡単にいえば——自宅のバスタブに温泉水をいれ、いつでも入れる状態にし、一日に数度入浴して、汗をかいて毒を出していく――という治療だ。

これまでの過酷な日々の一齣《ひとこま》一齣が、次々と脳裏をかすめていった。風呂に入ってアトピーが治るなんて、なんだか楽そうじゃないか……。

直感的に、これはいい、と思った。サッサもインスピレーションが湧いたようだった。

おれたちは時をうつさず、箱根近くにある温泉治療センターに電話をし、訪問することになった。

＊　＊　＊

会ったのは、三十代前半くらいの、おれよりも若いカウンセラー。

彼自身がかつてひどいアトピーだった。箱根の温泉に入り続けて快方に向かったことから、自宅温泉治療でこの病気に苦しむ人を救いたいと思ったそうだ。とうぜんステロイドを長年使わされていたという。

まず、彼は言った。

「温泉治療はアトピー性皮膚炎との闘いというより、むしろ、ステロイドによって破壊された内臓や自律神経の働きを元に戻す再生のプロセスなんです」

ステロイド剤というのは副腎皮質《ふくじんひしつ》ホルモン剤というらしい。

で、副腎皮質とは何かというと——炎症やストレスを抑えたり、免疫反応に関わるホルモンで、人がふつうに持っているそうだ。だが、ステロイドを使うと、人が自然に働かせていたホルモンが分泌できなくなってしまうらしい。

もともとアトピー患者は、副腎皮質ホルモンを上手に分泌することができない。

そんなところに、ステロイドがにこにこやって来て、

「じゃあ、疲れたあなたに代わってわたしが仕事をしてあげましょう」と手をさしのべる。

そうして、ステロイドで皮膚はますます黒ずみ、こわばっていく……。

これではいけない。破壊された皮膚を何とかしようと、患者はより以上にステロイドを塗る——悪循環が繰り返され、自らのからだ＝母屋《おもや》は取られ、やがて薬の支配下に置かれてしまうのだ。

話を聞いていると、何だかステロイドが広告代理店みたいに思えてきた。

宣伝の仕事を任せているうちに、企業が培《つちか》ったノウハウがどんどん吸いとられ、やがて言うがままに広告を打たざるを得なくなる。たましいを抜かれたクライ

アントの話はいたるところで聞く。

副腎皮質ホルモンがうまく働かないのは、自律神経に問題があるようなのだ。自律神経とは、自分の意思とは関係なしに働く神経系のこと。汗をかいたり、内臓を動かしたり、身体を自動的に調整してくれるもので、二種類あるという。ひとつは交感神経。心臓の動きを速めたり、汗をかいたり……という興奮系。もうひとつは副交感神経で、身体を落ち着かせるときに働く。いわば交感神経は「動」、副交感神経は「静」。

アトピーの人はこの二つの神経のバランスがよくないらしい。交感神経が優位になっていて、身体は慢性的に緊張状態にある。

で、そのバランスを取り戻すために、温泉に入って汗を流し、心をゆったり落ち着かせる。そうして自然治癒力《しぜんちゆりょく》を高めていくのだという。

二つが手を携《たずさ》えて働き、バランスがとれる――まさに國房チーフが話してくれたブレンドの妙だ。

しかも、温泉は水。ウイスキーも水が大切だ。

サッサにとって、きっと、温泉は「生命《いのち》の水」なのだ。

このやり方でアトピー治療をやっていこう。きっと出合うべくして出合った治療法だ。

おれたちは深くうなずき合った。


ちょうど伊吹蒸留所から東京に戻ってきた頃、治療センターからビニール容器に詰められた温泉水が送られてきた。1個20リットルで計8個。

さっそくバスタブにどぼどぼと温泉水をいれ、24時間いつでも風呂に入れるようにした。

160リットルの温泉水を毎朝毎晩入れ替えていても、サッサが一度入ると、バスタブの中は米のとぎ汁のように白くどろどろに濁った。

枝豆が腐ったような臭いもする。滲《し》みだしてきたリンパ液のせいだ。サッサのからだ奥深くに溜まった毒物がじわじわと出てきているのだ。

再び、地獄のようなリバウンドの日々が始まった。やはり漢方薬を使っている限り、ステロイドはまだ十分抜けていなかったのだ。

見ると、サッサの顔から首にかけて、皮膚が異常に突っ張っている。

「まるで頭の天辺《てっぺん》から厚くて硬いゴム手袋かぶせられて、思いっきり下に引っ張られてるみたいやわ。ほら、目ぇの横、ピーッて切れてるでしょ。これぞ、ほんまの切れ長の目ぇや」

赤黒い顔を引きつらせてサッサが笑う。

白濁した風呂に毎日十回入り、一カ月もすると、少し状態が落ち着いてきた。脚のむくみもだいぶとれて、歩くスピードもどうにかふつうの人の速さに戻ってきた。身体を動かしても、皮膚の突っ張る感覚は少なくなってきたのだという。温泉の効果が徐々に出つつあった……。

＊　＊　＊

連休明け。五月半ばには、やっと仕事に神経を集中できるようになった。

おれは國房チーフから聞いた話を、早く世の中に出したくて、うずうずしていた。

黒川剛が雑誌に書くと、社内外にはたいへんな衝撃が走るにちがいない。スターライトがひたすら隠蔽《いんぺい》してきた事実が白日《はくじつ》のもとにさらされるのだ。

黒川はおれのテープ起こしをもとに、〆切りの迫る脚本執筆の合間を縫って、徹夜で週刊春潮の原稿を書きあげてくれた。

こんなことを書いていいのかとおれも木下さんも驚くほどの内容だった。編集部の書いたスターライト批判記事ならばまだしも、おれたちがやっているのは、れっきとした広告だ。

この企画のキモは、自社に都合の悪いことをちゃんと書いてもらうことだった。

だからこそ、誰にもおもねらない黒川剛に白羽《しらは》の矢を立てたのだ。黒川は期待以上の文章を書いてくれた。

こんな自社批判の文章が掲載されるなんて完璧に広告の掟《おきて》破りだ。

ブレンド偽装が世間にばれると、スターライトは強力な社会的バッシングを受けるだろう。製品不買運動だって起こるかもしれない。

おれと木下さん、國房チーフは会社員としての常識を疑われ、社内で「裏切り者」と言われ、猛反発をくらうだろう。

しかし、自らを客観的に見つめることは、うちの会社にとって、いや、内向きな日本の組織にとって一番大切なことじゃないのか。ネガティブな事実をはっきり認めない限り、誠意ある会社として消費者からほんとうの信頼を得ることはできない。

広告界のリーディングカンパニーであるスターライトが、リベラルなコミュニケーションで村社会を打ち破れば、きっと他の企業も追随してくるだろう。必ずや新しい宣伝手法になっていくと、おれたちは信じていた。

掲載日は七月あたま。出版社への入稿は五月末。最初の校正が出るのは、六月はじめ。

そのあと、新井田や沢木さん、湯川部長が原稿をチェックする部内回覧が待っている。何としてでも、この超難関のハードルを超えねばならない……。

24

「こんな原稿が通ると思ってるのか？」

沢木さんは肘掛け椅子に身体をあずけたまま、いま回覧中の校正紙をデスクの脇に放った。口をあんぐりと開けている。

横では新井田が猫背になって立ち、自分の頭を指さして、

「上杉さん。ここ、大丈夫でっか？」

冷ややかで下卑《げび》た笑いを浮かべて訊いた。

「ああ、何の問題もない。今日の空みたいに晴れ渡っている」

おれは淡々とこたえた。

「いくら黒川剛といっても、これは広告なんだ。わかるよなあ？」

子どもを諭《さと》すような口調で沢木さんが言葉を継いだ。肩のあたりが、やれやれ、

と言っている。

「もちろん。わかっています」

「なら、どうしてこういうものが上がってくるんだ？」

沢木さんは顎を上げ、ひときわその声が大きくなった。

周りの動きが止まった。視線が次長席を囲むおれたちに集まった。陰でおれの足を引っ張ろうとした塩見や河野はひそひそ耳打ちしている。

電話にかかっていた木下さんが席を立ってこちらにやって来た。その木下さんを無視して、沢木さんが続ける。

「お前に宣伝の仕事を教えたのは誰か、わかってるよな？」

「ええ」おれの感情はまったく動かなかった。

「俺はこんなやり方はしない」

「そうですか。いつもけっこう強引でしたけど。でも、あなたの良いところはいただきました」

あなた、と言ってしまった……。しかし……もう、いい。矢は放たれたのだ。

沢木さんは一瞬鼻白み、喉にからんだ痰を飲み込んだ。

「とにかく俺と新井田の段階で、これはボツだ」

まるで汚いものを見るように校正紙に目を向けた。

木下さんが顔を強張《こわば》らせて、口をはさんだ。

「次長。待ってください。國房チーフは真実を語ってくれたんです。なぜならチーフはスターライトを深く愛しているからです。会社を愛するがゆえに、うちの犯した間違いをあえてストレートに語ってくれたんです」

すかさず、新井田が横槍《よこやり》を入れた。

「ほんでも、会社員として、言うてええことと悪いことがおますやろ」

眼鏡の奥の濁った目がにやついている。沢木さんは目蓋《まぶた》を閉じて、二三度うなずいた。

木下さんが気色《けしき》ばんだ。

「そうやって臭い物に蓋をして調子のいいことを言ってきたから、うちはいつまで経ってもお客さんに信用されないんだ」

新井田は首を左右に振ってわざとらしい溜め息をついた。

「ほんま、頭いかれてんのとちゃうか？　あんたらのやろうとしてるんはサッカーで言うたらオウンゴールや。なんでわざわざステラに安物スコッチや原料用アルコールをブレンドしてたなんて、うちらが言わなあかんねや？

周りからうるさいこと言われても『そんなん噂や』言うとけば、よろしいやん。ひとの噂も七十五日。ブレンドのちょろまかしなんか、そのうちみ〜んな忘れてくれはるわ。日本には『水に流す』いうええ言葉がありまんねや。そやから原爆のことも忘れて原発に力を入れることができる。戦争に負けても、みんなアメリカ大好きや。要は、売れたら勝ちや。いまはウイスキー売れてへんから、うちの社員は自信をなくしてる。そんな状況で、『じつは悪いことしてましてん』て反省してるような顔しても、社員のモラール上がる思いますかぁ？　それ、単なる偽善ですわ」

新井田はちょっと上気して得意満面だ。

沢木さんがおれと木下さんを交互に見て、「きみらは情報の扱いがまるでわかっとらん」苦虫を嚙みつぶしたような顔で続けた。

「売れていないときにネガティブ情報を自ら出してどうする？　焦らなくてもいい。人生は雨の日ばかりじゃない。そのうちウイスキーはまた売れる。そして自信も戻り、混ぜ物ブレンド問題なんか、そんな小さなことはどうでもよくなる」

人生は雨の日ばかりじゃない？　この哲学者っぽい語り口におれは騙《だま》されてきたんだ……。

「どうでもよくないですよ」おれはデスクに身を乗り出した。「それじゃあ、企業としてあまりに心がないでしょう」

「こころ？」目を剝《む》いた。

「そう。こころ、です」

「なんだ、その青くさい物言いは。企業は利潤だ。儲けてナンボだ」鼻で笑った。

「そんなことはわかっています。問題はそこからです」

「そこから？」

「沢木さん。宣伝の仕事をもう一度ちゃんと根っこから考えてください」

おれの言葉に沢木さんはむっとして鋭い視線を投げ返した。お前なんかに言われんでもわかっとる。顔にそう書いてある。

かまわず、おれは続けた。

「ぼくらはひとのこころに向かって宣伝してるんじゃないんですか？　ひとりひとりのお客さんに会社の思いを届けようとしている。会社だって法人というくらいだ。『ひと』でしょう。ウイスキーの景気が悪いとか言うけれど、景気の『気』は気分だ。ひとの微妙なこころが景気を左右する。

一方的なベクトルで金儲けは成立しませんよ。メーカーと消費者、売り手と買い手が相思相愛にならなければ商売は成り立たない。

会社も生きものでしょう。根本には厳然と『こころ』があるはずです。

ぼくと木下さんは、あなたにわかりやすい喩えで言えば——会社の精神的OSをしっかり建て直そう——と言っている。こころの基本システムを問題にしてる。世間もうすうすスターライトの狡《ずる》さに気づいている。うちはシビアに見られている。多くのひとは言葉以前に、からだでわかっている。だって、ぼくはステラを飲めば、いつも頭が痛くなる。これが明白な答えでしょう」

「そら、単に、上杉さんの飲み過ぎや」

新井田がせせら笑いながら茶々を入れた。

「ほかの酒でも飲み過ぎてるけどね。ひどい二日酔いにはならないなあ」

新井田の目を睨みすえて言い返してやった。

満面朱をそそいだ木下さんがデスクをどんと叩いた。飲みかけの紅茶がこぼれ、沢木さんが思わず舌打ちした。

「言ってることとやってることがバラバラじゃねえか。『生命《いのち》の基本は水』だの、『スターライトは生活文化企業』だのエラソーに御託《ごたく》を並べてるくせに、嘘つきウイスキーを造ってる。そんな会社が、生活文化企業なんて言うのはおこがましいと思わんのか？　しかも大量の広告費でマスコミを酔わせて、不都合な真実は漏れないようになっている。どこかの政治屋がやりそうな手口だろうが。あんたらは、お客さんにウソをついていて申し訳なかったとは思わんのか？」

木下さんがドスを利かせた。

「ぜーんぜん。べつに毒を入れてたわけやない」新井田はいけしゃあしゃあとこたえた。

「お前にはリアリティーがない。いつも後ろで指図してるだけだ。キャンペーンの度重なる敗戦責任もとらずにな」木下さんが応酬した。

「うちが原料用アルコールを入れたのとマンズワインが甘みを増すためにジエチレングリコールを入れたのとはわけが違いまっせ」

「同じようなもんだ。恥を知れ。恥を！」

木下さんは新井田の胸ぐらを摑《つか》みかからんばかりに声を張り上げた。

鬱陶《うっとう》しそうな顔で、沢木さんが腕時計を見ながら立ち上がって、

「きみら、誰が決定権を握っているか、わかってるな？」

おれと木下さんに向かってぎろりと目を光らせた。

「……」

「……」

「黒川に原稿を全面的に書きかえてもらえ」沢木さんが畳みかけた。

「えっ?」木下さんが息をのんだ。

「全面的というのは難しいです。黒川剛はああいう性格ですから」

おれは冷静にこたえた。

「この原稿の四分の三は原酒輸入とアルコール添加の問題に費やしている。直すなら、ほぼ全面改稿じゃないか」

突っ放すように沢木さんが言う。

「………」

「………」

「無理なら、原稿は差し替えだ。いいな?」

沢木さんがネクタイを締め直しながら立ち上がり、有無を言わせぬ強い調子で言う。横で新井田が相づちをうつ。

「しかし……」木下さんが口ごもった。

「しかし? しかし、なんだ?」上着に腕を通しながら言う。

「6ページの差し替え原稿なんてありません」

「探せ」

「そんなマルチ広告はありません」木下さんが重ねて言う。

「だったら、見開き2ページのクリエイティブを三つ続けて出せばええやないですか。頭使《つこ》たら、どないやねん」新井田が割り込んだ。

背筋を伸ばしてフロアーを歩きはじめた沢木さんが、ふっと振り返る。

「いや。そのときは春潮社《しゅんちょう》に台割《だいわ》りを変えてもらえ。そうすれば、うちの広告が続けて出るという無様《ぶざま》なことにはならん」

言い捨てて、扉を開いて外に向かった。

＊　＊　＊

ガラス張りの喫茶店からは、雨脚《あまあし》で白く煙る国道246が見える。うだるような暑さでにわかに積乱雲が湧き上がり、強風が吹き、大粒の雨が降っていた。

木下さんはタナ・トラジャの入ったコーヒー・カップを前に頭を抱えていた。灰皿に置かれたクレテックからはクローブの香りが立ち上っている。

「あの原稿がすんなり通るわけがないよ。そんなの、百戦錬磨の黒川剛はわかってるはずさ……」おれはダブル・エスプレッソを口に運びながら言った。

腕時計を見た。午後二時。まだ黒川は寝ているはずだ。いま起こすわけにはいかない。

眉間に皺を寄せて、木下さんが訊いた。

「お前が、電話するか？」


ない。

「書き直してもらうのか？」木下さんがふたたび心配そうな声音《こわね》で訊く。

「ああ。このあと報告する」

おれは首を振った。

「一字一句にこだわって原稿を書く黒川剛に改稿なんてあり得ない。それに、黒川剛、國房《くにふさ》さんとおれたちは確信犯チームだ。國房さんの話を何も足さず何も引かずに世の中に出さなくちゃいけない。そうしないと裏切り者になってしまう」

「そりゃそうだ。みんな、腹をくくってる」

「とにかくいまの状況を報告しないと」

沢木さんにはもう少し話せる余地があるかと思っていたが、おれの考えが甘かった。冷たい眼差しを思い出し、怒りの青い炎が燃えてきた。

「改稿は絶対にしない。差し替えなんて論外だ」

あらためておれは力強く宣言した。

「校了《こうりょう》までもう時間がない。何か勝算はあるのか？」木下さんが身を乗り出した。

「うーむ……」

腕組みしてはみたものの、はっきり言って、何も考えてはいない。おれの頭の中は小細工できる構造になっていないのだ。

どうすりゃいい……？

大きなガラス窓の向こうは嵐のようだ。どうせ吹き降りならこれぐらい大げさな方がいい。気持ちがスカッとする。

時ならぬスコールに店内の熱帯観葉植物もほっと一息ついているようだ。熱くなった頭をクールダウンしよう。店の人に言って、コニャックをエスプレッソに少し入れてもらった。

舗道を叩きつける雨の音を聞きながら、しばらく空を眺めていた。

雲の底はすぐそこにあった。流れは速い。西から東へ、墨のような色をした雲がどんどん流れていく。見ていると、ところどころが灰色に薄くなっていて、雲が動くにつれて、その部分が徐々に増えていく。

人生、雨の日ばかりじゃない、か……。

状況はつねに動いている。こころを鏡のようにすればいい。ただ空を映しだせばいい――営業マンだった頃、黒岩商店の社長に教えてもらった言葉だ。こころを無にせよ。そうすれば、自《おの》ずから進むべき方向がわかる、と。

「……！　ほら、むかし広島支店時代に学んだことがあったじゃない？」

「『誰が強いか、よく考えろ』か？」

クレテックをふかしながら木下さんが渋い顔で言う。

「そう」おれはうなずき、「うちは同族会社だ。派閥なんてない。ご一統《いっとう》はんから愛されるかどうか。そこに出世がかかっている。戦国時代の武将に仕えてるようなもんだ」

「だから？　イルカビールの光太郎さん時代と違って、いまはトップとダイレクトな関係はないぜ」

「黒川剛だよ」

「？」

「動いてもらうんだよ、彼に」

「黒川はヒゲと親しいのか？」ヒゲとはおれたちがつけた英介専務のニックネームだ。

「ああ。ヒゲがまだガキの頃から、黒川剛は家に出入りしてる。親父の星英二副社長は文化人好きだし、ゴルフ仲間だ。黒川に頼み込んで、ヒゲに電話を入れてもらう」

「トップダウンか。ヒゲさえオーケーなら、沢木・新井田なんか、ぐうの音も出ねえな」

木下さんがクレテックをくゆらす。バチバチッと紙の焼ける音がした。

「ヒゲは孤独だ。猜疑心も強い。だから周りを少数の御伽衆《おとぎしゅう》で固めている。豪放《ごうほう》磊落《らいらく》そうに見えるが、もともと一人っ子のぼんぼんだ。どこか気弱なところがある。強いベクトルをもった奴に弱い」

「たとえば赤麻呂《あかまろ》のマスターか」木下さんが声を低めて言う。

おれはうなずいた。

「そういえば……」木下さんが何かを思い出したようだった。「業界誌の記者から聞いた話だが、ヒゲは慶應高校時代けっこうワルに憧れていたそうだ。カツアゲ、万引き、シンナー、ドラッグ……みんな同級生の赤麻呂が手引きしたらしい。大学でロスに留学したときに女を調達したのも赤麻呂だ」

「いまも人事で迷ったら、赤麻呂に相談する」

「一流企業の専務ともあろう者が、よくもあんなつまらん男に」

「弱いんだよ、芯が」

おれはスプーンでカップの中をかき混ぜた。

「しかし、黒川剛はそういう身内《みうち》に入るのか？」

「うーむ。ぎりぎりのところだ……黒川は赤麻呂のスナックにときどき行ってるみたいだし。なんとかヒゲの懐《ふところ》には入っていると思う」

「だったら、いいんだが……」

珍しく弱気なため息をついて、木下さんはクレテックを灰皿で揉み消した。

＊　＊　＊

寝起きの黒川剛は、不機嫌な声で電話に出た。

手短《てみじか》に現状を説明すると、黙って聞いていたが、

「今回の原稿はシリーズで一番肝腎《かんじん》な部分だ。当初から、きみもそう言っていたよな。だからクソ忙しいなか、徹夜で原稿を書いたんだ。書き直すなんてもってのほかだ」

受話器の向こうで、大声でまくしたてた。

「もちろん、わかっています」

「なら、なぜ電話してくる？　どうしてもっと社内で抵抗しない？」

「抵抗しても、大事なところは削られるでしょう」

「いいか？　きみが担当なんだ――ということは、きみが会社の代表だ。俺にとっちゃ、英二でも英介でもなく、きみがスターライトなんだ。最も責任があり、最も言いたいことが言える。それが担当だ。俺と関わったのなら、最後までちゃんと責任もって仕事しろ」

いきり立って早口で言う。網走での掴みあいが脳裏に浮かんだ。

「ぼくは黒川さんに書き直してほしいなんて、これっぽっちも言ってませんよ」

「……？」

「校了まで時間がありません。宣伝次長の沢木は、黒川さんの一字一句にこだわる性格を読んで、原稿差し替えも示唆《しさ》しています。ですが、当然、ぼくにも木下にもそんな選択肢は存在しません」

「そりゃ、そうだ。俺たちは同志だ。スターライト解放民族戦線だ」

「そこで……お願いがあります」

「なんだ」

「黒川さんから英介専務に電話を一本入れてほしいのです」

「担当者では埒《らち》があかん、というわけか？」

「恥ずかしながら、そうです。ぼくらの力ではどうしてもこの状況を動かせません」

おれは真摯《しんし》に頭をさげた。

黒川剛は脚本家になる前はテレビ局で働いていた。サラリーマンの酸《す》いも甘いも知り抜いている。ディレクター時代、上司やスポンサーから不当な圧力を加えられたこともたびたびだったとグラス片手に語ってくれたこともあった。

表現にかかわる職人サラリーマンのノウハウは、誰よりもよくわかっているはずだ。おれの気持ちを今いちばん理解してくれるのは、この人だ。

ちょっと沈黙があった後、黒川が口を開いた。

「わかった。英介に電話してやろう。ガキの頃のオネショ癖まで知ってる俺の説得には、聞く耳をもってるはずだ」

25

國房チーフにも連絡をとった。

「上杉君と木下君にすべてお任せします。ぼくの話が掲載されなければ、それはそれで結構です。会社としては真実を語りたくはない。それは組織の本音でしょう。物事はなるようにしかなりません」

電話口の向こうでチーフはおっとりと話した。

「すみません……これから事態がどう動くかよくわからないんです」

そうこたえたが、正直言って、ちょっとほっとした。チーフの口ぶりでは、おれたちに過大な期待を抱いていないようだ。変なプレッシャーを感じず、自由に作戦を考えられる。

チーフは続けた。

「ぼくはこの八月に定年です。サラリーマンとしてやりたいことをやってこられました。何の悔いもありません。流れのままに生きてきただけです。ただ……一つだけ、気になるのはステンレス・ウイスキーのことです」

恬淡《てんたん》としたチーフだが、あれについては最後まで思うところがあるのか……。

「ウイスキー・コンペに出展したら、ステンレス樽で熟成させたウイスキーでも、たぶん何らかのメダルを受賞するんでしょう?」とおれは訊いた。

「それが問題なのです。あんなウイスキーが世間に認知されてしまう」

「スコットランドでは歯牙《しが》にも掛けられないと仰っていましたよね？」

「ええ。向こうではそうです。ただ、日本では、メダルを獲ったら最後、あたかも画期的な出来事のように喧伝《けんでん》されるでしょう。うちのお得意の広報戦略ですね。それだけのお金を投下するでしょうから……」

皮肉っぽい調子で國房チーフが言った。

「出展の〆切りはいつなんですか？」

「三日後です」

「しあさって……」

「検品したものに、最後は名誉チーフブレンダーであるぼくが書類にハンコを押し、それを国際宅配便に載せるのです」

「チーフが最終的にゴーサインを出す、ということですか？」

「そうです。だから気が重い……。形式上とはいえ、ぼくの責任のもとに出展するわけですから……」

「じゃあ、ステンレス・ウイスキーの出展なんて止《や》めちゃえばいい」

思わず口走ってしまった。気づいたときには遅かった。言葉が出たあとに、「あ」と思った。日頃の鬱積していた思いが、堰《せき》を切ってあふれ出たのか……。

「いま、何て言いました？」と國房チーフ。「……ステンレス・ウイスキーの出展は止めましょう」

「………………」

しばし、沈黙があった。おれの言葉が引っ掛かったのか……？

「上杉君」

「はい」

「きみもそう思いますか」

「……」こんどはおれが黙る番だった。

「それはナイス・アイディアです。ぼくもずっと考えてはいたのですが、なかなか思いきって実行に移すことができずにいたのです」

「実行……？」

「あと二カ月のサラリーマン暮らし。何も怖いものなどありませんよね？」

「もし、ぼくがチーフなら、やりたい放題やります」

「………………」

一瞬黙り込み、やがて穏やかに訊ねてきた。

「きみは、あさって、こっちに来られますか？　夜に伊吹に入ればいいです。可能ですか？」

頭のなかで仕事のスケジュールを確認した。

あさってまでに絶対にしなければならないのは、黒川シリーズの原稿戻しだけだ。ほかの仕事はアシスタントの横田さんに任せておけば大丈夫だ。黒川剛の原稿だって、赤入れはできないし、ただそのまま出版社に戻すだけだ。

「大丈夫です」

「木下君は？」

「訊いてみなければわかりませんが、チーフが来いと言うなら、彼のことだ、必ず行くでしょう」

「じゃあ、ぼくは待っていますよ」

そう言って、國房チーフは静かに受話器を置いた。

翌日、出社するなり、黒川剛から電話が入った。

「ダメだ。あの小便《しょんべん》たれめが。ヒゲの野郎、思いのほか石頭だ。頑として原稿を通そうとせん。ブレンド偽装問題に関して、知らぬ存ぜぬを通しやがる」

英介専務の対応を思い出したのか、黒川の語尾が震えていた。

「やはり……そうですか」

「しかし、この原稿じゃなきゃ、われわれのやろうとしている意味がなくなる」

「もちろんです」

「校正赤入れなしだ」

「はい。誤字脱字だけはチェックして、このまま出版社に戻します」

「上杉……。ちょっとお前のことが心配だ」

「は？」

「社内で大丈夫か？」

「はあ、なんとか……」

「なんとかじゃ、困るんだよ。周りにつぶされずに、ちゃんと原稿を通すのがお前の仕事だ。チームのメンバーにはそれぞれ役割がある。それはわかってるな？」

「わかっています」

と言ってはみたが、先行きは、まったく読めていない……。

沢木・新井田からはこのままでは掲載不可と言われている。なんとか黒川剛に書き直してもらうから再校でもう一度判断してくれ、と切り抜けたが、黒川の改稿などあり得ないのは、端《はな》からわかっていた。

再校が出た段階で、沢木・新井田は、原稿を差し替えろと強硬に迫ってくるだろう。

「大丈夫なんだな？」

黒川がおれに念を押した。

「やるしかないです。べつに死ぬわけじゃないですから」

「おうし。お前が腹をくってるとわかれば、いい」

サラリーマンの裏も表もわきまえた黒川の言葉は重かった。

「ところで、黒川さん。いま、どちらにいらっしゃいますか」

「東京のホテルにいるが？」

「だったら……」

「だったら、なんだ？」

「明日の夕方、伊吹蒸留所で國房チーフに会うのですが、ご都合よろしければ、ご一緒しませんか？　チーフに何か妙案があるみたいです」

しばらく考えている気配があったが、黒川の張りのある声が聞こえた。

「網走に帰ろうと思っていたが、こんな鬱々した気分で帰りたくもない。寄り道もいいかもしれん。チーフのご尊顔《そんがん》を拝するとするか。このまえ、お邪魔できなかったからな」

＊　＊　＊

家の玄関扉を開けたとたん、野菜と肉を煮込んでいるあたたかい香りに包まれた。

午後十時を過ぎているが、今夜は久々に家で夕食だ。

サッサの皮膚の調子はだいぶ良くなったとはいえ、まだまだ普通のからだではない。肌全体が突っ張り、首や胸や顎には感染症がでていた。全体が赤らみながら表面はひび割れ、うろこのような瘡蓋《かさぶた》に覆われている。

小さなブツブツがつぶれて、切り取り線みたいな裂け目が点々とできている。傍《はた》で見ていても顔をしかめてしまう。本人には言葉にできないくらいの苦痛だ。風が吹いても、息が止まりそうなほど痛いと言う。夜も痛みとかゆみで眠れない。昼間起きているあいだは、皮膚が乾かぬよう、温泉水を小さなスプレーボトルに入れ、シュシュッと霧を吹きかけている。

そんなからだなのに、出来合《できあい》のものでは絶対すませず、おれが夕食をとれるときは必ず手料理をつくって待ってくれている。

このところ梅雨寒《つゆざむ》が続いている。今夜はポトフだ。

鶏肉に大きく切ったニンジン、タマネギ、カブ、セロリなどの野菜をとろとろと煮込んでいるが、サッサのポトフはトマトもふんだんに使っている。

深鍋から立ち上る湯気に、心がなごむ。さっと風呂に入ってビールを飲み、よく冷えた白ワインを開けた。

ちょっとだけならいいかな、とサッサが言い、乾杯して、グラスに口をつけた。

今日の肌の調子をひとしきりサッサがしゃべり、おれが会社での出来事をかいつまんで話した。

が、そのあと、めずらしく会話が途切れがちになった。どうしても頭の中は、黒川剛の原稿のことでいっぱいだ。

あれこれ考えていると、つい俯《うつむ》きかげんになり、黙々とスプーンを口に運んでしまう。

「どうしたん？　なんか変やわ。せっかくご飯つくって待ってたのに」

「いや、べつに……」

「べつにって何よ、その言い方。私の顔も見ないで、なんかパッとせえへんなあ。お家《うち》のご飯、うれしくないの？」

「そんなことないよ」

「ははあ……さては女ができたな？　こんな病気だらけの女房についに愛想《あいそ》が尽きたなぁ？」

「ない、ない。そんなこと、ない」

「ウソや。何回も否定するのがおかしい。顔にちゃあんと書いてある」

「うるさいなっ。何もないって言うてるやろ。ちょっと静かにさせてくれ！」

つい声を張り上げてしまった。

一瞬、サッサはかなしそうな顔をしたが、やがていつものキッとした顔になって、おれを睨《にら》みすえた。

「いったい、なに悩んでるんよ？　言うてみぃ」

サッサは長女で下に弟が二人。おれは次男で上に姉、兄がいる。まったく姉弟《きょうだい》構成が同じ。年は十歳違うが、精神構造ではサッサがどうしようもなく姉で、おれは弟的存在なのだ。

「……さっきは怒鳴って、悪かった」うなだれて、おれは言った。

「で、何があったん？　めったに悩まないのに、そんな顔して」

おれは週刊春潮・黒川シリーズの経緯をこと細かに説明した。

「ふーん……そういうことか。だったら、朗《あきら》が書けばいいのよ」

「え?」

「自分で原稿書けばええやん。シンプルなことよ」

「えっ?」なに言ってんだ。「……か、書けるわけないよ」

「朗。文章書くの好きやん。物真似もうまいし」

「どうして物真似と関係あるの……?」

「黒川そっくりの文章で、テキトーに沢木や新井田が望んでるものを書いてあげればいいのよ。ま、パロディってとこ」

「……」絶句した。考えたこともないアイディアだった。「……黒川剛の原稿はどうするの?」

「ホンモノの原稿はそのまま。だって手直しなんかできないし、朗たちはちゃんと世の中に出したいんでしょ?」

おれは強くうなずいた。

「そのために、この企画を立ち上げたんだ」

「和田誠《わだまこと》が川端康成の『雪国』の書き出しをいろんな作家の文体で書いてるの、

教えてくれたやん？　あれ、めっちゃ面白かった。あんなふうに黒川剛のクセを使って書いたらええやん」

「……」なるほど、その手があったか……。

黒川の脚本は何本も読んでいる。文章のクセもわかっているつもりだ。沢木や新井田程度の頭なら、うまく騙せるかもしれない。

サッサが射るような眼差しでおれを見て、

「朗の書いた原稿を部内回覧にまわせばいいのよ」

にやっと笑った。

「ホンモノはそのまま出版社に入稿する？」

「そのとおり」サッサがうなずき、

「朗、ちゃんと覚悟できてるよね？」マジな目になって訊いた。

「ん……？」

「もう引き返せないよ」

「うん」小さくうなずいた。

「ええかげん、腹くくらんかいっ」スプーンでスープ皿を叩いて、いきなり怒鳴った。

「は、はいっ」思わず身震いした。

サッサには突然、織田信長みたいな武将やヤクザが憑依《ひょうい》することがある。それでなくても釣り目なのに、お稲荷《いなり》さんの狐《きつね》のような顔になって凄《すご》みを利かせた。

「私はこんなひどい状態でも毎日笑いながら戦ってる。無責任で金のことしか考えへん医者と製薬会社のせいで、からだをめちゃくちゃに破壊されたんよ。たったひとつの大切なからだをなんとか再生させようと必死でもがいている。温泉とからだの声——ただただ自然の力だけでなんのバックもなく戦ってる。でっかい見えない敵とずっと戦ってるんだよ」

「………」

「朗《あきら》の敵は見えてるわ。沢木や新井田、湯川や我賀、景山、塩見、河野……その頂点にいるヒゲ。み〜んな組織に胡座《あぐら》をかいて生きてる奴らよ。ま、医者も薬屋も官僚も同じだけどね。無責任、くだらないプライド、小狡《こずる》さ、つまんない欲望……持ってるものは同《おんな》じよ。でも、朗の敵は顔が見えている。しかもあなたには仲間がいる。私よりずっと戦いやすいわ」

サッサの言うとおりかもしれない……。

國房チーフがウイスキーをブレンドするときに最終イメージを持つことが大切だ、と言っていた。最終イメージとは「顔」だ。孤独に戦うサッサより、敵の顔が見えているおれの方がずっとやりやすいのだ。

サッサがスプーンでポトフの中のセロリを拾《ひろ》い上げて言った。

「ポトフはいろんな野菜と肉が混ざって、おいしい出汁《だし》がでてくる。個性があって嫌われがちなセロリも、こうやってほかの素材と一緒に煮込まれると、なんともいえず、おいしくなる。会社なんていろんな食材が煮込まれたポトフみたいなもんでしょ。セロリにはセロリの持ち味がある。朗もスターライトで重宝がられてたときもある。その頃、会社はまともな大人のポトフやったんよ。だから朗でもサラリーマンとして生きてこられた。でも、いまは、お子ちゃまのポトフ。セロリみたいな香りのきついのは要らない。

朗はずっといらいらしてるし、髪もどんどん薄くなっている。腰痛もひどいみたいやし。あなたの心と身体のためにも、もう会社員は辞めたほうがいいわ」

優しい顔つきになって、サッサは言った。

「……………」

一言も発することができなかった。

でも、ほっとした。サッサの言葉がうれしかった。肩の荷が下りて、いきなりくらっとした。

サッサが背筋を伸ばし、白ワインのグラスをすっと持ち上げた。

「朗の自由に。そして、わたしの自由に」

決意を込めて互いの目を見つめ、おれたちはグラスを合わせた。

26

東京を出るときは吹き降りだったが、伊吹《いぶき》蒸留所《じょうりゅうしょ》のあたりに来ると、雨はすっかり止《や》んでいた。

タクシーの窓を開ける。

折からの風に、草むらがざわめいている。

雲の流れがはやい。追い立てられるように走る雲の間から、ときおり十日余りの月が顔をのぞかせた。

しっとりと湿り気を帯びた空気が心地いい。蒸留所が近づくにつれ、徐々に高ぶってくる気持ちを、ふっと落ち着かせてくれる。

しかし……國房チーフはいったい何をたくらんでいるんだ……。

助手席に座った木下さんも、おれの隣で腕組みして窓外の景色を眺める黒川剛もひとことも言葉を発しなかった。

赤煉瓦造りのウイスキー生産技術研究所の玄関には、國房チーフ自らが迎えに出てくれていた。相変わらずの白のスエット姿だ。

「さ、どうぞ」

時候の挨拶もなく、ちょっとガニ股気味になってチーフがせっかちに歩き出す。おれたちは慌ててその後を小走りで追いかけた。

暗い廊下の向こう、そこだけぽっと明るいひかりが漏れている。ブレンダー室だ。煌々《こうこう》と照らされた部屋のなかは、壁も床もテーブルも真っ白。相変わらずテーブルには、さまざまなウイスキーの透明ボトルが隙間なく置かれている。脚つきのチューリップ型グラスも所狭しと並べられている。

チーフが扉の鍵をかけ、おれたち三人に向き直った。

「お忙しいところ、ようこそいらっしゃいました。じつは……みなさんに手助けしていただきたいことがあるのです」

「手助け？」黒川剛が口を開いた。

「はい」

「……腰が弱いんで、重い物は持ち運びできんのですが……」

　黒川は右手を腰に当てて言った。おれも春にぎっくり腰を患って以来、荷物の上げ下ろしには常に気を配っている。

「いやいや。力仕事ではありません。ご安心ください」

　チーフはおれたちの目をしっかり見据え、少し間《ま》を置き、

「以前いらした際に飲んでいただいたウイスキーの味、覚えていらっしゃいますか？」

　おもむろに訊《たず》ねた。

「無論です。あんな美味《うま》い酒は、あのとき以前にも以降にも飲んだことがない」

　味がよみがえったのか、感に堪えぬ表情になって黒川が言った。

「あのウイスキーをみなさんと一緒に造りたいのです」

「ほほう。しかし、いつもはご自分用にお一人で造ってらっしゃるのでは？」

「今回は50本、造らねばなりません」

「それは、また、なにゆえ……？」黒川が怪訝《けげん》な顔をした。

「ウイスキーのコンペティションに出展するのです。そのための最低ロットが50本。明日の日付で国際宅配便にのせねばなりません。洋酒事業部と宣伝部はステン

レス樽ウイスキーを出そうとしています。僕はそれだけは絶対に阻止したい。なら、いっそのこと、代わりに僕のスペシャル・ウイスキーを世界のひとに知ってもらいたいと思ったのです」

「ステンレスと差し替えるわけですね」

黒川剛が大きくうなずき、うれしそうな声を出した。

國房チーフは片頬に笑みを浮かべる。

「いま、お三方《さんかた》は雑誌原稿で戦っていらっしゃる。ウイスキーのたましいを訴えてくださっている。僕は僕で、造り手として理想のウイスキーを世に問いたいのです」

あらためて一同を見渡し、口元をひきしめた。

＊　＊　＊

國房チーフは周到だった。

35種類のモルト・ウイスキーと3種類のグレイン・ウイスキーが、巨大な試薬瓶のような寸胴《ずんどう》ボトルにすでに用意してあった。

金茶、柿茶、赤褐色《せっかっしょく》、琥珀色、栗色……原酒の色はそれぞれの生まれ育ちによってさまざまだ。

チーフがおれたち三人に数字の書き込まれた紙を配る。

「レシピはこのとおりです」

ブレンドする原酒の一覧表だった。

それぞれの酒の欄はマーカーで色分けされ、素人にもわかりやすく識別できるようになっていた。

原酒の入った寸胴ボトルにはラベルが貼られ、どの貯蔵庫の何段目、奥から数えて何番目に寝ていたか——いわば原酒の住所が記されている。が、作業しやすいように、チーフはラベルの端っこに一覧表と同じ色をつけてくれていた。

一覧表の数字と照らし合わすと、この原酒は何ミリリットル必要なのか、一目瞭然だ。

チーフがブレンド作業の手順を教えてくれた——。

まず、分注器《ぶんちゅうき》という大きな注射針のようなものを寸胴ボトルの中に差し入れる。

原酒を吸い出す。

その原酒をメスシリンダーに注いで、指示された数字に一致するよう正確に量《はか》る。

チーフがそれを確認する。

メスシリンダーに入れた原酒を、30センチ立方くらいのステンレスの桶《バット》に入れ、攪拌棒《かくはんぼう》で混ぜ合わせる。

「僕が計算して容量を厳密に決めています。くれぐれも多すぎたり少なすぎたりすることがないよう、お願いします」

國房チーフがめずらしく厳しい声音《こわね》で言った。

白いテーブルの上には、原酒の入った38個の透明寸胴ボトル。

左から順に、黒川剛、木下さん、おれ、國房チーフと担当を決めて、さっそく作業に取りかかった。時間は限られている。明日の朝までにウイスキーを50本つくらなければならない。

おれは手先が不器用なので、学生時代、理科の実験では失敗ばかりしていた。上皿天秤《ざらてんびん》の分銅《ふんどう》を載せるのも下手だったし、フラスコやビーカーもよく割った。目の前にガラス器具がたくさんあるだけで、妙に肩に力が入ってしまう。

大きく深呼吸してから、メスシリンダーを寸胴ボトルの左にそっと置いた。

木下さんがおれの肩を叩き、

「なあ。メスシリンダーって、液面の上の方で量《はか》るんだっけ、下の方だっけ」

「……？」

小声で訊いてきた。

「表面張力があるから、下の方に合わすんだよ」おれはこたえた。

それくらいは、なんとか覚えていた。

分注器というのも初めて使った。おれみたいないい加減な人間でも、きちんと容量がはかれるようにできている。器械は進化しているのだ。

みんな黙々と、レシピに従って、原酒を吸い上げてはメスシリンダーで量り、ステンレス桶に入れた。國房チーフは攪拌棒を注意深く回し、液体を混ぜ合わせていった。

——似ている……。

渋谷のインド料理屋で、サッサはカレーをしつこく混ぜていたっけ……。

ただ違うのは、カレーの場合は空気も混ざったけれど、ウイスキーは空気を混ぜてはいけないところだ。

ある程度混ぜ終えたチーフは、「これくらいでいいかな」という顔をして、すっと攪拌棒を置いた。

混ぜれば混ぜるほど良いというわけでもなさそうだ。

カレーだってご飯と混ぜすぎると、何が何やらわけがわからなくなる。何にでも、加減というものがあるんだ。

「加」と「減」——プラスとマイナス。

きっと、このバランスがとても難しいのじゃないか。

たとえばプラス5とマイナス5を合計するとゼロになる。けれど、プラスマイナスを往《い》き来《き》したゼロは紆余曲折《うよきょくせつ》、大波小波を経験したゼロだ。

どうせゼロになるのなら、プラス5もマイナス5も要らないじゃないか、と言うひともいるだろう。

でも、それは違う。

「どうせ死ぬんだから、生きる必要ないじゃん」と言ってるのと同じだ。

「どうせ何飲んだって酔っ払えば同じだ。どうせ何食べたってお腹いっぱいになったら同じだ」というふて腐れた言い方だ。

「どうせ」からは何も生まれない。いろんな山や谷を経験して、寄り道するから面白い。きっと脳の皺や人間の文化はそこから生まれたはずだ。おれたちは効率で生きているんじゃない。

おいしい食べものや飲みものは、無駄のように見えて、ぜんぜん無駄じゃない。

だから混ぜる。よりおいしくするために混ぜる。

いっそう深く味わうために、「良《い》い加減」に混ぜる――。

すでに日付はコンペ出展の〆切り日になっていた。

大きなステンレスの桶二つに合計40リットルほどのブレンディッド・ウイスキーができあがっていた。

いま、その桶に國房チーフが、活性炭《かっせいたん》とイオン交換樹脂《じゅし》からつくった無個性の水を注いで、アルコール度数の調整をしている。樽から払い出された原酒はそのままではアルコール度数が高いので、製品用の43度まで下げなければならない。

あとは純水で割ったこのウイスキーを丁寧に混ぜ、よくなじませて、シングルモルト「伊吹」用の空きボトルに注ぎ入れ、ラベルを貼り、ヒートシールでキャップを密封すればできあがりだ。

極度に神経を集中しているので、疲れをとるため、國房チーフはおれたちにチョコレートを二かけらずつくれた。

そのベルギーチョコを舐めているときだった――。

突然、ブレンダー室の灯りが消えた。

はっとして、みんなの手が止まる。

「ど、どうした？」

漆黒《しっこく》の闇のなか、黒川剛が怯《おび》えた声を出した。貯蔵庫の記憶が脳裏をよぎる。

「………」

おれも木下さんも身を硬くして、あたりの様子をうかがった。

「ああ……停電ですね」國房チーフが悠然とこたえる。「ここらではよくあるんです」

落ち着いた声に、思わず安堵《あんど》の吐息が漏れる。

チーフが手探りでブラインド・カーテンにたどりつき、紐を引いてするする上げた。

外は、月の光があたり一面をうす青く照らし出している。

昼のあいだ雨に濡れていた草花が、微かな風に揺れ、きらきら光っている。

麦芽乾燥塔《キルン》は仏塔のようなシルエットを藍色《あいいろ》の空に刻んでいる。

見上げると、輪郭が朧《おぼろ》になった月が、みずうみの西にかかっている。水面《みなも》には月あかりが伸びて、銀色の細い河を流していた。

「満月よりもこちらの方がずっといい」

國房チーフが遠いまなざしになって独りごちた。

いきなり作業がストップしたのに、いやに落ち着いている。朝までに、瓶詰め、ラベル貼り、キャップの封印……やらなくてはならないことは、まだ山ほどある。なのに、この闇のなかでは作業のしようがない……。おれは気が気でなかった。

「こういうときはジタバタしても始まらないのです」

チーフはこちらの気持ちを読み取ったかのように言葉を続け、「一杯やりますか？」

「はあ……？」

月あかりが射し込み、互いの姿がほのかに見えだしたブレンダー室で、おれたち三人は顔を見合わせた。

「いや。冗談、冗談」

そう言って、顔の前で手を振り、國房チーフは二つのステンレス桶《バット》を窓辺に持っていくよう指示した。

おれたちは互いに声を掛け合い、桶をしっかり抱え、よたよたと覚束《おぼつか》ない足取りで月光のもとに置いた。

「むかしスコットランドでウイスキー製造に課税されはじめた頃、造り手たちはとうぜん税金を払うのを嫌がってね。月の輝く夜にこっそりウイスキーを造っていたそうです。彼らはムーンシャイナーと呼ばれていました」

青じろく透きとおったひかりが、ブレンドしたばかりの液体にさらさらと射し込んでいる。

おれたちは、伊吹山のムーンシャイナーか……。

「ほんとは、原酒をこうやって混ぜたあとは、後熟《こうじゅく》といって、ウイスキー同士をなじませるためにしばらく樽に入れてあげるのです。しかし今日はそうも言ってられません。ならば、月のちからをお借りしましょう」

深い藍色の空を見上げ、チーフは目を閉じ、何か呪文のようなものをもごもごと唱えた。

発酵学を専攻し、論理的に世界を構築する訓練を積んだ理学博士だ。

なのに……最後は祈る……？

新鮮な衝撃だった。

おれたちは、誰いうともなくチーフにならい、それぞれの思いを込めて静かに手を合わせた。

停電はなかなか復旧しなかった。

「ね、ちょっとだけ飲《や》りましょうよ」再びチーフが言う。「バットには多めにウイスキーを造ってありますから」

　本気なんだ……。

　國房チーフはそそくさと分注器をステンレス桶に差し入れ、テイスティング・グラスにスペシャル・ウイスキーを注いでおれたちに手渡した。

「い、いいんですか……?」黒川が恐る恐る訊く。

「ちょっとだけ。ちょっとだけ」チーフがさもうれしそうに言う。

「はあ……」

「ここで男四人、ぼーっとしていても埒《らち》があかないでしょ。じつはラベルはちゃんとできています。あとは貼り付けるだけ。昔のムーンシャイナーたちも休憩しがてら、極上の一杯をやったことでしょう」

「じゃあ……ちょっとだけ、ですよ」

　ほんとはうれしいくせに、黒川剛がしぶい声色《こわいろ》をつくって言った。

＊　＊　＊

　美味《うま》かった。

　あのときと同じレシピのはずなのに、段違いの味だった。

おれ自身がブレンドの一端を担《にな》わせてもらったから、よけいおいしく感じるのだろうか？

おいしいと思えるのは、自分の思いが染みとおっているからなのか？

でも……考えてみれば、おれの仕事、広告だって同じことだ。伝えたいという強い思いがないと、ひとの心をふるわせるものにはならないだろう。

「絶対に作りたい。これしかない」と思って企画し、さまざまなハードルを越え、世に出たときの感激はひとしおだ。大きくモノが動いたアーリー・エイジのような場合はなおさらうれしい。少しは世界を変えたかな、と思える。

國房チーフはウイスキーを造ることで確実に世界を変えている。飲み手はチーフのウイスキーを味わうことで、陶然《とうぜん》となり、感覚の奥行きと幅を広げていく。

作りたいという思い。自分や世界を少しでも変えたいという思い——大事なのはそういう「思い」があるかどうかじゃないか？

わがままと言われたっていい。おれの思いを込めることが大事なんだ。

サッカーでも広告でもウイスキー造りでも、ほんのちょっとした集中力の差が、結果にはっきりと出る。國房チーフも「自己満足は必要条件」と言っていたじゃないか。自分の思いがあるからこそ、他人の思いとも交われる。その交点を探ることだ。

でも、ややもすると、他人のネガティブな思いとも交わるようになる。アンチも出てくる。人間は憧れと嫉妬の動物だ。夢に向かって進むひとを邪魔する輩《やから》はたくさんいる。

真っ直ぐな思いをもって生きる——それは、見えない島をめざして海を渡っていくようなものだ。

水平線の向こうには何があるかわからない。凪《なぎ》もあるし嵐もくる。千変万化する状況に応じて乗り切っていかねばならない。自らの直感を信じつつ、運を天に任すしかない。

そう考えていると……たえまない痛みとかゆみに耐えながら、マンションの一室でひとり温泉治療をしているサッサの姿が、目のまえに浮かんできた。

……あの小さな風呂場は、彼女の海……なんじゃないか？　絶望と希望がない交ぜになった、大いなる海だ……。

サッサは毎日、浴槽の中でステロイドの毒を抜こうと格闘している。フツーのからだになろうと必死の思いで戦っている。

医者や薬を憎んでも憎みきれない。だが、憎悪や憤怒《ふんぬ》が病気を治せないことも知っている。恨みや怒り、かなしみや無念を傍らに置き、そのエネルギーをバネに

「からだ」という小舟を漕ぎつづけている。

風呂場にはサッサのからだを張った現実がある。たえず襲い来る痛みやかゆみ――その荒波を乗りこえない限り、彼女の目指す島には決して到達できない。

ひりひりした現実を、サッサは、たましいで感じている。

会社がすべてと錯覚する沢木や新井田より、ずっとリアルで苛酷な世界と対峙《たいじ》しているのだ。

クライアントでいさえすれば、組織と金の力で、逃げ出したくなる現実を見なくてもすむ。会社というコンドームがヤバイことから身を守ってくれる。きっと不沈艦にでも乗っている気分だろうが、巨大な氷山と遭遇しなければの話だ。クライアント人生なんて、そうそう長く続くわけがない。

チーフのウイスキーをひとくち飲む。

やわらかな水のように、ウイスキーが舌の上から喉もとへ滑りおちていく。麦から生まれた液体なのに、フルーツのように華やかな香りが立ち上る。

不思議だ。ビールが蒸留され、樽で眠ると、こんな芳《かぐわ》しい液体になる。ほんとうに不思議だ。

一度火によって焼かれ、死んだ液体が水によって再び生き返る——それが蒸留だった。

何かと似ている……。

……！

サッサは「蒸留」をやっているんじゃないのか……。

業火《ごうか》に炙《あぶ》られたような赤くただれた肌を、彼女は水で再生させようとしている。

毎日まいにち死んでゆく細胞に、新たな生命を吹き込もうとしている。

彼女のからだが、じつは、汗をしたたらせる蒸留器だったんだ。

自らを蒸留しながら、たったひとりで、まだ見ぬ島をめざし、休むことなく大海原を渡っている……。

——朗《あきら》。自分の「思い」を信じなさい。

どんな些細なことにも真剣に立ち向かいなさい。

やがてそのちいさな世界から、大きな世界が透けて見えてくる。

極小は極大になる。

一滴の水に宇宙が映り込むように。

青い月あかりのなか、サッサの声が聞こえたような気がした。

停電は二時間近く続き、その間に、黒川剛は酔いつぶれて眠ってしまった。

おれと木下さんは、國房チーフの指示のもと、朦朧《もうろう》としながらもラベルを貼り、ヒートシールで一つひとつキャップを覆《おお》い、なんとか50本のウイスキーを完成させた。

和紙でできた手製ラベルはちょっと曲がっていたかもしれない。

でも、國房チーフは「それも味のうちですよ」と微笑んでくれた。

ラベルには墨痕《ぼっこん》あざやかに「玄《げん》」と書かれていた。

チーフに貯蔵庫を案内してもらったときに教えてもらった老子《ろうし》の言葉＝「衆妙《しゅうみょう》の門《もん》は玄」から採ったのだそうだ。

宇宙の中心は闇――。

おれたちムーンシャイナーの夜は、はじまりのエネルギーに満ちた充実した闇だった。

27

六月下旬に美空ひばりが亡くなった。今年はじめには昭和天皇が崩御《ほうぎょ》し、二月には手塚治虫、四月には松下幸之助が亡くなった。

社会主義国ハンガリーではオーストリア国境にある鉄条網が撤去され、ポーランドでは複数政党制による初めての自由選挙が実施された。

北京では民主化を求めた多くの市民が、天安門《てんあんもん》で中国共産党と人民解放軍に虐殺された。

世界のあちこちから、歴史の歯車の回る音が聞こえてくる。

伊吹から帰って二週間、東京は、霧のような雨が降り続いていた。

黒川剛になりすましておれが書いた原稿は好評のうちに部内回覧され、ホンモノの黒川原稿は、週刊春潮にそのまま入稿。からくりを知っているのはムーンシャイナーズ四人と発案者のサッサだけだった。

六月末。いよいよ週刊春潮はキヨスクや書店、コンビニ店頭に並んだ。

たちまち社内は蜂の巣をつついたような騒ぎになった——。

ヒゲも洋酒事業部長の青ザメも、まさかあの事実が突然公表されるとは思ってもいなかっただろう。青天の霹靂《へきれき》というやつだ。

おれと木下さんは天安門広場の市民のように、湯川部長と沢木や新井田《にいだ》、我賀《わが》に取り囲まれ、叱責《しっせき》され恫喝《どうかつ》を加えられた。ついに沢木とは胸ぐらをつかみ合い唾をとばして罵倒しあった。社内の保守的な連中からは後ろ指をさされ、「裏切り者」と呼ばれ、白い目で見られた。社員食堂で、おれと木下さんが座ろうとすると、潮が引くように周りの席が空いた。

なかには横田さんのように「ムラ社会を変えましょう。がんばってください」と小声で励ましてくれる人もいたが、そんな人はあくまで少数派だった。

おそらくこの状況では、おれと木下さん、國房チーフは内部告発者として粛清、つまり懲戒免職《ちょうかいめんしょく》になるだろう。

しかし、嘘をつき、ずるをして金儲けすることに、どうしてやましさを感じないのだ？

社会的に正しいことをやったおれたちが、なぜ懲戒処分になるんだ？

企業は社会的な存在じゃないのか？

口先でごまかしながら、息の長い商売ができると思っているのか？

おれの堪忍袋《かんにんぶくろ》の緒は完璧に切れていた。

自ら犯した過ちの反省もせず、知らぬ顔の半兵衛《はんべえ》を決め込み、給料とボーナスの勘定をしながら社内の出世を考え、「だって生活ってものがあるじゃないですか」「上杉クン。いいかげん、大人になろうよ」とへらへら生きていく奴らに、煮えたぎる怒りがおさまることはなかった。いいかげんな大人と、良《い》い加減の大人は違うのだ。

翌朝、蒸し暑い通勤電車の中で身動きもできぬまま、首だけひねって車内吊りを見ていて、思わず目を剝《む》いた。

その日発売された週刊春潮のライバル誌・週刊文新の広告に、

「ケンカ黒川、スターライトを叩き斬る！『世界の名酒スターライト』の内幕を暴く・原酒とは名ばかりの偽装ウイスキー」

と大きな活字が躍っていたのだ。

会社のエレベーターの中でも、「文新が……」とささやく声が聞こえた。九階のフロアーにつくやいなや、気もそぞろに宣伝部のデスクに向かい、新聞をチェックする――。

あった。

全五段の広告には、ドングリ眼《まなこ》で怒る黒川の顔とうちの大阪本社ビルの写真がデカデカと載っているではないか。

と、背中に何やら視線を感じた。

振り返ると、新聞担当の河野や洋酒担当の我賀《わが》、TVスポット担当の塩見が、おれを遠くから粘っこく見つめていた。睨みつけてやると、あわてて目をそらし、何気ないふうを装って散っていった。

陰湿で弱いやつらだ。そんなことでおれが動じるとでも思っているのか。

これがあの伝統ある宣伝部の今か……。腹が立つより、ほとほと情けなくなってくる。

しかし、英介《えいすけ》専務があの体《てい》たらくなのだ。このレベルの奴らが宣伝の仕事をしているのも致し方ないだろう。トップ次第で社風はがらりと変わっていくのだ。

黒川剛は英介の洞察力のなさや企業人としての公共性の欠如に、憤激したのだ。

スターライトの将来を思い、黒川は愛を込めて、わざわざ苦い原稿を書いた。ふつう誰だってクライアントが嫌がることなんて言わない。だが、それはほんとうの愛情ではないと黒川も誌面に書いていた。ウイスキーを愛するがゆえ、スターライトを思うがゆえに、あえてブレンド偽装問題を世間の光にさらすのだと。

しかし、英介には、厳しく深い黒川の愛を感じとる能力がなかった……。

偏屈だけどシャイで、どこか幼《おさな》ごころをもった黒川は、気性が真っ直ぐなオヤジだ。子どもの頃から可愛がっていた英介に、原稿をそのまま載せてくれ、と頭を下げたのに、英介はあまりにつれない態度をとった。

一見強面《こわもて》だが、じつは繊細で精緻《せいち》なガラスのこころをもった黒川は、言い知れぬ衝撃を受けた。愛犬に手を嚙まれたようなものだった。

このままでは、スターライトは、尊敬される企業から最も遠いところに行ってしまう。自分が諫《いさ》めなければと思いこみ、親しい編集者にブレンド偽装問題の真相を漏らしたのだ。

もちろん、文新と春潮という二大週刊誌を巻き込めば、世論に訴える力は半端ではない、と踏んでのことだ。

スターライト社内は恐慌をきたした。

広報部はあわてて記者会見を開き、ウイスキー部門のトップ・景山洋酒事業部長みずからも出席。芝居がかった大きな身振り手振りで、唾をとばして吠えまくり、原酒輸入やアルコール添加問題の打ち消しに躍起《やっき》となった。

しかし黒川剛の動きはそれ以上に早かった。矢継ぎ早に二の矢、三の矢を放《はな》った。夕刊サクラと日刊ゲンザイというタブロイド紙に、後追い記事が立て続けに掲載された。

湯川宣伝部長の華奢《きやしや》な指はふるえ、額には青筋がたった。

こんなときのために長年にわたって莫大な広告費を投下してきた。媒体啓発費を使って、メディアや代理店の連中をアルコール漬けにしてきたのだ。いままで投下してきた金はいったい何だったんだ。スターライト批判の記事は日ごとに大きくなっていくじゃないか。湯川は地団駄《じだんだ》を踏み、机を叩いて、部下たちを罵倒した。新聞担当の河野は顔を紅潮させ、回らぬ舌でくどくどと意味不明の弁解を続けた。

木下さんは、通常なら雑誌担当として出版社を駆けずり回るところだが、とうぜん事態収拾《しゆうしゆう》チームからはずされ、おれとともに湯川と人事部長の訊問《じんもん》を連日受けていた。したがって出版社との折衝《せつしよう》は木下さんに代わって、業界をよく知る新井田があたった。

媒体啓発費を着服し、媒体社と代理店の金で飲み食いしていた新井田が前面に出ていって、はたして会社はこの騒動を鎮《しず》めることができると思っているのか？　嘘に嘘を重ねることで、なんとか逃げきれると思いたいのか？

日本の悪しき官僚制に染まってしまった自分の会社が、恥ずかしく、つくづく嫌になった。

燃えさかる反スターライト気分に油が注がれた。

マスコミはこっちが調子のいいときは揉み手になって、おだてたりすかしたりするくせに、いったん分《ぶ》が悪くなると、真っ逆《さか》さまに地獄に突き落とそうとする。上げたり下げたりで、大衆をエンターテインさせるのが彼らの仕事なのだ。

たびたび開く記者会見で、沢木次長や新井田は、

「現時点で申しあげられるのは、工業用ともいわれるアルコールを添加した可能性も否定できないわけではありませんが、社内各方面に働きかけ、それぞれの部署で情報を共有しながら、当時の事実関係を調査中であります。みなさまにご心配とご迷惑をおかけいたしまして、たいへん申しわけございません。反省すべき点は反省しつつ、結果がわかり次第、後ほど、しかるべき処置をとる所存でございます」

「スコッチ原酒を輸入し、それを混入して製品を造り上げてはいないと断定しているわけではございません」

などと訳《わけ》のわからない、回りくどい二重否定を繰り返した。

そのことが、かえってマスコミに勘ぐられる結果となり、沢木次長や新井田個人の過去の行状《ぎょうじょう》も洗われることになった。

まず最初は沢木だった。

次長昇進時に、テレビ局や代理店各社から過大な祝い金をもらい、その金で代々木上原《よぎうえはら》にマンションを購入していたことが暴かれた。テレビスポットをうつときに特別な配慮をしてもらえなかった局からのタレコミだったそうだ。

新井田は通いつめた五反田《ごたんだ》のキャバクラ嬢にアパートの一室をあてがい、囲っていたことが素っ破《すっぱ》抜かれた。もちろん踏み倒した銀座のクラブでの飲食代、ゴルフのプレイ代金なども次々と露わになった。新井田がいいように利用していた銀通《ぎんつう》関係者から刺されたようだ。

かなしすぎるのは我賀だった。

同期入社の妻は経理部員で、社員の出張精算を担当していたが、その金を梳《くしけず》るようにして着服した。貯め込んだ金で、悪趣味な我賀の服や靴、時計、鞄《かばん》、眼鏡を買っていたと涙ながらに告白したそうだ。

湯川も景山も叩けば埃のでる身体だ。いつ自分たちに捜索の手が伸びるのか、戦々恐々とした日々を送っていた。

ブレンド偽装問題に端《たん》を発したスターライト・スキャンダルは燎原《りょうげん》の火のように燃えあがり、その炎を内部告発がさらにあおっていった。

戦後の洋酒文化を担い、高度経済成長に乗って一時代を築いたスターライトだったが、造り手としてのたましいを忘れ、その結果、社員のモラルを含めた企業倫理そのものが問われることになってしまった——。

28

夕なぎのなか、大阪南港《なんこう》フェリーターミナルはねっとりした空気につつまれていた。

西に傾いた太陽は、鉄錆《てつさび》色の橋や建設中のビル、キリンのような形をしたクレーン、埋め立て地に生い茂る雑草まで、ありとあらゆるものを油のように赤く染めていた。

おれとサッサが待合室に入っていくと、作り付けの椅子に座った國房チーフはいつものように両脚をぶらぶらさせ、パナマ帽でゆっくり顔を扇ぎながら、細い葉巻をくゆらしていた。

黄色いアロハにだぶついたチノパン。白のコンバース。隣の席には茶色の小さなバッグが一つ。

おれの姿に気づいたチーフが「お」と言って立ち上がり、パナマ帽を上げて、にっこりした。おれは國房チーフとサッサを互いに紹介する。

この夏はアトピーの調子が比較的よかったので、東京からサッサを連れ出した。この機会にチーフに引き合わせておきたかったのだ。

話すうちにわかったのだが、チーフは子どもの頃から喘息《ぜんそく》で苦しんでいたという。ぽりぽり腕を掻きながらしゃべるサッサをやさしい眼差しで見つめている。

ほどなく木下さんも汗を拭き拭きやって来た。

「わざわざ東京からみなさんに見送りに来てもらい、恐縮至極《しごく》です」

チーフが深々と腰を折った。

蒸留所で会うときの、どこかぴりぴりした感じがまったくない。スターライトのしがらみを離れ、表情が解き放たれている。会社に思い残すことは何もないのだろう。

「おめでとうございます」おれはまず祝辞を述べた。「ワールド・ウイスキー・コンペ最高金賞受賞、そしてウイスキー殿堂入り。ほんとうに良かったです。ぼくらもささやかなお手伝いができて光栄です」

木下さんが大きくうなずき、チーフの方に向き直り、

「月の輝くあの夜は、幸福なひとときでありました」最敬礼して、太い声を重ねた。

チーフが恥ずかしそうに頭を掻く。

「まさか最高金賞と殿堂入りとはね」

言いながら、まんざらでもなさそうな笑顔を浮かべた。

「スキャンダルで会社が荒《すさ》んでいるまさにこの時期、金メダルの朗報で、社員のこころは少しポジティブな方にバウンドしたんじゃないでしょうか」

と木下さんが言う。

「何よりステンレス・ウイスキーを発売中止に追い込めたのがよかったですね。小《こ》早川《ばやかわ》君もチーフブレンダーとして、これからスターライトを背負っていくという気概を持ってくれればいいのですが」

社内では、「玄」の最高金賞受賞は小早川の手柄になっていた。國房さんが定年退職したこの八月あたま、その小早川はチーフブレンダーに就任していた。

英介専務は今回の件でほっと胸を撫で下ろしていることだろう。ほら見ろ。スターライトのウイスキーは偽装じゃない。英国でも認められる世界の名酒なんだ——と。

スコットランドの研究所にいた前の副社長・星光太郎は、英介のたっての希望で生産技術部門のトップとして、まもなく日本に呼び戻されるそうだ。

光太郎はストレートな性格が災いし、経営者としては難しいところもあった。しかし英介専務は、そんな光太郎の愚直さがスターライトには必要だ、と今回の一連の不祥事で認識したのかもしれない。

政治的な駆け引きに長《た》け、機を見るに敏な販売志向の英介。真っ直ぐだが職人気質の光太郎。二人のブレンド・マネジメントというのを英介専務は考えているのかもしれない。

もし、そうだとしたら、ヒゲはなかなか懐の深い経営者だといえる。

「どうして沖縄に……？」

おれはチーフに訊いた。

「以前から泡盛《あわもり》は気になっていたんです。日本の蒸留酒の根っこにある、琉球王朝以来の歴史ある泡盛造りにたずさわってみたいのです。最高のウイスキーはもう造りました。スターライトでやるべきことはやりました」

おれもチーフとまったく同じ気持ちだった。会社員としてやりたいことはやったと思う。日本一の宣伝部でクリエイティブ制作をし、広告賞だってもらえた。バーボンを売って、ちょっとしたブームを作ることもできた。スターライトに入社した意味は十分にあった。

新宿で黒川剛と飲んだときのことを思い出して、おれは言った。

「古酒《クース》は、酒の飲み手と造り手の思いがブレンドされて完成しますよね」

「ええ、僕が求める究極のブレンド。理想の酒です」

そうだった。おれたちは、「混ぜる」とはどういうことかをずっと考え続けてきたんだ。

ウイスキーのブレンド偽装問題でこんどのスキャンダルの発端《ほったん》をつくり、正義はこちらにあることが社内外ではっきりした。正しいことが通らない世の中と思ったこともあったが、ちゃんと見てくれているひともいる。世の中まんざら捨てたもんじゃない。

テレビ局と代理店からの金でマンションを購入していた沢木は、社内事情聴取を拒み続け、懲戒免職となるまえに、以前からヘッドハンティングされていた関東電力広報部にすばやく転身。彼の真骨頂である変わり身の早さをあらためて内外に見せつけた。

得意の催眠術は原子力発電のＰＲにいかんなく発揮されることだろう。残念だが、沢木はクリエイティブとはほど遠い、金と権力に敏感な人間だった。その人品《じんぴん》を見分けるのにけっこう時間がかかってしまった。おれの人間テイスティング能力はもっと磨きをかけねばならない。

後任には北海道に飛ばされていた水野さんが返り咲いた。出世街道を何とかのぼりつめてほしいが、中途半端に善人の水野さんがはたして上手《うま》くやれるかどうか……。

新井田と我賀は総務部預かりとなり、査問委員会にかけられる日々。遠からず懲戒免職になる。経理部にいた我賀の妻は即刻、解雇となった。

湯川や景山など悪の権化《ごんげ》は責任追及をのらりくらりと逃《のが》れるにちがいない。

結局、組織ぐるみのブレンド偽装問題はうやむやに禊《みそ》ぎをすませ、トカゲの尻尾《しっぽ》切りで終わるだろう。太平洋戦争の戦犯が、敗戦後もぬけぬけと大手を振って生きてきたのと変わらない。

いま表向きはしゅんとしているが、きっとスターライトはまた同じ過ちを犯すだろう……。

國房チーフは沖縄の泡盛メーカーの杜氏《とうじ》として迎えられ、おれは雑誌ライターになるべく、木下さんは漁師に復帰すべく、なんとか円満退職に持ち込めた。

おれも木下さんも言いたいことを言い、やりたいことをやった。何の悔《く》いもない。

＊　＊　＊

将来を決めたのは、サッサのひとことだった。

「ライターになればいい。あれだけ黒川剛になりきって書けたんだから、ぜったい大丈夫」

スパッと言われて、おれはびびった。

「無理だよ。そんな簡単に物書きになんかなれないよ」

「限界なんて、みんな勝手に自分で決めてるだけ。跳べると思ったら跳べるんだよ」

「……CMの企画を立てたりなんかはできるけど……」

「あんた、アホちゃう？　制作プロダクションや代理店……広告業界の人間がわざわざクライアントだった人を使いたがると思う？」

「……」

「ほんま甘ちゃんやね。まさにクライアント病やわ」

「………」耳に痛いことを平気で言いやがる。

「朗《あきら》は旅が好きなんやから、最初は紀行文でええやん。女性誌だって男性誌だって旅の特集はいっぱいあるし機内誌だってある。広告タイアップの仕事だって来るかもしれない。なんだって引き受けたらいい。そのうち自然とやりたいことが見つかっていくよ」

「きみは組織でちゃんと働いたこともないくせに、どうしてそんな自信たっぷりに言えるんだ？」

「直感よ」

「なんの論理的根拠もない」

「ひとは論理や根拠だけで生きてない。直感が大事。感じたまま、好きなように生きればいい」

「自分勝手に……？」女はどうしてこう無責任になれるんだ。

「わがままなんかと違う。あるがまま、自由に生きるってこと。自分が自由になると、他人《ひと》も自由になる」

「そういうもんかな……」

「そういうもんよ。いまの暮らしに、朗《あきら》、納得してる？」

「いや。ぜんぜん」

「自分がやりたいことやってる？」

「…………」あらたまってそう訊かれると、二の句が継げない。

「夢に向かってる？」

「子どもの頃は漫画家になりたかったけど……なにか表現して、ひとに喜んでもらいたかった。でも会社のカラーも変わったし、部長は湯川だし……」

「言いわけばっかり」

「……広告の仕事をしていても、おれ、なんだか卑怯だなあって思ってた……」

「卑怯？」

「自分で作りもせずに他人に作らせた作品に、あとでエラソーに『ああだこうだ』言っている自分が嫌なんだ。広告プロデューサーなんてカッコ良く言ってるけど、結局、自分でなにも直接つくっちゃいない」

「だったら、自分でダイレクトにつくればいい。朗がライターになればいい。そしたら世の中の肌ざわりを自分で感じられる。責任だってもっとひりひり感じる。いまの自分の力もようくわかるでしょう」

たしかにサッサの言うとおりだ。失敗しても成功しても、自分が芯から納得できる人生が送れるだろう。

いまのおれのままでは……このままでは死ぬことはできない……。

＊　＊　＊

待合室にアナウンスの声がひびいた。そろそろ乗船時間のようだ。

木下さんが國房チーフの小さな鞄をひょいと持ち上げる。

チーフが目顔《めがお》で礼を言い、短くなったシガリロを灰皿で揉み消した。からだの周りから葉巻の良い香りが漂ってきた。

西日のまぶしい埠頭に降り立つと、やわらかな風が吹いていた。昼間の燃えるような暑さがようやく去って、やっと人心地がつくようだ。潮の香りが心地よかった。

「夕ぐれのときは良いとき。かぎりなくやさしいひととき。金色のひかりに包まれ、海を渡るとは、まさに補陀洛渡海《ふだらくとかい》ですね」

國房チーフが短く刈り込んだ頭をつるりと撫で、まぶしそうに目を細めてつぶやいた。

「補陀洛渡海……？」

「南の海のかなたに補陀洛という浄土があるそうです。かつて南紀熊野《なんきくまの》の那智勝浦《なちかつうら》から、艪《ろ》も櫂《かい》も帆もない小さな舟に乗り込んだ坊さんが、ただただ海を漂いながら補陀洛に向かいました」

「捨て身の行《ぎょう》ですね」

「渡海とは、いちど死ぬこと」チーフが晴れやかに言う。

「蒸留、ですか……」訊《く》くと、軽くうなずき、

「補陀洛渡海をした坊さんの中で、奇跡的に沖縄にたどりついたのが一人いました。奇しくも今その土地で泡盛が造られているそうです。その坊さんはいったん死んだからこそ、生まれかわったのです。彼にあやかって、たましいのこもった泡盛造りのお手伝いができればいいですね。ま、それもこれも運を天に任すのみ。そういえば、沖縄には運天《うんてん》という港もあるそうです」

　運を天に任す――。

それは無責任に生きることじゃないだろう。

　全力で努力して、もうこれ以上何もなしうることがないとき、すべてを神様にお任せすることじゃないのか？　どれだけ強い思いで努力してきたかどうか。神様はその姿をしっかり見ていて、そっと手をさしのべることもある。

でも、神様を当てにして、これくらいやったんだから何とかしてくれるだろう、と思うのはやめたほうがいい。神様は気まぐれだ。いつも手をさしのべてくれるとは限らない。己《おのれ》をしっかり持って、前に進むしかない。

チーフがおれの目を見て、うなずいた。

「うれしいのは、おいしい酒を待ってくれている人がいる、ということ。ブレンダーもアド・マンも、セールスマンも漁師もライターも……すべてはサービス業なんです。僕はひとに喜んでもらいたくて酒を造るのです」

チーフがおれの肩をそっと叩いて、続けた。

「ひとのために生きるとき、ひとはいちばん力が出るのです」

「……」

國房チーフは続けた。

「上杉君。サッサちゃんの病気から逃げちゃダメですよ。病いという闇はきみたちの財産。きっと力になる日が来ます。癖が強すぎて飲みにくいモルトを一滴入れるだけで、ブレンディッド・ウイスキー全体の懐が深くなる。患《わずら》いは決してネガティブなだけではない。ふたりのすべての力をブレンドし、ひとが幸せになる文章を書いてください」

そう言って、おれの手を強く握った。

そして木下さんの方に向き直り、

「ひとの喜ぶ顔を思って、魚をとってください」手を握った。

最後に、ちょっと気恥ずかしそうにサッサと握手をし、小声で、

「上杉君を、よろしく」

おもむろにフェリーボートの船腹《せんぷく》にかけられた長い階段に足を踏み出した。

「お元気で」

おれは薔薇色に染まった國房チーフの背中に声をかけた。

「きみたちも」

振り返ったチーフはパナマ帽をとって軽く会釈した。

「おいしいものを食べなさい。そして、たっぷり眠りなさい。ウイスキーのように」

白い歯を見せ、六十歳とは思えぬ身のこなしで、すたすたと階段をのぼっていく。

何か言わねば……。

が、ことばが、出ない。

見るみるうちに、チーフはデッキにたどり着いた。

「國房チーフっ!」

おれは叫んで両腕を振った。

一瞬立ち止まったチーフは、しかし、背を向けたままパナマ帽を大きく振って、船内に消えていった。

ドラが鳴った。

やがて汽笛を三回短く鳴らし、那覇行きフェリーボートはゆっくりと岸壁を離れた。

残光を映した海は、赤みがかった琥珀色に染まっている。

風がひんやりしてきた。

闇は、すぐそこまで迫っている。

いつしか船のかげも、港のけしきも、うたかたのように消えていくだろう。

それでいい。

消えるからこそ、生きるかいがあるんだ。

おれは、傍らに立つサッサの手を、そっと握った。

解説

池上冬樹《いけがみふゆき》

本書『ウイスキー・ボーイ』は、感覚を描く優れた小説である——。

というと変に思われるかもしれない。ウイスキーの宣伝を担当する男の奮闘記、または酒や人との出会いを通して成長していく教養小説というべきだろうし、そのほうがわかりやすい。実際、読者の誰もが簡単に思い浮かべる有名企業の宣伝広報活動の喜びと難しさ、社内人事における葛藤《かっとう》といったものが、面白おかしくテンポよく語られているからである。うきうきして読ませるストーリーがあるのだが、でも、本当にうきうきするのは、実は、感覚描写なのである。本書の魅力は、主人公が世界にふれて感じる恐れやよろこびなどを清新な感覚表現を通して語っている点にある。

たとえば、いささか個人的な変なたとえになるけれど、本書を読みながら、僕はふと数年前のことを思い出した。数年前、裸足になって畑を歩いた瞬間、〝ああ、足がよろこんでいる〟と感じ、少年時代に体験した田んぼや畑をかけめぐった記憶がいきなりよみがえった。土埃まじりの風や、肌を温めた日差しや、雨の匂いや、ごつごつした樹肌など、いったいどこに記憶が眠っていたのかと思うほど一気によみがえり、逆に当惑してしまったほどだ。

東北地方（具体的にいうなら山形市）に住んでいても、もうどこもかしこも舗装されていて、ましてや革靴を履いている生活を送っていれば、柔らかい土を踏む習慣もなくなった。農村地帯で生まれ育ち、小さいころはアスファルトなどは道路と駐車場にしかなく、田んぼや畑を縦横無尽にかけまわって遊んだことすら忘れていた。それなのに裸足になり、土のなかに踵が沈み込み、指が土をかんだとき、まさに足がよろこんだのである。自分の足なのに、まるで持ち主の気持ちをはなれて、足がよろこんで歩いている。よろこんでいる足に誘われて歩いているような感覚だった。

そのとき、僕はまた思い出したのだ。それと似た感覚を僕は小説のなかで読んだことを。佐伯一麦《さえきかずみ》のある私小説に、小説家と草木染めの仕事をする夫人が、友人からもらったウコギ（落葉低木）の新芽を次々に摘み取る場面があった。ウコギの新芽は簡単に湯掻いておひたしにしたり、天ぷらにしたり、混ぜご飯にしたりして食べるととても美味しいのだが、実は、食べる前に、新芽を摘み取る作業が楽しい。刺に気をつけながら、プツンプツンと親指と人指し指で摘み取っていく。お茶の新芽を摘むのもこんな感じなのかと想像するのだが（経験したことがないのでわからないが）、いくらでもやり続けたい快感がある。その快感を、「ああ、指がよろこんでいる」と表現していた。頭で楽しい、面白いと感じるのではなく、何よりもふれている指がよろこんでいる感覚。その感覚を、僕は柔らかい土のうえで経験したのである。

いささか個人的で変なたとえになってしまったが、その足と指がよろこぶ感覚が、本書『ウイスキー・ボーイ』にはある。読んでいただければわかるが、主人公の「おれ」（上杉朗《うえすぎあきら》）は至るところで酒を飲み、舌が、喉が、鼻孔が、目がよろこぶさまを生き生きと描いている。もちろん酒はみな違う。飲み方も違えば、種類も違う。その違いのありようを巧みに伝えていて、おもわずこちらも飲みたくなる。

酒を飲むことの奥深い幸福が綴られていて、実にたまらないのである。

ストーリーを具体的に紹介しよう。

主人公の上杉朗は、スターライトという酒と食品を製造販売する会社の宣伝部員である。入社早々、会社のなかでもっとも人気の高い宣伝部に配属になったものの、素行不良がたたって、広島支店に異動。それでも営業でトップセールスに輝き、再び宣伝部に戻ってきた。しかも入社以来念願だった広告クリエイティブの制作担当になることができた。輸入洋酒から、いまや国産洋酒のクリエイティブ。だが、焼酎の売り上げがぐんぐん伸びている一方で、ウイスキーは逆に落ち込んでいた。

そのために、北海道で、有名脚本家の黒川剛《くろかわごう》を起用してコマーシャル撮影にのぞみ、ウイスキー人気を取り戻そうとするのだが、「喧嘩《けんか》・黒川」の異名をもつ百戦錬磨の男はいうことをきかず、重役の名前をもちだして、自分の持論を押し通す。上杉はそんな黒川とついにぶつかってしまう――。

ここまでがおよそ三十数頁、二章ぶんである。台詞《せりふ》は歯切れがよく、一筆描きのようなキャラクターも的確で、快調に進んでいく。黒川との波瀾《はらんぶく》含みの対話も緊張感があり、まことに面白い。この快調なテンポと波瀾含みの展開は最後まで続き、だれることなく一気に最後まで読むことになるだろう。

物語は、上杉の仕事と社内事情を点綴《てんてい》しながら、やがてスターライトのライバル、北雪《ほくせつ》の新製品のシングルモルトが売れ行き好調であるため、いかにして対抗する商品を作り、売り出していくのかという戦略をめぐって、社内で多くの葛藤が生まれる過程をつぶさにおっていく。そこには前作『ビア・ボーイ』に登場し、スターライトの瓶ビール路線から缶ビール路線へと転換しなくてはいけないと上杉を引っ張っていった沢木《さわき》も出てくるのだが、社内政治と本人の出世志向から、上司と部下の信頼関係がくずれていく。優れた酒と優れた広告を生み出す理想を追い求める上杉と、もっと現実的に会社内の政治の調整をはかる沢木の間には、埋められない溝が生まれ、やがて、脚本家黒川をまきこんだ社内スキャンダルの暴露へと向かうことになる。

作者の吉村喜彦《よしむらのぶひこ》はサントリーに勤務していたので、サントリー時代の体験がモチーフになっているのかもしれない。時代は、昭和から平成にかわったころで、まだバブルがはじける前の話だ。広告代理店とメーカーの蜜月時代で、経費を湯水のように使っていたものの、少しずつ経費削減の方策がではじめたころでもある。

おそらく読者は、モデルとなる酒やメーカーを想像して、実際にあった、もしくはありえたかもしれない出来事や事件に思いをはせ、裏側をのぞきこむように楽しむことができるだろう。そういうスノッブな楽しみ方ができるように、あえて商品名もわかりやすくしている。とくに後半に出てくるウイスキー大量生産の疑惑に関してはずいぶん踏み込んだ書き方をしているけれど、それでもエンターテインメントとしての楽しさを失うことはない。

しかし、この小説の良さはそこにはない。あくまでも、よりよきウイスキーとは何かという探求であり、ウイスキーが単に酒ではなく、あらゆる生き物の比喩として使われている。そのために作者の吉村喜彦は、自己の感覚と言葉を総動員している。

本書には、いくつも印象に残る場面があるけれど、そのうちのひとつが、上杉や黒川たちが伝説のブレンダーに会いにいき、秘蔵のウイスキーを飲むくだりだろう。社内事情で窓際におかれつつある伝説のブレンダーとの会話で、ブレンダーにとってもっとも必要なものが言葉であると教えられる。味や香りを識別する〝感覚は大事です。でも、感覚だけではダメです。言葉にする能力があるかどうか。じつは、こちらのほうが大事なんです。感覚は右脳《うのう》。言葉は左脳《さのう》。右と左の脳のあいだに橋をかけわたす。その能力がとてもたいせつです〟というのである。〝モヤモヤした感覚をどう表現するか〟〝言葉のないところに言葉を与える〟ことこそ大事だというのだが、これはある意味、小説家自身にはねかえってくる言葉でもある。

つまり、ノンフィクション・ライターがブレンダーにインタヴューするなら、その言葉を書きうつすだけでいい。しかし小説である以上、小説家は〝モヤモヤした感覚〟を具体的に言葉に置き換えて伝えなければいけない。主人公が接する言葉にできかねる味覚や嗅覚、触覚などをいかに表現するかを考えなければいけない。表現する自信がなければ、小説のなかでブレンダーにそんな言葉はいわせないだろう。たとえそういう言葉が必要だとしても、言葉や感覚に自信のない作家は我が身の実力をかんがみて、抑えた表現にする。しかし吉村喜彦は堂々と、〝言葉のないところに言葉を与える〟のである。

口に含む――。／舌に触れる感覚が上質なビロードのようだ。／やわらかい。薔《ば》薇《ら》のような香りが口の中いっぱいに広がる。／上品なハチミツのような甘さ。／春のそよ風のようなやさしさもある。／しかし、どこか奥の方にひんやりとしたナイ

フのような怜悧《れいり》さが光っている。／気がつくと、液体はあっという間に消えていた。（二一九頁）

このあとブレンダーは、秘蔵のウイスキーが入っているグラスにウイスキーと同量のミネラルウォーターを注ぐ。上杉は、〝グラスを回して、鼻に近づける――〟。

驚いた。さっきより、たくさんの香りが感じられる。／しかも、それぞれの香りがクリアで、焦点をくっきり結んだ画像のようだ。／これか。プリズム効果というのは……。／まず、鼻先をかすめたのは薔薇の香りだった。／次いで、甘くねっとりとした桃の香り、アイスクリームのようなバニラの香り、やがて、マンゴーの香りがたってきた。いちごジャムの香りもしてきた――時の経過とともに次々と花が咲き競っていく。こんな経験は初めてだった。（二二〇～二二一頁）

このような優れた感覚表現が随所にある。しかも実に簡単にさらりと書いている。でも、そのひとつひとつの感覚の刻印が、リズム感のある文章によって（これも吉村喜彦の長所のひとつだ）、いちだんと鮮やかに喚起されるのだ。

もちろんこういう感覚描写は、サントリーの宣伝部にいた開高健《かいこうたけし》が得意とするところであるが、開高健が文学的に象徴の高みへと舞い上がるのに対し（いわば文学的舞踏だ）、吉村喜彦はわかりやすい口語的表現でうたいあげる（いわばうたいながらの散歩だ）。開高健以上に言葉をつらねるが、それが決して饒舌《じょうぜつ》でも冗漫でもなく、イメージを広げ、味の深さをほりさげ、より具体的に読者の感覚を喚起させる表現になっている。

そして忘れてならないのは、ウイスキーが単に酒としてではなく、幸福を生むひとつの命にたとえられている点だろう。後半で重きをなす上杉と妻との関係において、しばしばウイスキーが比喩としてもちいられる。妻は重いアトピーを患い、なかなか回復せず、長い闘病生活を送るようになる。上杉はそんな妻をじっと見守り、病によりそっている。〝ひとのために生きるとき、ひとはいちばん力が出るのです〟というブレンダーの言葉がラストシーンにあるけれど、そしてそのあとにウイスキーにたとえられた至言が出てくるけれど（実に温かく、力強く、胸にせまる）、興をそぐので引用しないでおこう。

本書『ウイスキー・ボーイ』は、とてもいい小説である。タイトルからどうしても洋酒好きに限定されるかのような印象を与えるが、間口はもっともっと広く、物語の奥行きはずっと深く温かい。『ビア・ボーイ』『ウイスキー・ボーイ』ときた以上、次は（ラストシーンをうけて）『泡盛ボーイ』でもいいから（いや個人的なことをいうなら『日本酒ボーイ』でもいいから）、上杉朗の活躍するシリーズ第三弾を書いてほしいと思う。酒を手にして（酒はあります。ないのは小説だけです）、待っています。

（文芸評論家）

本書は、書き下ろし作品です。
物語はフィクションであり、
実在の人物・団体等とは一切関係ありません。

プロデュース　吉村有美子

著者紹介
吉村喜彦（よしむら　のぶひこ）
1954年、大阪生まれ。京都大学教育学部卒業。
サントリー宣伝部勤務を経て、作家に。
著書に、『こぼん』『ビア・ボーイ』（ともに新潮社）、『マスター。ウイスキーください――日本列島バーの旅』（コモンズ）、『漁師になろうよ』『リキュール＆スピリッツ通の本』（ともに小学館）、『食べる、飲む、聞く　沖縄 美味の島』（光文社新書）、『オキナワ海人日和』（創英社／三省堂書店）など。文庫では、『ビア・ボーイ』『こぼん』（ともにＰＨＰ文芸文庫）がある。現在、NHK-FM「音楽遊覧飛行～食と音楽でめぐる地球の旅」の構成・選曲・ナビゲーターもつとめる。

ＰＨＰ文芸文庫　ウイスキー・ボーイ

2014年５月22日　第１版第１刷

著　者　吉村喜彦
発行者　小林成彦
発行所　株式会社ＰＨＰ研究所
東京本部　〒102-8331　千代田区一番町21
文芸書籍課　☎03-3239-6251（編集）
普及一部　☎03-3239-6233（販売）
京都本部　〒601-8411　京都市南区西九条北ノ内町11
PHP INTERFACE　http://www.php.co.jp/
組　版　朝日メディアインターナショナル株式会社
印刷所　図書印刷株式会社
製本所　東京美術紙工協業組合

ISBN978-4-569-76183-1

PHP文芸文庫

ビア・ボーイ

吉村喜彦 著

鼻っ柱の強い若手社員の俺。今日も売上最低の支店での酒屋回り。なんで俺が⁉ ビール営業マンの奮闘と成長を描く爽やか青春小説。

定価 本体六八六円（税別）